Todo lo que te prometí

Todo lo que te prometí

KATY UPPERMAN

Traducción de
Anna Valor Blanquer

MOLINO

Papel certificado por el Forest Stewardship Council®

Título original: *Everything I Promised You*

Primera edición: marzo de 2025

Publicado por acuerdo con la autora,
a través de Baror International, INC., Armonk, New York, U.S.A.

© 2025, Katy Upperman
© 2025, Penguin Random House Grupo Editorial, S. A. U.
Travessera de Gràcia, 47-49. 08021 Barcelona
© 2025, Anna Valor Blanquer, por la traducción

Penguin Random House Grupo Editorial apoya la protección de la propiedad intelectual. La propiedad intelectual estimula la creatividad, defiende la diversidad en el ámbito de las ideas y el conocimiento, promueve la libre expresión y favorece una cultura viva. Gracias por comprar una edición autorizada de este libro y por respetar las leyes de propiedad intelectual al no reproducir ni distribuir ninguna parte de esta obra por ningún medio sin permiso. Al hacerlo está respaldando a los autores y permitiendo que PRHGE continúe publicando libros para todos los lectores. De conformidad con lo dispuesto en el artículo 67.3 del Real Decreto Ley 24/2021, de 2 de noviembre, PRHGE se reserva expresamente los derechos de reproducción y de uso de esta obra y de todos sus elementos mediante medios de lectura mecánica y otros medios adecuados a tal fin. Diríjase a CEDRO (Centro Español de Derechos Reprográficos, http://www.cedro.org) si necesita reproducir algún fragmento de esta obra.
En caso de necesidad, contacte con: seguridadproductos@penguinrandomhouse.com

Printed in Spain — Impreso en España

ISBN: 978-84-272-4990-5
Depósito legal: B-2.754-2025

Compuesto por Fotoletra, S. L.
Impreso en Rodesa
Villatuerta (Navarra)

MO 49905

*Para mamá y papá,
la inspiración que hay detrás de los mejores padres
de ficción de mis libros*

BUENA FORTUNA

Prólogo

Cuando mi madre tenía diecisiete años, aceptó un reto de sus amigas y le pagó veinte dólares a la vidente de una feria ambulante para que le revelase su destino.

Dejó a las amigas en un camino polvoriento bajo una ristra de luces y la hicieron pasar a una carpa iluminada con velas. Unos tapices con bordados de constelaciones adornaban las paredes. La mesa que había en un rincón del espacio estaba cubierta con una tela negra como el ébano. Esparcidos por encima de esta, había cristales, cartas celestes, conchas y huesos. En una bandeja de madera se quemaba incienso que olía a canela. Mientras mi madre se sentaba, la vidente, que era un cliché con sus pañuelos de gasa y sus joyas de plata, empezó a ordenar los elementos combinando las conchas, los cristales y los huesos en grupos crípticos. Observó las cartas celestes antes de pasar a las palmas de las manos de mi madre.

Una vez le pregunté si se había sentido incómoda.

—Al contrario —me dijo—, entré escéptica en la carpa, pero cuando me senté… La adivina era una desconocida y, desde luego, era extraña, pero yo me sentía de lo más tranquila.

En voz baja, con un acento más marcado que el hablar arrastrando las palabras de Mississippi de mi madre, la vidente compartió lo que había percibido mediante las conchas, las estrellas, los cristales y la quiromancia.

—Para ti —dijo— la educación es esencial. Sigue aprendiendo.

Mi madre, que era una lectora insaciable con una memoria casi fotográfica, asintió.

—Buscas amistades profundas, son la savia de tu vida —continuó la vidente—. Y la familia es importante también. Tu madre es tu pilar. Vuestra relación seguirá siendo cercana, aunque no siempre en el sentido físico.

Entonces se sumió en un trance silencioso y se le oscurecieron los ojos.

Mi madre se inclinó hacia ella, confundida pero intrigada.

La vidente asestó un duro golpe:

—Tu padre fallecerá antes de que te hayas ido de su casa.

Mi madre pensaba irse de casa de sus padres el año siguiente, la esperaba la Universidad de Mississippi, Ole Miss. Conmocionada, se echó atrás en la silla. Quería hacerle preguntas, protestar; su padre estaba fuerte, hecho un roble.

¿Qué hacía en la carpa de una pitonisa cuando fuera había una feria? Debería estar con sus amigas. Podría levantarse e irse. Debería hacerlo.

Sin embargo, la expresión sombría de la vidente hizo que sintiese el cuerpo pesado en la silla.

Parpadeó para contener las lágrimas y se armó de valor para seguir escuchando.

—Conocerás a tu alma gemela tras el fallecimiento de tu padre —dijo la vidente—. En ella encontrarás la fuerza para seguir adelante. El amor romántico te llegará poco después. La primera impresión será muy desfavorable, pero no te cierres a las posibilidades, no te cierres a él.

Tendió la mano por encima de la mesa atestada y le puso los dedos sobre la muñeca a mi madre, que sintió que un cosquilleo le recorría el cuerpo; chispas y escalofríos le encendieron la piel.

—En tu interior late un corazón de cuidadora. Naciste para amar.

Esta es la parte en la que a mi madre siempre se le ponen los ojos vidriosos.

A continuación, la vidente habló de mí.

—Darás a luz una vez. Será una niña de cabellos rubios como el trigo y los ojos de su padre, azules como las profundidades del océano. Será tu mayor alegría y transitará un camino similar al que tú trazas. La mujer de la que te he hablado, el espejo de tu alma, dará a luz al destino de tu hija.

La sesión terminó y mi madre salió de la carpa.

Fuera, la feria seguía su ritmo. Sonaban sirenas y los neones lanzaban destellos de luz. Los aromas de perritos calientes y churros se entremezclaban en el aire neblinoso. Localizó a sus amigas, que le rogaron que les contase su futuro.

Mi madre se negó.

Se lo guardó para ella…

… asombrada al ver que se iba cumpliendo ante ella.

Mi madre es maestra y tiene un círculo de amistades muy cercano. Habla todos los días con mi abuela. Un cáncer de próstata se llevó a su padre dos semanas después de que ella terminase el instituto. Conoció a Bernadette, Bernie, el primer día en Ole Miss. Compartían habitación en la residencia y hoy en día siguen jurando que no pueden vivir la una sin la otra. Un mes más tarde, en la fiesta de una fraternidad, un chico de ojos celestes, un aspirante a miembro, le metió un caramelo ácido en el Smirnoff Ice de mi madre. Bailaron dos canciones antes de que él se declarase ante mi madre y le dijera que era el amor de su vida, y luego vomitó todo el ponche que había bebido sobre las Steve Madden de mi madre.

Ella lo perdonó.

Fueron novios durante toda la universidad y mi madre le colocó el galón en el uniforme cuando él entró en el ejército. Al cabo de unas semanas, se casaron bajo un magnolio fragante. En el banquete, para disgusto de mi abuela, sirvieron ponche en vasos de plástico como en las fiestas universitarias. Se mudaron, capearon una llamada a filas y se volvieron a mudar. Bernie se casó con el mejor amigo de mi padre del Cuerpo de Entrenamiento de Oficiales de Reserva, Connor Byrne. Poco después, tuvieron un bebé que pesó nada menos que cinco kilos. Connor se desmayó y cayó desplomado en el suelo del paritorio. Mi madre cortó el cordón umbilical.

Beckett Byrne.

Pelo: caoba.

Ojos: verde militar.

Corazón: destinado a mí.

Al cabo de dieciocho meses, nací yo, tan liviana como robusto había sido Beck, con el pelo rubio ralo y unos ojos azules como el océano.

Cuando me tuvo en brazos por primera vez, mi madre no lloró, pero no porque no estuviera emocionada, no porque no estuviera feliz.

—Porque, mi dulce Lia —dice poniéndome la mano en la mejilla y terminando la historia que me ha contado en innumerables ocasiones—, te conozco desde que tenía diecisiete años.

HIJOS DE SOLDADOS

Diecisiete años, Virginia

Cuando tenía trece años, mandaron a mi padre a Afganistán durante un año. En una de las muchas noches en las que no podía dormir, abrí la libreta que siempre me acompañaba e hice algunos cálculos: de mis trece años de vida, mi padre había estado lejos seis. Casi la mitad de mi vida había estado movilizado en varios países extranjeros.

Cada vez que lo llaman a filas lloro a mares. Mi madre también. Pero, al cabo de poco, adoptamos una rutina. Seguimos adelante. Sobrevivimos.

Y, si Dios quiere, mi padre también.

Seis meses, ocho, doce meses después, vuelve a casa. Mi madre y yo lo esperamos con carteles que muestran mi letra alegre en rojo y azul: «¡Bienvenido a casa, papá!». Me abraza, oliendo a otros lugares, y musita:

—Te he echado de menos, Millie.

La gente que hay alrededor se seca las lágrimas y le da las gracias por su servicio al país. Él sonríe, humilde. Es la tercera generación de militares de su familia. No es solo vocación de servicio, el patriotismo corre por sus venas.

La tradición dicta que, cuando vuelve, pasamos por el

Burger King y pedimos Whoppers dobles y refrescos. Luego vamos para casa, la que hayamos alquilado esa vez en el pueblo cercano al emplazamiento militar en el que estemos viviendo. Mi padre lleva sus bolsas polvorientas al garaje. Tras una ducha caliente y un par de cervezas, se queda como un tronco en el sillón reclinable, por el *jet lag* y la necesidad desesperada de dormir del tirón.

Siempre me he llevado bien con mis padres. Suele pasar con casi todos los hijos de soldados, creo. Somos nómadas, una familia de caribús que viaja a órdenes de mi padre, y nuestra única constante somos nosotros. He hecho amigos, pero, cuando pienso en ellos, pienso en divertirme, en liberar el estrés, en pasar el tiempo. No pienso en amigos para toda la vida.

Con la excepción de Beck.

Beck también era hijo de un soldado. Sabía lo que suponía mudarse cada pocos años, meter toda una habitación en cajas y despedirse de los amigos. Sabía lo que se sentía siendo el nuevo. A su padre lo movilizaban tanto como al mío. Había quitado eslabones de las cadenas de papel que se colgaban en casa para la cuenta atrás de la vuelta de un soldado. Se había apoyado en Bernie igual que yo me había apoyado en mi madre.

Beck lo entendía.

Me crie yendo de vacaciones con los Byrne, haciendo videollamadas con Bernie para hablar sobre las series intensitas que veíamos a la vez, acudiendo a las ceremonias en las que ascendían a Connor igual que a las de mi padre. Cuando yo tenía tres-cuatro-cinco años (Beck tenía cinco-seis-siete), a nuestros padres los trasladaron a la misma unidad de Fort Bragg. Vivíamos en la misma urbanización. Cuando yo tenía ocho-nueve-diez años (Beck tenía diez-once-doce), volvió a ocurrir. Fort Lewis. Vivíamos en la misma calle. Cuando yo tenía catorce años (Beck acababa de cumplir dieciséis), a mi padre le dieron un puesto en el Pentágono.

A Connor lo destinaron a Fort Belvoir, también en Virginia del Norte.

Juntos de nuevo.

Bernie y mi madre estaban encantadas.

Beck y yo nos enamoramos.

TRASLADO PERMANENTE

Diecisiete años, de camino a Tennessee

Una mudanza en el último año de instituto es la peor pesadilla de muchos hijos de militares.

Pero la mía no.

Dejar Virginia.

Dejar a Connor, a Bernie y a las gemelas.

Dejar el Instituto Rosebell.

Qué ganas de que llegue ya julio y la mudanza.

De escapar, huir, abandonar.

Estas son las palabras que no dejan de repetirse en mi cabeza mientras meto mi vida en cajas. Mientras emprendemos el camino a Tennessee. Mientras observo las gotas de lluvia que resbalan por las ventanas de nuestro Ford Explorer. Mientras lleno páginas de la Moleskine con listas inútiles y reflexiones grandilocuentes y garabatos que se arremolinan. Mientras acaricio a Comandante, nuestro perro *pointer* de veintisiete kilos, que está tumbado en el asiento de atrás, a mi lado. Mientras consumo tentempiés de gasolinera obligada por mis padres porque «no comes lo suficiente» y «estamos preocupados, Lia».

Han pasado 199 días.

Han sido 4.780 horas viviendo en un mundo sin Beck.

Como dicen mis padres: no soy yo misma.

Me parecería de una puta estupidez infinita que esperasen que lo fuera.

En la carretera, mis padres llenan los silencios charlando con falso entusiasmo. Piden batidos de crema de cacahuete en ventanillas de restaurantes de comida para llevar. Convierten lo que tendría que ser un trayecto de diez horas en un viaje de tres días porque «unas vacaciones harán que Lia se sienta mejor».

Al este de Knoxville, mi madre se vuelve a mirarme con ojos tristes.

—Ay, cariño, tu padre y yo también lo echamos de menos.

No soporto que equipare su tristeza a la mía.

—Es verdad, Millie —se suma mi padre con la mirada puesta en la interminable autopista.

Aunque el resto de la gente acorta mi nombre, Amelia, a Lia, él prefiere Millie.

—Tu madre y yo queríamos a ese chico como si fuera nuestro. Lo que ha pasado es una mierda.

«Lo que ha pasado».

Nadie dice las cosas como son: Beck ha muerto.

Mi padre sigue hablando:

—Ojalá pudiéramos hacer algo por ayudarte con esto, por hacértelo más fácil de alguna forma.

—Y también a Bernie y Connor, y a las gemelas.

«No hay forma de arreglar la muerte. Es perpetua, permanente».

Esas son las palabras que el reverendo dijo en el funeral de Beck. Hablaba del amor de la comunidad por Beck, pero mientras miraba el ataúd de caoba de mi novio, rodeado por todo un campo de flores, con mis padres llorosos a mi lado y Bernie y Connor sollozando en el banco de delante, cada uno cogiendo de la mano a una de las gemelas que iban a preescolar y solo querían que su hermano volviera, era difícil pensar en el amor.

La pérdida es perpetua, permanente.

Mi madre, mi padre, Bernie y Connor lloraban a mares, pero a mí se me habían acabado ya todas las lágrimas. El verano anterior, se me escapaban mientras ayudaba a Beck a hacer las maletas para irse a la universidad. Fueron un chaparrón cuando se fue a Charlottesville —a la Universidad de la Mancomunidad de Virginia, su universidad soñada y la mía— para empezar a entrenar con el equipo de atletismo. Convertí aquel otoño en una estación lluviosa. En noviembre, las lágrimas se me volvieron aguanieve, helada y peligrosa.

Y, entonces, apareció otra vez esa palabra: «permanente».

Un traslado permanente, que en el lenguaje militar significa «recoge las cosas y a otro sitio».

Nos vamos a Fort Campbell, donde mi padre será el comandante del Equipo de Combate de la 3.ª Brigada.

Un nuevo comienzo. Eso es lo que él proclama al abrir la puerta de nuestra casa recién alquilada en River Hollow, Tennessee.

Empezar de cero. Eso es lo que predica mi madre mientras va guardando platos en estantes que ha cubierto con forros nuevos.

«Yo no quiero nada de eso», le digo a Beck mientras me retiro a la que, de momento, es mi habitación, donde se apilan cajas como montañas en una cordillera apretada.

Mi padre ya ha estado aquí. Ha colgado mi tablón de corcho encima de la mesa, un *collage* de mi vida hasta ahora: entradas, pegatinas de la UMV, fotos de amigos de Virginia y de antes, de Colorado Springs. Fotos de Beck. Verlo a todo color, sonriendo, vivo, es como arrancar la costra de una herida una y otra y otra vez.

Cierro la puerta de la habitación sin hacer ruido, controlando el impulso.

Así es mi duelo últimamente: silencioso, controlado.

Yo también estoy cerrada.

Al parecer, de forma perpetua y permanente.

PREDESTINADOS

Cinco años, Carolina del Norte

Uno de mis primeros recuerdos tiene como telón de fondo un conocido parque de Spring Lake, Carolina del Norte. Yo estaba a punto de empezar preescolar, lo que quiere decir que Beck estaría a punto de cumplir siete años. En aquella época, mi padre y Connor eran capitanes y los habían movilizado a Irak, y mi madre y Bernie no dejaban de intentar llenarnos los días de actividades. El parque, con su piscina de poca profundidad, su equipamiento infantil y sus zonas verdes nos mantenía ocupados a Beck y a mí. Llegamos pronto, antes de que hiciera demasiado calor y nos instalamos en un lugar desde el que mi madre y Bernie podían echarnos un ojo mientras se ponían morenas.

Beck y yo habíamos estado jugando en el agua, montando batallas entre sus GI Joes acuáticos y mis Barbies sirenas con el pelo arcoíris, cuando aparecieron unos chicos que iban a su clase.

Le faltó tiempo para dejarme tirada.

Con las muñecas en la mano, salí de la piscina y me dejé caer en una toalla al lado de mi madre y de Bernie. Mi madre me volvió a poner protector solar. Bernie me fue pasando racimos de uvas, que me comí hasta que estuve a punto de explotar de indignación acumulada. Solté que Beck era malo, que lo odiaba y que nunca iba a volver a jugar con él.

Bernie dijo:

—A veces se porta muy mal. Tú ve a la tuya, amiga.

—Pero yo creo que Beck se pondrá triste —razonó mi madre— si no volvéis a jugar juntos.

—Pues ahora no está triste —dije lanzando una mirada asesina hacia el otro lado de la piscina, donde estaba jugando al tonto del medio con sus amigos.

—A veces los chicos son un asco —dijo Bernie.

—¡Pues sí! —grazné, contenta de que me entendieran—. Beck siempre pasa de mí cuando vienen sus amigos.

—Pero tú eres su amiga —señaló ella—. Su amiga de más tiempo. Su amiga más especial.

—Sois más que amigos, cariño —dijo mi madre—. Sois almas gemelas.

Fruncí el ceño y me rodeé las rodillas huesudas con los brazos.

—¿Qué quiere decir eso?

Ella tendió la mano para volver a ponerme un mechón de pelo en la coleta.

—Hay un vínculo único entre Beck y tú. Y ese vínculo durará para siempre.

La miré desde abajo entrecerrando los ojos.

—¿Igual que tú y papi estaréis juntos para siempre?

—Tu padre y yo estamos casados. Quién sabe, tal vez tú y Beck os caséis un día.

Hice ademán de vomitar y mi madre hizo una pausa para reírse con Bernie.

—O puede que sigáis siendo amigos, pero mejores amigos, como Bernie y yo. Pase lo que pase, sois parte de la vida del otro. Siempre será así.

—Pero ¿cómo lo sabes?

—A tu madre la informaron sobre el futuro —dijo Ber-

nie, dándole un apretón cariñoso a la mano de mi madre—.
Sabía que nos conoceríamos y nos haríamos amigas para
siempre. Sabía que se enamoraría de tu padre. Sabía que yo
tendría un hijo y que ella tendría una hija. Sabe que Beck y
tú estáis predestinados. Como... Mickey y Minnie.

—O Han y Chewbacca —añadió mi madre, y yo solté
una risita.

—Como los zapatos y los calcetines —dijo Bernie.

—Las hogueras y las nubes de azúcar tostadas —repuso
mi madre.

—La mermelada y la crema de cacahuete —concluí sonriendo.

Bernie me chocó los cinco, mi madre me dio un beso en
la mejilla y yo me sentí lo bastante bien para mirar a Beck.
Lo observé, le tocaba ser el tonto del medio e interceptó la
pelota en el aire. Pensé en otros emparejamientos famosos:
las abejas y la miel, Barbie y Ken, las galletas y la leche, las
aceras y la tiza.

Mientras se cambiaba de sitio con uno de los otros chicos, Beck miró hacia donde yo estaba sentada en el césped.
Nuestras miradas se encontraron.

—¡Lia! —me llamó—. ¡Ven a jugar!

Miré a mi madre y a Bernie.

—Solo si quieres —me recordó Bernie.

—Aunque parece que puedes darles una buena paliza
—dijo mi madre.

Yo fingí pensármelo durante el raro que me llevó contar
hasta cinco y luego me levanté de un salto y corrí a unirme
a los chicos dejando la toalla arrugada en el césped.

INHÓSPITO

Diecisiete años, Tennessee

—**M**illie —dice mi padre quitándose los auriculares y parando uno de los muchos pódcast de historia que escucha en el móvil—. Vamos a pasear a Comandante.

Es la víspera del inicio del último curso de instituto. Hemos terminado de cenar hace una hora y estamos todos en la sala de estar. En la tele se enfrentan tres concursantes de *Jeopardy*. Yo estoy copiándome los horarios, que mi nuevo orientador me ha mandado esta mañana por correo, a mi libreta actual y dibujando reglas y manzanas y plumas estilográficas. Mi madre murmura las respuestas de *Jeopardy* —que, por el funcionamiento del juego, en realidad son preguntas— con aire ausente mientras plancha. Duda sobre lo que se pondrá mañana para su primer día como maestra de la Escuela Primaria East River, como si a un montón de niños pequeños fuera a importarles si combina su chaqueta de cambray con los pantalones de pinza gris carbón o con la falda negra.

—Voy a por la correa —digo, y dejo la libreta en la mesita del café.

Fuera hace humedad y está lleno de mosquitos. El aire

de agosto huele a barbacoa y madreselva. Mi padre lleva una camiseta de los Rakkasans —el 187.º Regimiento de Infantería Aerotransportada—, pantalones de chándal cortos y unas chanclas ridículas y yo llevo una chaqueta de punto encima de una camiseta de tirantes, unos vaqueros cortados y unas Converse que han vivido épocas mejores.

Empezamos a andar por la acera. Mi padre agarra la correa de Comandante y avanza en silencio hasta que llegamos a la zona común de la urbanización: un área de juegos para niños, un montón de mesas de pícnic, unas cuantas barbacoas y una pista de baloncesto al lado sur de un estanque de retención para prevenir inundaciones.

Entonces me da un empujoncito con el codo y dice:

—¿Lista para mañana?

—Si te digo que no, ¿me dejarás no ir a clase?

Me mira de reojo, pero sonríe.

—Ya te gustaría.

—En ese caso, estoy todo lo lista que puedo estar.

Me pasa un brazo por los hombros como hacía antes, cuando las cosas iban mejor.

—Deberías pasar algo de tiempo con tu madre después, podríais empezar un puzle nuevo.

Desde que tengo memoria, sin importar dónde estuviéramos viviendo, hemos tenido un puzle empezado encima de la mesa del comedor. Flores, paisajes, gatos con sombreros, hamburguesas con todos los aderezos, el castillo de la Bella Durmiente de Disneyland… todos divididos en mil piezas. Los tres nos ponemos a hacerlos juntos cuando hay algún tema familiar que tratar o por nuestra cuenta cuando nos viene la inspiración hasta que los terminamos. Y después empezamos de cero con otro puzle de mil piezas.

Qué sinsentido. Una tarea propia de Sísifo.

Suspiro y le digo a mi padre:

—Estoy cansada. Mañana será un día intenso.

—Podrías dedicarle una hora.

—¿Y si no quiero?

Tira de la correa para que Comandante se detenga. El sol se está poniendo, pero todavía queda la luz suficiente para mostrarme todo el alcance de la pena en su rostro.

—¿Qué os está pasando?

Pienso: «No lo entenderías».

Digo:

—Nada.

Él niega con la cabeza.

—Me ha dado mucha paz todos estos años saber que tú y tu madre os tenéis la una a la otra, sobre todo, cuando estoy lejos. Pero últimamente apenas habláis. No recuerdo la última vez que la abrazaste.

Yo tampoco.

—Me hago mayor —digo con la frivolidad suficiente para que frunza el ceño—. Ya no necesito a mamá para todo.

—Puede que no, aun así deberías esforzarte por mantener la relación con las personas importantes de tu vida. Últimamente no lo has hecho muy bien.

—Ya, bueno, no he tenido muchos ánimos —respondo, y me cruzo de brazos como si mi padre, un oficial del ejército desde hace más de dos décadas, no fuera a reconocer mi postura defensiva.

Un par de meses después de que enterrásemos a Beck, mi padre se fue a hacer un recado misterioso.

—Tiene una reunión en Virginia Beach —me dijo mi madre cuando bajé las escaleras y pregunté por él. Estaba sentada en un taburete delante de la encimera de la cocina planificando lecciones para la sustituta que se había encargado de su clase durante lo que quedaba de curso—. Volverá para la cena.

En aquel momento me pregunté por qué no se habría ido a Virginia Beach con él.

Ahora sé que se quedó en casa porque no confiaba en

que pudiera quedarme sola. Estaba deprimida, y no de la forma idealizada de las películas y las novelas. Sobrevivía como si estuviera debajo de una manta de lana: con los sentidos amortiguados, los pensamientos embrollados y las emociones intensas y erráticas. Estaba demasiado ansiosa para quedarme sentada sin hacer nada, demasiado inquieta para dormir; me entraba la rabia tan a menudo como la tristeza y estaba obsesionada, de pronto, con mi propia mortalidad. No podía dejar de pensar en lo sano que estaba Beck. En lo robusto que era. Si su corazón podía fallar, ¿quién me aseguraba que el mío no fallaría mientras intentaba reparar la horrible fractura que había sufrido?

—¿Te tomas un té conmigo? —me preguntó mi madre apartando a un lado la planificación de las clases.

Negué con la cabeza y terminé mareándome, meciéndome sobre los pies.

Ella, muy preocupada, me dijo:

—¿Qué has desayunado?

Yo no recordaba haber comido ni bebido ni haber hecho ejercicio. No recordaba la última vez que había dormido más de un par de horas seguidas o que había sentido el sol en la piel. Hacía semanas que no abría mi libreta ni me maquillaba ni hablaba con Macy, mi mejor amiga de Rosebell. Y todavía hacía más que no les escribía a Andi y Anika, las amigas que había hecho en Colorado Springs. Mis padres insistían en que acudiera a sesiones con uno de los mejores psicoterapeutas especializados en duelo de Virginia del Norte y me apoyaban en todo lo que podían mientras lidiaban con su propio duelo, pero mi novio había muerto y yo era un fantasma.

—Cereales —mentí.

Mi madre se levantó y se puso a rebuscar por la despensa.

—Haré una sopa.

—No quiero sopa.

—Pues un batido de frutas —repuso, y sacó la batidora.

Yo observé, distante, cómo cortaba un plátano y luego sacaba la leche de coco de la nevera. A continuación, abrió el congelador para coger la bolsa de fresas congeladas que había al lado de seis tarrinas de medio litro de helado artesano. Entonces inhaló sonoramente y cerró de golpe la puerta del congelador, olvidando las fresas.

Se volvió poco a poco a mirarme, para averiguar si había visto el helado y me había alterado, para valorar si estaba bien.

Lo había visto y no lo estaba.

El día que llegó ese helado, Beck —quien lo había mandado— dejó de existir.

Me desplomé en el suelo.

Mi madre corrió hacia mí. Me cogió entre sus brazos y yo la dejé, aunque no nos tocábamos desde el abrazo de rigor que nos habíamos dado en el velatorio de Beck.

La culpo a ella.

No de la muerte de Beck...

No, de eso no.

La culpo a ella por el shock, por la turbulencia, por la agonía desgarradora.

Mi madre se ha pasado toda mi vida contando historias sobre almas gemelas, sobre Beck y yo, y nuestro felices para siempre. Nunca me había cuestionado mi destino. Nunca había dudado de mi sino. Beck era el mío y yo el suyo y ¿cómo se atreve mi madre a hacerme creer que la eternidad era nuestra?

En el suelo de la cocina, me eché a llorar.

Cuando por fin me recompuse, mi madre hizo *brownies* en lugar de un batido de frutas. Nos los comimos directos de la bandeja. Tenían un sabor intenso y estaban poco hechos, justo como a mí me gustan. Mi madre me siguió el ritmo trozo a trozo y yo me pregunté si algún día dejaría de estar resentida con ella por el futuro que le habían predicho hacía décadas.

Esa noche, mi padre volvió a casa con un cachorro de *pointer* de doce semanas al que le habían dejado la cola muy corta y que tenía la nariz húmeda y unas patas demasiado grandes.

Le puse Comandante.

Ha sido un destello de luz durante esta racha de meses oscuros.

Ahora, mi padre baja la mano para rascarle la cabeza. Comandante menea la cola de un lado a otro. Es muy bueno, muy amoroso. Me parece que mi padre últimamente piensa justo lo contrario de mí. Tiene las arrugas de la frente pronunciadas. Las canas le motean las sienes, no muy bien camufladas por su pelo rubio arena. Tiene la preocupación escrita en la cara. Como si no tuviera suficiente con el trabajo, con mi madre, con Connor y Bernie, voy yo y le doy más dolores de cabeza.

—Necesitas a la gente, Millie —dice—. Te hace falta tener una comunidad. La vida de Beck ha terminado y es horrible, horroroso, pero tienes que seguir adelante. Es lo que él querría. Y lo sabes.

Parpadeo para luchar contra la amenaza de las lágrimas.

Mi padre tira de la correa de Comandante y me coge de la mano para que siga avanzando. Volvemos a caminar, una marcha lenta por la acera cada vez más oscura.

Mi padre tiene dos temperamentos: el de la paz y el de la guerra. En casa, con mi madre y conmigo, casi siempre está en paz. Relajado, receptivo, divertido. Durante las discusiones o en los momentos de estrés, como esta noche, adopta su personalidad de la guerra. Serio. Contemplativo. No está para gilipolleces.

—Mañana en el instituto —dice cuando nos acercamos a casa— quiero que te esfuerces.

—Siempre me esfuerzo.

Es verdad. He sido estudiante del cuadro de honor desde que empecé el instituto. El último semestre me consagré por completo al estudio y saqué excelente en todo por primera vez.

—Quiero decir socialmente. Sonríe. Habla con la gente. Haz una amiga.

—Pero eso es como…

«… pasar página» es lo que casi digo, pero que pase página es justo lo que quiere mi padre. Le gustaría que saliera del capullo en el que he estado escondida desde noviembre y que intentase volar en este nuevo mundo inhóspito.

No entiende que pasar página es lo mismo que dejar a Beck atrás.

—¿Es como qué? —pregunta.

—Pues… muy difícil.

—Que sea difícil no significa que sea imposible —dice, y me da un empujoncito cariñoso en el hombro—. Después de conseguir algo difícil, eres mejor.

Volvemos a ver nuestra casa. Mi madre está sentada en una de las mecedoras del porche delantero bebiendo de una copa de vino sin pie. Nos saluda con la mano cuando nos ve.

Mi padre sonríe y le devuelve el saludo.

Comandante mueve la cola cortada.

«Mira mi familia —le digo a Beck—. Sobreviviendo. Incluso prosperando».

Con la mirada fija en la acera, le digo a mi padre:

—Me esforzaré. Mañana. Intentaré hacer una amiga.

Duelo

Shock: Un globo al que le clavan una aguja. Dificultad
para respirar, visión borrosa. Se te para el corazón.
Negación: Irracional, inmadura. Puños apretados.
Mandíbula encajada.
Dolor: Un sabor metálico. Piel cortada, costillas rotas.
Bocanadas de aire, tensión, súplica.
Culpa: Un último pétalo, arrancado. Retrospección
y arrepentimiento.
Rabia: Dinamita encendida. Crepita, chamusca, abrasa.
Negociación: Esto por lo otro. Huele amarga. Sabe a podrido.
Depresión: Nubes negras de tormenta, pelo graso,
estómago vacío, noches desoladas. I n f i n i t a.
Reconstrucción: Una tirita nueva. La salida del pozo.
Un paso titubeante y luego otro.
Aceptación: Inconcebible.

CHICA NUEVA

Diecisiete años, Tennessee

Primer día del último curso.

Primer día en un instituto nuevo.

En un pueblo nuevo y en un estado nuevo.

Desde que empecé preescolar, mi madre me ha hecho una foto en el porche delantero con una pizarra en la que ha escrito el curso que empezaba con tiza blanca. Le manda la foto a mi abuela y a Bernie, y a mi padre si está fuera. Cuanto mayor me hago, más tonta me parece la tradición, pero nunca me quejo porque me cuesta dos segundos y antes me gustaban mucho los primeros días.

Hoy saca la pizarra: «¡Último curso!».

Me levanto de la mesa y tiro el plato con los bordes de las tostadas al fregadero. Mi padre se ha ido a trabajar hace unos minutos, todo elegante con su uniforme de combate y sus botas militares. Me ha dado un beso en la coronilla y me ha dicho:

—Buena suerte, Millie.

Y ha salido por la puerta.

Ahora va camino de Fort Campbell, pero a mí me gusta pensar que, si estuviera aquí, me defendería contra la estúpida foto de mi madre.

Ella me enseña la pizarra.

—¿Una foto rápida?

Ha optado por la chaqueta de cambray y la falda negra y se ha hecho unas suaves ondas en el pelo. Tras la muerte de Beck, pidió una excedencia en el trabajo para estar con la familia de él, además de con mi padre y conmigo. No envidio la tarea imposible de consolar a los inconsolables, pero, mientras pasaba la segunda parte del curso sufriendo el duelo y la soledad, yo también deseé haber podido pedirme una excedencia.

Ahora la han contratado como especialista en alfabetización en el colegio de primaria de nuestro barrio. Es el trabajo perfecto para ella y no quiero fastidiarle la mañana, pero no pienso sonreír para una foto.

Me aliso el vestido corto de flores que he sacado sin pensar del armario después de ducharme y cojo la mochila.

—Llego tarde.

Ella baja la pizarra y me sigue cuando salgo de casa. Mi coche, un Volkswagen Jetta acabado de comprar de segunda mano, está al lado del suyo, un Volvo nuevo. Mi padre no tiene problemas con ir por ahí con el Explorer que tenemos desde mis trece años.

A medio camino de la libertad, mi madre me llama.

—Cariño, por favor.

No me detengo.

No le deseo que tenga un buen día.

Me despido con la mano y entro en el Jetta.

Hasta que no voy marcha atrás por el camino no me permito echar un vistazo hacia el porche. Sigue ahí, abatida, con la pizarra a un lado. Se seca una lágrima de la mejilla y me ve marchar.

«Soy un monstruo», le digo a Beck.

Él no protesta.

De camino al Instituto East River estoy hecha un manojo de nervios. Será el sexto centro educativo al que voy en mis diecisiete años de vida, lo cual no es una cantidad altísima para ser hija de un militar, pero no he empezado un curso sola desde los once años, cuando nos fuimos a Colorado Springs. Entrar en un edificio extraño, enfrentarme a cientos de caras desconocidas, interiorizar normas nuevas y convencer a un montón de profesores nuevos de mis méritos da mucho miedo. Pero en Carolina del Norte tenía a Beck. En Washington tenía a Beck. En Virginia, tenía a Beck.

Hoy, en Tennessee… no tengo a nadie.

El aparcamiento es un caos. Los coches están parados o avanzan de forma anárquica. Hay grupos de gente que va pasando entre los coches en dirección al instituto como si fueran bandadas de palomas descuidadas. Las plazas están asignadas —la mía es la 123—, aunque la pintura con la que están señalizadas está descolorida. Tardo la vida en encontrar la sección correcta. Suspiro aliviada. Es una pequeña victoria.

Le doy la vuelta al volante del Jetta y hago un giro brusco a la izquierda para entrar en la plaza 123 justo en el momento en el que una chica con el pelo negro azabache y una cartera colgando del hombro entra en la plaza de aparcamiento.

Medio segundo se convierte en una eternidad mientras mi coche se escora hacia la chica y me deja observar su pelo, que se abre en abanico cuando ella se vuelve hacia el sonido del peligro inminente. Su boca, un óvalo conmocionado. Sus manos levantadas como si pudieran protegerla del impacto de un vehículo de tonelada y media.

Pienso con una claridad aterradora: «Voy a matarla».

Y entonces, otro pensamiento, otra voz, grave y desesperada: «¡Joder, Amelia! ¡Frena!».

Chillo y hundo el pie en el pedal.

El Jetta se detiene con una sacudida.

El pecho de la chica sube y baja. Ella está parada delante del capó. El parachoques no puede estar a más de tres centímetros de sus rodillas.

Nuestras miradas se encuentran a través del parabrisas.

Pongo el freno de mano y forcejeo con el cinturón de seguridad. Casi caigo al suelo con la prisa por salir, pero consigo plantar los pies en el suelo y digo:

—¡Lo siento mucho! ¿Estás bien?

Ella baja las manos y las pulseras doradas que lleva en las muñecas tintinean. Se aparta el pelo y se pone en guardia, con la mandíbula apretada y el ceño fruncido. Es preciosa, como si la hubieran pintado con aerógrafo, con su *contour* que parece inalcanzable para las chicas que, como yo, nos limitamos al rímel y el protector labial.

Parece cabreada.

Pero entonces, como si fuera nieve que cae de un tejado a dos aguas, su semblante imponente se desmorona. Da un par de pasos apresurados hacia mí.

—Estoy bien. ¿Y tú?

—Sí, perfecta.

Inspiro esperando ralentizar el pulso. Estar así de espesa casi termina en desgracia y no tengo claro cómo asimilar el milagro de que esta chica haya sobrevivido a mi ineptitud.

—Dios. En serio, lo siento mucho.

Se ríe. ¡Se ríe!

—Tranqui, suele pasar.

Parpadeo.

—Eh... ¿En serio?

—Este aparcamiento es una locura en el mejor de los días. No eres la primera que casi atropella a alguien y tampoco serás la última.

No estoy segura de si lo dice en broma para hacerme sentir mejor o si debería ponerme un casco cuando voy por el aparcamiento.

—¿Primer día en el insti? —adivina.

—¿Tan evidente es?

Vuelve a reír, es un sonido luminoso.

—¿En qué curso estás?

—En el último.

—Ufff, ¿un cambio de instituto en el último curso? Menuda mierda.

—No es para tanto —digo encogiéndome de hombros y aguantándome las ganas de sacar el móvil y abrir el horario para suplicarle que me lleve a mi primera clase: Educación Cívica Avanzada.

—Yo también empiezo el último curso. —Señala el Jetta, cuyo motor sigue zumbando flojito y tiene el culo fuera de la plaza 123—. ¿Y si terminas de aparcar, yo me aparto, y comparamos los horarios antes de que suene la campana?

Quiero postrarme de rodillas y darle las gracias a esta chica tan amable.

«Me esforzaré —le dije ayer a mi padre—. Intentaré hacer una amiga».

—Sí —contesto—, sería genial, gracias. Me llamo Lia.

—Paloma. Y no te preocupes, yo fui la chica nueva el año pasado. Tenemos que hacer piña.

RAÍCES

Diecisiete años, Tennessee

Por suerte, Paloma y yo tenemos la misma clase a primera hora. Mientras vamos hacia el aula, me habla del descanso de treinta minutos entre la tercera y la cuarta hora.

—La mayoría lo usamos para estudiar o charlar con los compañeros —me dice—, pero también es la hora a la que se reúnen los clubes. Ven a la biblioteca, te presentaré a las chicas.

Educación Cívica Avanzada no está mal porque puedo sentarme al lado de Paloma. Gracias a nuestra conversación susurrada, me entero de que vino a Tennessee de California porque sus tíos y un montón de primos viven aquí. Dice que el sur empieza a gustarle, pero que echa de menos Glendale y a Liam, el novio del que ha tenido que alejarse.

—Bueno, lo echo de menos a veces —aclara poniendo los ojos en blanco como diciendo: «Ya sabes».

No lo sé. Para mí, el echar de menos es incesante.

Física y Francés son un rollo. Leemos los planes de estudios y nos recitan las normas. Me paso las dos horas casi enteras cociéndome en culpa a fuego lento, recordando la derrota en la cara de mi madre mientras sostenía la estúpida pizarra y me veía marchar.

Formulo un deseo silencioso: «Que mi madre tenga un buen día».

Para cuando llega el descanso, tengo muchas ganas de una pausa. Encuentro a Paloma al fondo de la biblioteca, donde hay grupos de sillones tapizados encarados a unas ventanas que dan a la parte sur de los terrenos del instituto. Hay un campo de béisbol a lo lejos y uno de fútbol americano más cerca, rodeado por una pista de atletismo muy parecida a la del Instituto Rosebell.

Más allá de una de las zonas de anotación del campo de fútbol, hay un círculo de lanzamiento de peso. Me imagino ahí a Beck, lanzando una y otra vez, observando cómo las balas de hierro dibujan un arco en el aire como si no pesaran más que un huevo de gallina. Se comía mucho la cabeza con los lanzamientos más deslucidos y se negaba a celebrar los logros más espectaculares. Siempre se estaba esforzando, siembre buscaba la excelencia.

Paloma está con un par de chicas que me presenta como Sophia y Meagan. Son la hospitalidad sureña personificada, todo sonrisas acogedoras y piques alegres, y se pasan los minutos siguientes informándome de lo esencial. Sophia es la pequeña de cinco hermanos y es el resultado de la unión de un senador de Tennessee y una contable. Juega a voleibol en la liga de secundaria y tiene unos rizos castaños que le caen como una cascada por la espalda. Meagan es rubia como yo, aunque lleva un corte *pixie* y mechas rubias. Tiene dos hermanas: una que acaba de empezar en el instituto y otra de diez años que va a la Escuela Primaria East River, el colegio nuevo de mi madre. La madre de Meagan murió hace tres años de cáncer de mama, de modo que su padre se encarga solo de ellas mientras trabaja en la oficina central de Bridgestone en Nashville. Ella y Sophia —Soph, como la llama Paloma— empezaron siendo vecinas, se hicieron mejores amigas a los nueve años y a los quince se dieron cuenta de que se importaban mutuamente de una forma más intensa que la amistad. Después de lidiar con una tormenta de desaprobación por parte de los padres de Soph, que no las aceptaron al principio, se hicieron pareja y han estado juntas y felices desde entonces.

Cuando Paloma se mudó al pueblo el año pasado, coincidió con ellas en Educación Física, que incluía una unidad didáctica en la piscina del instituto.

—Una tortura —dice.

—No podía ser más sádico —confirma Meagan.

—Fue idea de Paloma protestar contra el requisito de que los alumnos tengan que nadar un kilómetro y medio para poder pasar al último curso —me explica Sophia.

—Nos manifestamos por el patio con pancartas —dice Meagan—. ¡H2O, va a ser que no!

Sophia le hace bajar la voz y se ríe.

—También lanzamos una campaña en redes y Paloma montó un buen lío en la reunión del consejo escolar. Se podría decir que nos llevamos el gato… del agua.

Paloma sonríe y canturrea:

—Adiós a la prueba de natación.

Y así fue como el dúo de Meagan y Sophia pasó a ser terceto.

Espero que estén abiertas a la posibilidad de un cuarteto.

—Lia se ha mudado desde Virginia —les cuenta Paloma a sus amigas—. Nos hemos conocido en el aparcamiento esta mañana. Tiene un Jetta que casi me aplasta como un rodillo.

Hago una mueca.

—Qué vergüenza.

Les doy la información básica sobre el trabajo de mi padre en el ejército y el nuevo puesto de mi madre en la Escuela Primaria East River.

—Tenemos casa en los Glens —digo mencionando nuestra urbanización—. Por lo menos durante unos años.

Meagan y Sophia me miran con pena, una reacción bastante común entre quienes se han pasado toda la vida en el mismo pueblo. Dan por sentado que debe de ser horrible hacer las maletas y mudarse sin parar. Pero no. Por lo menos, no para mí. La gente tiene una idea equivocada de lo que significa echar raíces. Puedes tener vínculos con más que un sitio. Y, a veces, con experiencias. Y con personas.

—Debes de echar de menos a tus amigos de Virginia —dice Meagan dándole la mano a Sophia.

«¿Qué amigos?», pienso.

Cuando empecé el último año en el Instituto Rosebell, Beck se había graduado, igual que Wyatt, Raj y Stephen, sus amigos que se habían convertido en los míos por defecto. Todavía tenía a Macy, la novia de Wyatt, que era muy divertida y una confidente de fiar, pero no era fácil estar a mi lado. Me pasé casi todo el primer semestre lamentándome por mi soledad. El segundo semestre, después de la muerte de Beck, caí en un abismo de tristeza. Todo el mundo sabía lo que había pasado, claro. Habían traído orientadores de los institutos cercanos para ayudarnos con el duelo, pero yo ya estaba demasiado mal. De modo que, en un intento de salvarla de mi dolor, por no mencionar que quise ahorrarme a mí misma todos los recuerdos de Beck, aparté a Macy de mi mundo de oscuridad como había hecho con mis padres y los Byrne.

Me dije a mí misma —y me lo sigo diciendo— que era lo mejor.

—Bueno, estamos en contacto —contesto sin darle importancia.

—Puedes echarlos de menos igual —repone Sophia empática. Y, entonces, pone un tono alegre—. Vamos a cenar al Shaggy Dog para empezar bien el último año.

—Uy, tendrás que obligarme —dice Meagan irónicamente.

Paloma asiente y me mira.

—Tienes que venir. Es una cervecería del centro. Tienen el mejor pudin de pan del mundo.

Me lo pienso. ¿Cenar con mis padres andándome con pies de plomo mientras ellos hacen leves intentos de insuflarle a la fuerza algo de vida a su hija tristísima o cenar con las tres chicas de las que tengo muchas posibilidades de hacerme amiga?

Estoy a punto de responder cuando un movimiento en las mesas de estudio capta mi atención. Es un chico, delgado y muy alto y con un rizo de pelo oscuro que le cae por la frente. Tiene una sonrisa torcida y los ojos como fragmentos de obsidiana. Cuando nuestras miradas se cruzan, se le ensancha la sonrisa. La conexión dura lo suficiente para distraerme de la conversación con las chicas. Lo suficiente para espolear a mi corazón y llevarlo a un estado próximo al despertar.

—¿Lia? —me llama Paloma cuando el chico rompe el contacto visual para doblar una esquina sin que nadie lo haya visto excepto yo—. El Shaggy Dog, ¿te apuntas?

Yo extingo la traicionera chispa de interés que ha provocado el chico y me obligo a sonreír como sonríe ella.

—Con lo de «pudin de pan» ya me habías convencido.

VÍVIDO

Diecisiete años, Tennessee

Paloma tiene un Civic con una pegatina de la Universidad del Sur de California pegada a la luneta. Salgo de casa y me acomodo en el asiento del copiloto antes de que mis padres tengan tiempo de preguntarme nada.

—¡Vamos, Tojans! —digo mientras me pongo el cinturón.

Ella arranca el coche y sale de los Glens.

—La USC es la única universidad en la que voy a solicitar plaza. Mis padres no entienden por qué me arriesgo tanto. No dejan de repetirme que no me lo juegue todo a una carta.

—Es una muy buena carta.

Sonríe.

—¿Dónde vas a solicitar plaza tú?

—En la UMV. Seguramente en el William and Mary. En Ole Miss, porque mis padres fueron allí.

—¿Ninguna universidad de Tennessee?

—Puede que la UT. Puede que Austin Peay.

—Megs y Soph quieren ir a Austin Peay, Juntas, claro.

—Claro —repito sin juzgar.

Yo también tenía grandes planes de ir a la universidad

con mi novio. El año pasado me parecía impensable cursar estudios superiores sin Beck a mi lado. Todavía me parece impensable.

—La Universidad de la Mancomunidad de Virginia es donde quiero ir en realidad —le digo a Paloma.

Tanto que me estoy pensando seriamente pedir la admisión anticipada vinculante. Mis padres no quieren que vaya a la UMV, pero Beck y yo teníamos un plan. Iríamos a la universidad en Charlottesville, donde él se sacaría el grado en Ingeniería Civil y yo me especializaría en desarrollo durante la primera infancia. Él conseguiría un trabajo increíble en urbanismo y yo trabajaría con niños. Estaríamos juntos para siempre.

No pienso abandonar el plan.

—Si quieres te ayudo a comparar universidades —dice Paloma—. Mi hermano terminó superestresado intentando decidirse por una. Y ahí entré yo con mi cabeza fría y mi app de diagramas de Venn. Terminó dándoseme bastante bien lo de sopesar los pros y los contras, y por eso sé que la USC es a la que quiero ir.

—¿Y dónde quiere ir Liam?

Me dedica una breve sonrisa avergonzada.

—A la USC.

Da un volantazo para entrar en el camino de grava de una casa de dos plantas muy cuidada en una urbanización que se parece mucho a los Glens. Sophia sale dando saltitos por la puerta con Meagan detrás. Se abrochan el cinturón en los asientos de atrás y nos ponemos en marcha hacia el Shaggy Dog. Las chicas charlan mientras Paloma conduce. Yo intento escucharlas y participar, pero mi cerebro lleno de culpa no deja de regurgitar esos breves pero desconcertantes segundos en la biblioteca en los que mi corazón se había revuelto por un chico.

Por otro chico.

Cuando Paloma gira para entrar en el aparcamiento del

Shaggy Dog, empieza a sonarme el teléfono, que llevo en el bolsillo de la chaqueta vaquera. Lo saco y me encuentro la cara de Bernie iluminando la pantalla.

Como si lo supiera.

Silencio la llamada y dejo caer el móvil en mi regazo.

Paloma está dando una vuelta por el aparcamiento, buscando una plaza libre.

—¿Tu madre?

—No, su mejor amiga.

Bernie me ha estado llamando desde antes de que mis padres y yo nos mudásemos a River Hollow, aunque apenas la vi durante los meses anteriores a que nos fuéramos de Virginia. Beck ya no estaba y yo no era capaz de ir a casa de los Byrne. Y, cuando ellos venían a la nuestra, me escondía en mi habitación. Es imposible oír la risa contagiosa de Bernie o una de las bromas sarcásticas de Connor o ver las pequitas esparcidas por la cara de Norah y Mae como salpicaduras de pintura sin que me tumbe un sunami de ausencia.

—Qué guapa —dice Sophia, inclinándose hacia delante para mirar mi móvil.

Bernie sigue insistiendo.

—¿Si es la amiga de tu madre —pregunta Meagan— por qué te llama a ti?

Por fin, Bernie se rinde. La pantalla se pone en negro.

—Su hijo y yo… —empiezo a decir, pero las palabras se enganchan unas a otras como cadillos.

Llevo nueve meses sin decir el nombre de Beck en voz alta.

Paloma ha encontrado una plaza, pero nadie hace ademán de salir del coche, sino que nos quedamos sentadas delante de un edificio de ladrillo con un letrero de neón en el que pone «Shaggy Dog» con mi preámbulo inacabado. Siento la atención de las chicas como si fueran sacos de arena sobre mis hombros. Paloma me mira con los ojos marrones iluminados por la curiosidad.

Beck me susurra: «No entierres mi recuerdo».

—El hijo de Bernie y yo crecimos juntos —digo, porque quiero que Paloma, Meagan y Sophia sean mis amigas, me caen bien. Y porque quiero que la gente conozca a Beck—. Murió de repente, hace doscientos cuarenta y seis días.

Es el tipo de declaración que vuelve irrespirable un ambiente. Hay tanto silencio en el interior del coche que oigo mis latidos acelerados, y me pregunto si tendría que haberme guardado a Beck para mí. Pero entonces Paloma exhala y suelta el volante para darme la mano.

—Lo siento —dice—. ¿Cómo se llamaba?

—Beck. Beckett Byrne.

Me dedica una sonrisa compasiva.

—Debes de echarlo mucho de menos.

—Menudo año has tenido, ¿no? —dice Meagan.

Asiento. No sé si puedo confiar en que no se me quebrará la voz.

—Pero ahora estás aquí —señala Sophia.

—Sí —coincide Meagan—, en el Shaggy Dog, donde el pudin de pan está de muerte.

Sophia coge aire de repente.

Paloma abre mucho los ojos horrorizada.

—¿Qué? —pregunta Meagan, mirándolas alternativamente—. ¿Qué he dicho?

Me recuerda a Bernie por cómo habla con convicción, sin contemplaciones. Sabe lo que es perder a alguien. Y, para mi sorpresa quizá más que para la de nadie, me dejo arrastrar por un ataque de risa entre hipos. Dios, qué bien sienta.

Las chicas también se ríen y me inunda una oleada de calidez.

En solo un día me han recordado lo bien que sienta formar parte de algo.

CERTEZA INELUDIBLE

Diez años, Washington

Hacia el final de nuestra estancia en la Base Militar Conjunta Lewis-McChord en el estado de Washington, me pasé la mayor parte del verano entre quinto y sexto jugando al aire libre con Beck.

Los Byrne vivían a dos casas de la nuestra en un barrio cercano a la base militar. A mi padre y a mí nos encantaba Washington: sus exuberantes bosques de hoja perenne, las numerosas pistas de esquí y las playas frías y rocosas. Mi madre pensaba que el noroeste del Pacífico era demasiado gris y demasiado caro. Echaba de menos los veranos húmedos del sur y las playas blancas besadas por las aguas cerúleas del Golfo de México. Aun así, tenía a Bernie al lado y mi padre se había pasado los últimos seis meses en el país, así que no se quejaba.

Sin embargo, desde que habían terminado las clases en julio, no estaba bien. Yo agotaba las horas de luz con Beck usando restos de madera para construir fuertes y rampas para la bici en los solares del barrio, pero la extrañeza de llegar a casa y encontrarme a mi madre en el sofá dando sorbitos de un vaso de agua con limón y absorta en cualquier documental que se hubiera puesto en la tele no me pasaba desapercibido.

Cuando no estaba en el sofá, estaba en el baño preparándose para vomitar, vomitando o lavándose los dientes después de haber vomitado. Rara vez comía algo que no fueran tostadas con mantequilla. Apenas se maquillaba algún día. Más de una vez, yo me había despertado a altas horas de la noche y había oído las voces cuchicheadas de mis padres que llegaban por el pasillo desde su habitación. No discutían —casi nunca discuten—, pero tampoco parecían felices.

Algo pasaba.

Un día inusualmente soleado que estaba fuera de casa con Beck, solté una confesión:

—Mi madre se está muriendo.

Él bajó el martillo que estaba usando para unir un listón de madera a una plancha de aglomerado. El viento le removía el pelo y tenía una mancha de polvo en la mejilla pecosa.

—¿En serio?

—Eso creo. Siempre está cansada. Casi no sale de casa. No para de vomitar.

Dejó caer el martillo, sacado de la caja de herramientas de Connor, y se puso cómodo en el suelo, apoyando los brazos en las rodillas y mirándome con los ojos entrecerrados por el sol. Siempre será algo que le agradeceré: Beck iba de duro, pero cuando las circunstancias lo requerían, se transformaba en un chico atento que dejaba el martillo para escuchar a una amiga.

—Ahora que lo pienso, no la he visto mucho últimamente —dijo—, pero mi madre me habría dicho algo si la tuya estuviera enferma, si se estuviera muriendo —termina recalcando la última palabra.

Yo levanté un hombro y lo dejé caer.

—Igual no quiere que te preocupes, como mi madre no quiere que me preocupe yo.

—¿Has hablado con tu padre?

Resoplé.

—Hace como si todo estuviera bien. Como si yo fuera imbécil y no me diera cuenta de que, de repente, mi madre se pasa la vida en el sofá.

—Oye —me dijo Beck con una sonrisa amable—, yo soy el único que puede llamarte imbécil.

—Es que… —Noté consternada que los ojos se me inundaban de lágrimas. Lo que dije a continuación salió lastimero y lloroso—. Estoy preocupada por ella.

Me puso una mano en la rodilla, que me había pelado el día anterior gracias a una caída con la bici.

—Está bien, Lia. Tiene que estarlo. Es que, si no, ¿qué haría mi madre sin ella?

—¿Qué haría yo sin ella? —respondí con énfasis en el «yo».

Suspiró. Un sonido compasivo.

—Estará bien. Y, aunque no lo esté, tú lo estarás.

Sorbí por la nariz.

—¿Cómo lo sabes?

—Porque me tienes a mí. Pase lo que pase, siempre me tendrás a mí.

Unas noches después de confesarle mis preocupaciones a Beck, un estrépito me despertó de un susto.

A continuación, se oyó un grito y el cuerpo se me quedó helado de miedo.

Salí de la cama como pude y corrí por el pasillo hacia la habitación de mis padres. Abrí la puerta de golpe y oí a mi padre soltar un taco tras otro. La cama estaba revuelta, pero vacía. Sin embargo, la luz del baño estaba encendida y crucé la habitación en un abrir y cerrar de ojos. Mi padre estaba agachado encima de mi madre, que tenía la cara pálida y los párpados caídos. Estaba en el suelo, aferrada a un par de toallas de rizo. Había dos agujeros abiertos en el yeso de la pared, donde el toallero había sido arrancado de sus anclajes. Tenía el cuello de la camiseta mojado y en los pantalones de pijama…

Había sangre, mucha sangre.

Mi cabeza era un caos de preguntas, pero me faltó el aplomo para soltar más que una exhalación temblorosa.

Susurré:

—¿Papá?

Él me miró con los ojos vidriosos y su voz sonó sorprendentemente tranquila cuando me dijo:

—Coge mi móvil. Llama a Bernie. Dile que venga inmediatamente. Luego llama a emergencias y tráeme el teléfono aquí.

Hice lo que me pedía. El pánico me rebotaba por dentro como una pelota de ping-pong, pero operé en piloto automático porque mi cabeza y mi corazón sabían que mi madre me necesitaba.

En cuanto tuve a una operadora de emergencias al teléfono, dejé el móvil en las manos expectantes de mi padre y me quedé por allí escuchando mientras él describía la situación.

—Treinta y cuatro años… Sí, sangrando… Solo los últimos minutos. —Y luego, de pronto—: ¡No lo sé!

Mi madre gimió aferrándose a su barriga. Retorció la boca y cerró los ojos con fuerza. Yo me agaché con miedo de tocarla, pero desesperada por consolarla. Con cuidado, le puse una mano temblorosa en la frente. La palma me resbaló por su piel húmeda.

Y entonces…

—Está embarazada —le dijo mi padre a la operadora.

Me eché atrás y aparté la mano. La visión se me quedó en blanco y esa palabra, «embarazada», me hizo sentir como si se me hubiera llevado una avalancha.

La mirada de mi padre colisionó con la mía.

Mi madre llevaba un bebé dentro.

—Dieciséis semanas, creo —le dijo mi padre al teléfono.

A mí, con la boca, pero sin emitir ningún sonido, me dijo: «Lo siento».

A lo lejos, la puerta principal se cerró de golpe. Subieron unos pasos por la escalera. Bernie apareció con el pelo de color nogal recogido en una coleta descuidada y las mejillas sonrosadas. Su mirada cayó hasta donde estaba mi madre, indefensa sobre las baldosas de travertinos.

—Por Dios, Cam —suspiró.

—Ya —dijo mi padre—, Dios, ya lo sé. La ambulancia está de camino.

Bernie llevó su atención de mi madre —su mejor amiga, que estaba tumbada en el suelo delirando y sangrando— a mí, hecha un ovillo, casi en posición fetal, a su lado.

—Lia, cielo, ven conmigo.

—Pero mamá…

—Tu padre la cuida. Vamos fuera a esperar a la ambulancia.

Le di la mano a Bernie. Bajamos lentamente las escaleras y salimos por la puerta de casa. Nos quedamos de pie en el camino de entrada escuchando con atención. Y, entonces, oímos una sirena lejana que aumentó considerablemente de volumen cuando una ambulancia frenó con brusquedad al final del camino.

El resto lo tengo borroso: el personal de emergencias entrando en la casa a toda prisa y luego volviendo a salir, corriendo al lado de mi madre tumbada en una camilla. Mi padre subiéndose a la parte de atrás de la ambulancia y diciéndome deprisa:

—No, Millie, tú quédate con Bernie.

Bernie reteniéndome mientras yo me agitaba en un intento desesperado por correr por la calle detrás de mis padres.

Caí al suelo en el camino y enterré la cara entre las manos y lloré.

Bernie también lloró.

Finalmente, entramos en casa. El reloj de la repisa de la chimenea decía que eran casi las tres y, aunque estaba agotada, no tenía sueño. Bernie hizo chocolate caliente del bueno, con un cazo en el fogón y con chocolate derretido, y luego preparó un nido de mantas en el sofá.

Di sorbos de chocolate.

Bernie se sentó en silencio a mi lado.

Cuando no pude soportar el silencio ni un segundo más, le pregunté:

—¿De verdad está embarazada?

Bernie asintió.

—No quería que lo supieras… todavía. Ha habido complicaciones.

—Pensaba que se estaba muriendo.

Y, por lo que sabía, todavía se iba a morir. Podría estar ya muerta.

Bernie tendió la mano para cogerme la taza. La dejó en la mesita baja y luego me envolvió las manos con las suyas.

—Esta noche… lo que ha pasado… Tendremos que esperar a que llame tu padre, pero, Lia, estará bien.

Beck me había dicho lo mismo unos días antes.

Aunque deseaba que ambos tuvieran razón, ninguno podía asegurar con certeza que mi madre saldría de esa, que volvería a casa.

—Se supone que no debe tener más hijos.

Bernie arqueó una ceja.

—¿No?

—La predicción de la adivina. «Darás a luz una vez». Ya me tuvo a mí. Otro bebé… no tiene sentido.

Estudié la expresión de Bernie mientras asimilaba mis palabras, mientras intentaba y no conseguía esconder una sonrisa divertida. Me miraba como si fuera boba, ingenua, porque confiaba en la profecía de una vidente de feria, lo cual era muy hipócrita. Mi madre creía en esa profecía.

Bernie también. Lo sabía porque se había estado refiriendo a su hijo, Beck, como mi alma gemela desde que yo tenía uso de razón. ¿Y ahora, como la predicción no contribuía al relato que ella quería, era una tontería?

—La vida es confusa —dijo—. Las cosas no son tan simples como la predicción de una adivina.

Arrugué la nariz, profundamente insatisfecha con su no respuesta.

—Vale, pues supongo que Beck y yo no estaremos juntos para siempre.

Se rio, una aguja directa a la burbuja de ansiedad en la que yo estaba atrapada.

—Ay, Lia, tú tienes que estar con Beck porque quieres, no porque una vidente le dijo a tu madre que tenéis que estar juntos. Yo siempre te querré muchísimo, pase lo que pase.

Me atrajo hacia ella recolocando las mantas a nuestro alrededor. Encendió la tele con el mando y fue pasando por las plataformas de *streaming* que teníamos hasta aterrizar en el episodio piloto de *Dawson crece*, una serie que mi madre no me dejaba ver porque se suponía que trataba temas demasiado adultos. Pero las cosas eran así: Bernie me dejaba pasar muchas más cosas que mi madre, igual que mi madre se reía y no le daba importancia a que Beck mojase las Oreo en nuestro bote de crema de cacahuete.

—Esta serie me encantaba de joven —me dijo Bernie mientras Dawson y Joey discutían sobre quedarse a dormir en casa del otro—. Esta y *Sensación de vivir*, *Cinco en familia* y *Veronica Mars…* los dramas adolescentes más jugosos. Amiga, es momento de que conozcas a Pacey, a Rory Gilmore, a Buffy y a Tim Riggins. Madre mía… «¡Texas para siempre!». Me encanta.

Me reí y, entre los brazos de Bernie, me fui durmiendo.

Al cabo de un rato, me desperté aturdida porque le estaba sonando el móvil. Bernie sacó el brazo de debajo de mí y salió de puntillas del salón. Yo la seguí a hurtadillas. Se fue a la cocina, escuchando, y se puso a revolver en nuestro armario del café. Conocía nuestra cocina tan bien como mi madre. Eligió una cápsula de tueste medio y la metió en la cafetera murmurando «sí» y «no» y «lo siento».

Era mi padre, lo supe por el tono de ella.

También supe que mi madre estaba bien. Si no, Bernie no habría estado de pie eligiendo una taza y sacando leche cremosa de avellana de la nevera.

Pero ¿por qué lo sentía?

—Lia está bien —dijo esperando mientras se hacía el café—. Ha dormido unas horas. Estaré aquí mientras me necesitéis.

Mi padre dijo algo, seguramente le dio las gracias, porque ella emitió un sonido de asentimiento.

Me llevé una mano al corazón. Latía demasiado rápido para un cuerpo inmóvil.

—Dale un beso a Hannah de mi parte —le dijo Bernie a mi padre, y colgó.

Cuando se volvió, no pareció sorprendida de encontrarme espiando. El aroma de café llenó la cocina, cálido y potente, mientras nos estudiábamos. Su expresión era pesada, como si la tristeza le tirase de los rasgos hacia abajo.

—Tu madre está bien —dijo por fin.

—Tú ya sabías que lo estaría.

—Esperaba que lo estuviera.

—¿Y el bebé?

—El bebé… ya no está.

Una versión suavizada de decir que se había muerto. Ese tipo de delicadeza era poco propia de Bernie y, aunque agradecí su consideración, tenía diez años, no dos. Después de lo que había visto aquella noche, no estaba de humor para vaguedades y florituras. Quería sinceridad. La necesitaba.

Me molestó la certeza con la que yo había sabido que el embarazo terminaría.

Pero había habido un bebé.

Mi corazón ya estaba sufriendo la pérdida.

—Lia, lo siento.

Asentí porque no tenía palabras. Tenía emociones. Emociones grandes, emociones enfrentadas, que quemaban con tanta fuerza que estaba segura de que iba a tener fiebre. Me sentía frustrada porque no me lo habían dicho. Destrozada porque se me había negado la oportunidad de querer a mi hermano. Y, sobre todo, furiosa con la vidente por haber pronunciado las palabras que hicieron realidad el caos de la noche anterior.

Mi madre tenía que dar a luz una vez, no dos.

—No me encuentro bien —le dije a Bernie.

—Lia…

—Por favor —dije volviéndome hacia las escaleras—, quiero estar sola.

En mi habitación, me encamé, una expresión que usa mi abuela y con la que quiero decir que me acosté y lloré dramáticamente entre mis suaves sábanas. Debí de haberme quedado dormida por el cansancio de tanto llorar, ya que lo siguiente que recuerdo es despertarme porque me estaban sacudiendo. Abrí los ojos y me encontré a Beck sentado en el borde de mi colchón con la mano en mi hombro.

—Mi madre me ha mandado a por ti. Ha hecho tortitas. Quiere que comas.

—No tengo hambre —le dije frotándome los ojos empañados.

—Ya, pero, cuando me encuentro mal, comer me ayuda.

Tiré de la colcha y me tapé hasta la barbilla.

—Si pienso en el sirope me entran ganas de vomitar.

Cogió de la mesita de noche mi bola de billar mágica, un juguete que había aparecido dentro de mi calcetín de Navidad hacía unos años. Cerró los ojos y dijo:

—¿Debería Lia comer tortitas?

—Beck…

Consultó la bola y dijo con aire erudito:

—Desde luego.

—Anda ya. Solo es un juguete.

—Un juguete muy listo. A ver, ¿y si te preparo unas tortitas con mermelada de fresa? O con Nutella.

Me rugió el estómago.

—La Nutella me apetece. Y… ¿me las traes para que pueda comérmelas en la cama?

Asintió dedicándome una sonrisa amable.

Y, en ese momento, me vino a la cabeza aquella vez que Bernie había bromeado diciendo: «Ay, Lia, prácticamente eres mi nuera». A mi madre le gustaba decir: «Beckett Byrne y Amelia Graham: una certeza como que ha de salir el sol». Y el propio Beck, unos días antes, me había prometido: «Siempre me tendrás a mí».

Sin embargo, hasta ese momento —cuando lo tenía en mi habitación en el peor de los días prometiéndome tortitas y consuelo— nuestro futuro no me había parecido un hecho.

Beck y yo éramos una certeza ineludible.

Lo miré intentando invocar el amor que algún día sentiría, queriendo probarlo, como una muestra de las que dan en el súper o como el tráiler de una película. Mi mirada cayó hasta su boca, torcida por la incerteza, mientras me imaginaba mi primer beso… con él.

«Qué raro —pensé—. Besar a Beck sería rarísimo».

Él carraspeó.

—¿Estás bien?

—Creo que lo estaré.

Se puso en pie.

—Ahora vuelvo, ¿vale?

Asentí y lo observé mientras cruzaba mi habitación. Su masculinidad manifiesta parecía fuera de lugar rodeada de mis cosas, por lo general, femeninas.

Cuando estaba llegando a la puerta, lo llamé. Él se detuvo, se dio la vuelta y descansó una mano en la jamba. Me miró con los ojos verdes grisáceos inquisitivos y, de pronto, ya no me acordaba de lo que quería decirle.

Aturullada, me conformé con:

—Gracias.

Su boca se curvó en una sonrisa.

—De nada.

INTUICIÓN

Diecisiete años, Tennessee

Gracias a Paloma, Meagan y Sophia, las primeras semanas del último curso no están siendo tan malas.

Pero, entonces, llega un día que temo desde hace tiempo: el cumpleaños de Beck.

Es el día más difícil al que me enfrento desde hace meses. Tengo pensado enterrarme en la cama en cuanto terminen las clases, aunque mis amigas me convencen para hacerle una visita a la pastelería Buttercup. Después de pedir las bebidas y cuatro *cupcakes* con un glaseado muy generoso, nos apretujamos en una mesa de un rincón y Paloma hace un brindis por el decimonoveno cumpleaños de Beck, porque, aunque se lo mencioné de pasada justo después de conocernos, se acuerda.

Hace un año, Beck pasó su decimoctavo cumpleaños en Rosebell. Fue la primera vez que volvió a casa desde que se había mudado a Charlottesville el mes anterior. Su madre y yo le preparamos una comida con sus platos favoritos: perritos calientes de *bratwurst*, macarrones con queso caseros, ensalada caprese y un bizcocho de crema de cacahuete que Bernie prepara para las ocasiones especiales. Estuvimos en el jardín trasero de los Byrne con su familia y la mía, y luego nos escapamos para pasar el resto de la tarde solos.

Fuimos juntos a los establos de la Base Militar Conjunta Myer-Henderson Hall para darles manzanas a hurtadillas a los caballos que tiran de los carros en los que se llevan los ataúdes durante los funerales militares en el Cementerio Nacional de Arlington, y después paseamos por la Explanada Nacional de Washington D. C. para terminar en el monumento a Thomas Jefferson, donde vimos el espectáculo del sol hundiéndose en el horizonte.

Lo echo de menos a él y echo de menos dar por hecho con tanta facilidad que estaríamos juntos para siempre.

También echo de menos a su familia. Las reuniones, la comida, la risa, la afinidad.

—Estoy pensando en hablar con la madre de Beck —les digo a mis amigas mientras hago círculos con las púas del tenedor por el glaseado de crema de cacahuete de mi *cupcake*.

—Deberías —dice Meagan.

Está a mi lado, así que es fácil captar la mirada de «relaja» que Paloma le dirige desde el otro lado de la mesa. Meagan se encoge de hombros, sin mostrarse arrepentida.

—Solo digo que seguramente ella también esté teniendo hoy un día de mierda —concluye.

Los remordimientos me golpean el pecho con fuerza. Durante toda mi vida, Bernie ha sido mi aliada, mi otra madre guay que ha ocupado el puesto en las escasas ocasiones en las que mi madre no ha estado disponible. Y, sin embargo, la he abandonado en el peor año de su vida.

Debo de parecer tan culpable como me siento, porque Soph acude corriendo para hacer control de daños.

—Lo que Meg intenta decirte es que, cuando tienes la corazonada de que debes hacer algo, suele ser por algún motivo.

Miro a Paloma, sus ojos delineados en negro y sus pestañas kilométricas.

—¿Tú cómo lo ves?

Ella sonríe.

—No es mala idea hacerle caso a la intuición.

Dejo el tenedor y hago una confesión bochornosa:

—Apenas he conseguido sobrevivir hoy. Tengo bastante claro que hablar con Bernie terminará de destrozarme. Eso es lo que me echa atrás... el miedo. ¿Es lo más egoísta que habéis oído en la vida?

—No —dicen Paloma y Soph al unísono.

—¡Sí! —grazna Meagan. Pero, con su brusquedad, abandona al *cupcake* para apretarme la mano—. Esta mierda ya la he vivido, Lia. Después de que mi madre muriera, mi abuela empezó a venir a casa a todas horas. Nos hacía la cena y la colada. Limpiaba los baños. Estorbaba a mi padre. Lo ponía de los nervios. Aquella primera Navidad que pasamos sin mi madre, mi abuela insistió en cocinarlo todo. Ni siquiera dejó que mi padre asase el pavo. Cuando nos sentamos a comer, él miró la silla vacía de mi madre y se le fue la olla. Le dijo a mi abuela que se estaba sobrepasando, que estaba intentando reemplazarla. Mi abuela se fue hecha una furia y nos dejó a mi padre, a mis hermanas, a mi abuelo y a mí sentados a la mesa. Pensé que mi abuelo iba a explotar, pero se limitó a ponerse a trinchar el pavo con toda la tranquilidad del mundo y nos contó que mi abuela estaba supertriste y que intentar hacer todo lo que mi madre ya no podía hacer era parte de su duelo.

—Tiene mucho sentido —dice Paloma.

Meagan le dirige una sonrisa antes de mirarme.

—La gente se enfrenta a la pérdida de formas diferentes. Tú quieres enfrentarte a ella sola, pero igual la madre de Beck necesita conexión para hacerlo. Te va a costar abrirte a ella, pero imagina lo que le estarás dando.

Soph tiende la mano por encima de la mesa para coger la de Meagan.

—Qué chica más lista.

La verdad es que Meg es lista. La forma de Bernie de demostrar amor es pasar tiempo con la gente. Le gusta hablar y escuchar. El contacto visual y las risas compartidas le dan fuerzas. Beck era igual.

Debe de estar muy decepcionado por cómo he apartado a su madre de mi vida.

Pincho un bocado de *cupcake* y miro a mis amigas.

—Puedo hacer mejor las cosas.

Paloma me dirige una sonrisa alentadora. Soph asiente con la mirada resplandeciente.

—Pues claro que sí —dice Meagan.

UNA PROMESA

Diecisiete años, Tennessee

Mi conversación con Bernie era un no parar de mensajes sobre series telenovelescas y mensajes para saber dónde estábamos Beck y yo, además de recordatorios de que me llevase a casa a la hora que nos habían dicho mis padres. Sin embargo, desde hace más de un año, la conversación ha sido más bien un monólogo: Bernie saludándome, Bernie esperando que esté bien, Bernie mandándome fotos de Norah y Mae…

Me siento fatal por haberla dejado en leído tanto tiempo.

¿Tengo el corazón roto o es que me lo han quitado del todo?

Con el *cupcake* de crema de cacahuete que me he comido antes dándome vueltas en el estómago, reúno el valor y tecleo un simple: Hola.

Aprieto el botón de enviar antes de que las dudas se apoderen de mí.

Es tarde, de modo que no espero respuesta, pero enseguida llega una.

Hola, amiga. Qué alegría saber de ti.

Con dificultades para respirar por la presión que siento en el pecho, subo por el hilo de mensajes mirando todas las fotos de las gemelas que me ha mandado Bernie. Me mata saber que me he perdido tanto.

No me puedo creer lo grandes que están Norah y Mae, le mando.

Llega una foto nueva: dos niñas de pelo rubio rojizo con las mejillas sonrosadas, sonriendo de oreja a oreja con dos vestidos veraniegos idénticos. Cuánto me alegro de que Bernie y Connor las tengan. Son rayitos de sol.

Les encanta preescolar, me dice. Y, a continuación: ¿Cómo estás?

Me decido por la sinceridad sin paliativos: Fatal, ¿y tú?

Horrible, me escribe. Pero esto ayuda.

Meagan tenía razón.

Sin embargo, lo más sorprendente es que volver a hablar con ella también me está ayudando a mí.

Te echamos de menos, me dice Bernie.

Me he prometido a mí misma que no me pasaría el día llorando. El cumpleaños de Beck debería ser alegre, como lo fue en el pasado. Me seco los ojos con la manga y le pregunto: ¿Qué estás viendo últimamente?

Nada, los dramas adolescentes no tienen sentido sin ti.

Ya nada tiene sentido.

Pienso en el chico en el que me fijé en la biblioteca el primer día de clase. No compartimos asignaturas, pero lo he visto por el instituto, a veces con amigos y a veces solo, con la mochila colgada del hombro y un gesto pensativo. Su mirada profunda y su andar seguro de sí mismo me llaman de una forma tan emocionante como reprobable.

No, nada tiene sentido.

Cruzo la habitación hasta mi escritorio, donde rebusco en un cajón lleno de libretas llenas. Cuando encuentro la que estoy buscando, voy a una página que creé poco después de cumplir once años: «La lista de maratones de series de Bernie y Lia». Resigo los títulos de series escritos en morado —*Es mi vida*, *The O. C.* y *Gossip Girl* entre muchas otras— y encuentro dónde nos quedamos. Le mando a Berni otro mensaje: Si empiezas Friday Night Lights, yo también.

Hecho, contesta. Y luego: Te quiero, Lia. Todos te queremos. Sobre todo Beck. Te quería muchísimo.

Eso no lo dudaré nunca.

Beck me hacía sentir querida todos los días en las cosas pequeñas y a lo grande y de todas las formas que quedan en medio. Busco en el tablero de corcho colgado encima de mi escritorio y encuentro una de mis fotos favoritas, tomada en Rehoboth Beach un par de meses antes de que él se fuera a la UMV. El viento le revuelve el pelo y el sol le multiplica las pecas. Tiene una sonrisa amplia y resplandeciente en la cara. Yo estoy a su lado. Llevo un biquini de color amarillo plátano y una coleta despeinada y me río tan fuerte que se me cierran los ojos.

Él me mira como si estuviera hecha de polvo de estrellas.

Mi móvil vuelve a vibrar.

Esta noche haz algo especial, dice Bernie. Haz algo por ti. A Beck le gustaría.

Al lado de la foto en Rehoboth Beach hay dos fotos colgadas una al lado de la otra, las dos tomadas en Charlottesville durante el fin de semana en que fui a visitar a Beck. Una la hizo Bernie, enfocada y con colores saturados: Beck y yo vestidos de rojo y azul marino sonriendo entre miles de personas en el estadio de fútbol de la UMV. Los Eagles, cuya mascota era, por supuesto, un águila, le dieron una paliza al Virginia Tech. La segunda se tomó antes, aquella misma mañana. Es un selfi de nosotros dos en la habitación de la residencia de Beck, desenfocada como si estuviéramos en un sueño. Él me rodea con un brazo y nos miramos con las narices prácticamente en contacto.

Mi último fin de semana con él.

Nuestra última comida juntos, nuestra última risa compartida, nuestro último beso.

Mi mejor fin de semana con él.

Lo haré, le digo a Bernie.

Solicitud de admisión anticipada vinculante

Se pasa las últimas horas del cumpleaños de él
buscando información sobre el proceso
de admisión anticipada vinculante de la UMV,
tomando notas y haciendo listas de tareas pendientes,
registrando emociones y listas de cosas que
tal vez no debería hacer en la libreta.
    La fecha límite es el 1 de noviembre,
todavía tiene tiempo para conseguir los expedientes
académicos y las cartas de recomendación,
para ponerse en contacto con
la Oficina de Servicios para los Veteranos de
Guerra y preguntar cómo puede usar las ayudas
de la Ley de Reajuste de Militares que
le había transferido su padre, para hacer una crónica
de los voluntariados que hizo en el Key Club
y en los diferentes Grupos de Preparación
para Familias en los que participa su padre
y, finalmente, para escribir una carta
de motivación.
    Ya ha rellenado la solicitud de la ayuda federal con sus padres
y tiene dinero para las tasas en el banco, así que todavía
no hace falta hacerlos partícipes del plan.
    Ellos saben que su interés por la UMV empezó
cuando Beck eligió esa universidad. Antes de que
él y ella fueran nosotros, ella tenía la intención
de volver al noroeste del Pacífico para la universidad.

Echaba de menos sus cielos encapotados y el gris plomizo del estrecho de Puget.

También quería estudiar un semestre en el extranjero, una oportunidad de explorar un país distinto al suyo. Pero desde la muerte de Beck lo tiene claro. Cuatro años en la UMV repararán el desgarro que tiene en el alma.

El problema es que si sus padres se enteran de que está pidiendo la admisión anticipada vinculante —se compromete a matricularse si se la conceden—, se pondrán histéricos.

Pero saldrá bien.

Al final lo entenderán. Mira la bola de billar mágica que tiene en el escritorio, con la que Beck y ella solían jugar, la que usaban para que les ayudase a tomar decisiones, tanto importantes como triviales.

La coge y le susurra la pregunta que le ha rondado la cabeza desde que ha abierto el portátil. La sacude con suavidad y espera a que desaparezcan las burbujas.

«Sin duda», dice el triángulo azul.

Está decidido.

Mandará la solicitud de admisión anticipada vinculante.

La resolución saldrá en diciembre. Entonces, les dirá a sus padres lo que ha hecho.

356 DÍAS

Diecisiete años, Tennessee

En una mañana fría de noviembre, me despierto y me doy cuenta de que se ha abierto un abismo en mi interior.

Sobrevivo a una ducha. Me dejo el pelo suelto para que me tape la cara. Me pongo unos vaqueros oscuros y un suéter negro, una mezcla entre adolescente actual y viuda victoriana. Y, como soy masoquista, abro el joyero y saco mi posesión más preciada, un anillo con dos piedras, una aguamarina y un zafiro. Dejé de ponérmelo después del velatorio de Beck; el par de gemas me hacían sentir más sola que nunca.

Hoy lo necesito conmigo.

Encuentro a mis padres en la cocina con Comandante, que ya ha engullido el desayuno y está sentado delante de su cuenco deseando más comida. Al pasar a su lado, me olfatea la mano con cariño. En la encimera hay un chocolate caliente en un vaso para llevar al lado de un cruasán de chocolate que se asoma de dentro de una bolsa de papel. Un desayuno especial, solo para mí. Mi padre lleva un forro polar y las Samba andrajosas que tiene desde la universidad, por lo que debe de haber salido él a comprar el desayuno. Mi madre se levanta de la silla abandonando una taza de té a medio beber y viene hacia mí. Abre los brazos, con un aspecto de zombi, esperando un abrazo. Yo la esquivo. La cara se le contrae y a mí me sabe mal, pero quiero que me dejen sola.

—Tengo que ir a clase —digo como toda explicación.

Mi madre y yo apenas hemos hablado durante los dos últimos meses. No le he dicho nada sobre los mensajes que le mando a Bernie ni sobre *Friday Night Lights*, aunque estoy segura de que Bernie le habrá dicho que estamos en contacto. Me pregunto si le causará envidia o tristeza, pero decido que no importa. No puede importar.

De algún modo, con Bernie es más fácil.

Atravesándome con una mirada disgustada, mi padre atrae hacia sí a mi madre y le da un abrazo.

Ella se deshace en lágrimas silenciosas.

Comandante suelta un quejido grave y largo.

«Esto es insoportable», le digo a Beck.

Cojo la mochila del perchero, las llaves del aparador y la chaqueta del armario. Pongo la mano en la puerta que da al garaje. Estoy a punto de escapar cuando mi padre dice mi nombre.

Doy por hecho que dirá algo sensato, que me sermoneará con palabras profundas. Está acostumbrado a hacer discursos llamando a la fuerza y el estoicismo. En lugar de eso, con gravedad, dice:

—Que no se te olvide el desayuno.

Fuera está oscuro y hace mucho frío. Las estrellas más obstinadas todavía salpican el cielo, aunque a lo lejos arde la promesa del amanecer. Me asomo por la puerta del coche para encender el motor y poner la calefacción antes de bajar a pie por el camino y tirar el desayuno intacto en el cubo de la basura que hay en la acera.

Es imposible que pueda comer. Hoy no.

Robusto y efervescente, Beckett Byrne estaba lleno de vida.

Hace un año, murió solo, de un ataque al corazón.

Lo encontró James, su compañero de habitación.

Madre mía, pobre James.

Irrumpió en la habitación con ganas de llevarse a Beck de fiesta, a emborracharse antes de que ambos se fueran a casa por Acción de Gracias. Entró gritando, dando golpes en los escritorios y en las estanterías, haciendo el tonto.

A Beck casi siempre le hacían mucha gracia las payasadas de James.

El 22 de noviembre no se movió.

James me describió aquella tarde meses después, porque le hablé rogándole que me diera detalles, segura de que sería catártico. El no saber me atormentaba, o por lo menos eso era lo que yo creía. En realidad, era la pérdida, la absoluta insensatez de que la existencia de un chico se hubiera extinguido tan pronto.

Eso y lo que lo echaba de menos.

James hizo lo que le pedí y me contó la escena que todavía habita mis pesadillas.

Beck estaba en la cama.

Tenía los ojos cerrados.

Tenía un brazo al lado del cuerpo y el otro doblado detrás de la cabeza.

Por cómo había dejado el escritorio, daba la impresión de que tenía toda la intención de despertarse y seguir estudiando. Tenía los libros de texto colocados uno encima de otro y de ellos salía un arcoíris de pósits marcapáginas. La cartera estaba al lado del llavero. Tenía el teléfono enchufado al cargador. Más tarde me enteré de que tenía el correo abierto en el portátil; hacía poco había recibido una notificación de entrega de unos helados artesanos que había mandado a Rosebell.

—Pensé que estaba durmiendo —me dijo James, ahogándose en lágrimas.

Le tocó el hombro a Beck. Lo sacudió con fuerza. Salió

al pasillo y llamó al supervisor de residentes. Llamó a emergencias mientras el supervisor le hacía la RCP a Beck. Vomitó en una papelera cuando los segundos se convirtieron en minutos y los minutos en una eternidad, cuando el pánico estalló en su pecho como si fuera un volcán.

En el pecho de Beck, todo estaba quieto.

EMBELESADA

Diecisiete años, Tennessee

En el instituto, me paso el día en una neblina. Miro el suelo al andar por los pasillos y me paso el descanso en mi coche. Como es el miércoles antes de las vacaciones de Acción de Gracias, estamos viendo películas en casi todas las clases. A nadie parece importarle que esté con la cabeza en otro sitio.

Paloma escribe: Me tienes aquí si quieres hablar. O me tienes aquí, sin más.

Sophia escribe: Te queremos.

Meagan escribe: No será siempre tan duro.

Desde Colorado, Andi y Anika me mandan emojis de corazones por la conversación que compartimos las tres.

Hasta Macy me dice algo: Espero que estés bien, bonita.

Cuando terminan las clases, me escondo en el baño para evitar el éxodo masivo. Apoyada en la puerta cerrada del cubículo más alejado de la entrada, exhalo y le mando un mensaje a Bernie: Os mando muchos abrazos a ti, a Connor y a las gemelas. Luego guardo el móvil esperando a que los gritos y los vítores que vienen de fuera desaparezcan.

Cuando por fin hay silencio, salgo al pasillo, que tiene un aspecto sorprendentemente postapocalíptico. Hay papeles tirados por el suelo. A alguien se le ha caído un refresco entero y lo ha dejado ahí; la lata tumbada flota en un charco de cola. Un pompón de animadora cuelga del falso techo.

Me sabe fatal por los celadores que tendrán que quedarse a limpiar los resultados del desenfreno de mis compañeros.

Detrás de mí, una voz grave expresa otra versión de la misma idea:

—Pobres conserjes, que tienen que encargarse de esta mierda.

Me doy la vuelta y me encuentro a un chico a unos cuantos pasos.

El chico.

—Perdona —dice avanzando hacia mí—, no quería asustarte.

Hemos estado andando por los mismos pasillos desde hace meses y nos hemos cruzado por el patio muchas veces, pero yo me he esforzado por desterrarlo de mi mente. Aun así, cada vez que lo veo, recuerdo cómo me sentí cuando nuestras miradas se encontraron el primer día en la biblioteca. Como si tal vez pudiera haber más que pena. Como si tal vez, en un futuro lejano, mi alma pudiese estar lista para encontrar una segunda alma gemela. Ahora, más cerca de él de lo que lo he estado nunca, me permito observarlo con detenimiento: sus vaqueros, su sudadera gris carbón, la mochila colgada del hombro... Tiene la piel aceitunada y limpia, los ojos iluminados por la preocupación. Sin embargo, es la forma de su nariz, que debe de haberse roto una vez o dos, lo que me fascina.

Se me eriza el vello de la nuca mientras lo miro desde abajo, respirando deprisa, perdida en un recuerdo de hace meses, el de una tarde de invierno en Virginia. Hago inventario de su pelo oscuro, su altura y la nariz torcida y combino esos rasgos como si fueran números en un problema de sumas.

El total es como si me despertasen de un sueño profundo con una sacudida.

Se me acerca más y las cejas se le juntan con preocupación.

—¿Estás bien?

Se me cae la mochila al suelo. Trago con dificultad por el nudo que se me ha formado en la garganta.

—Joder —dice alarmado—, no estás bien.

No he estado bien en todo el día y esto... Esto basta para derrumbar la fachada tras la que he estado escondiéndome.

Ahora estoy expuesta.

Ahora estoy llorando.

Han pasado doce meses. Trescientos sesenta y cinco días. Y estoy hecha una mierda.

Una persona más débil daría media vuelta y saldría corriendo, se olvidaría de la rarita patética y llorona.

Pero esta persona... Este chico deja caer la mochila y atrae a la rarita hacia él para abrazarla.

Los sollozos me sacuden el cuerpo y hacen que los músculos del cuello me convulsionen. Durante unos cuantos segundos aterradores, no consigo respirar. Entre los brazos de un desconocido, doy bocanadas de aire y lloro y balbuceo y me muero de vergüenza, pero no me había desmoronado así desde hacía tiempo y, ahora que me he entregado a la emoción, estoy perdida.

Al fin —¡al fin!— recupero el control.

Me echo hacia atrás y sopeso las opciones que tengo: explicarme o salir corriendo.

Me estoy inclinando por la segunda cuando finalmente reúno el valor para levantar la vista hacia él. Tiene la angustia tallada en el rostro y mis lágrimas le han dejado rodales oscuros en la sudadera. No ha recogido la mochila, seguramente porque piensa que volveré a venirme abajo.

—¿Mejor? —me pregunta en voz baja.

Estamos tan cerca que huelo su chicle de menta.

—No lo sé. Puede. Bueno... —Suelto el suspiro más hondo del mundo—. No. La verdad es que no.

Levanta las comisuras de los labios en una sonrisa esperanzada, como si pensara: «¿Igual no está completamente loca?».

—Te he visto por el insti —dice con la mirada fija en mi cara—. Eres nueva este año, ¿no?

Me paso los dedos por debajo de los ojos intentando eliminar las pruebas de mi colapso emocional, como si fuera a olvidársele porque ya no llevo el rímel corrido.

—Me matriculé en agosto. Este año me gradúo.

—Yo también —dice—. ¿Te vas a casa?

Casa. Mi madre, mi padre. El resto del día y su desoladora noche.

Asiento de mala gana.

Él recoge la mochila y tiende un brazo como si quisiera que saliésemos de aquí juntos.

Joder, sí que quiere.

—Me llamo Isaiah —me dice mientras avanzamos por el pasillo caótico.

—Lia —le digo en un tono despreocupado, como si no acabase de llorar entre sus brazos.

Camina a mi lado hasta que, de pronto, se para. Yo hago lo mismo, como si estuviera atada a él. Se agacha, recoge un montón de papeles y los tira al cubo de reciclaje más cercano. Y vuelve a agacharse y a recoger cosas y las va tirando a las papeleras por el camino.

Yo sigo su ejemplo, voy recogiendo basura y salto para coger el pompón abandonado; porque es útil, una buena acción para contrarrestar la oscuridad de este día.

Al final del pasillo miramos por donde hemos venido. Ahora parece que por allí ha soplado un viento fuerte en lugar de un ciclón. Isaiah me tiende el puño y yo se lo choco con suavidad, como si los últimos diez minutos no hubieran dejado mi mundo patas arriba.

Fuera, se cruza de brazos para combatir el frío.

—¿Necesitas que te lleve?

—No, estoy bien, gracias.

Me mira y me dice con seriedad:

—¿Seguro?

—Tengo coche —contesto, aunque sé que no pregunta por eso.

Cuando se detiene en la acera, se pasa una mano por el pelo y desvela una cicatriz en la frente, de un color más claro y en forma de V. Le queda bien, pero no deja de ser llamativa.

«... con cicatrices en la superficie y en lo más profundo...».

Siento un vacío en el estómago.

—Bueno, Lia, pues un placer —dice.

Yo voy en caída libre. Me paso las llaves de una mano a la otra intentando mantener la calma y tartamudeo una serie de palabras que espero que se entiendan como verdadera gratitud:

—Gracias por lo de antes... en el pasillo. Por ser buena persona. Sé que ha sido raro... cómo me he comportado.

Los ojos se le iluminan.

—No tengo ni idea de a qué te refieres.

—Podrías haber hecho que fuera todavía más incómodo —digo esforzándome por sonreír—. Te agradezco que no lo hayas hecho.

Los labios se le abren en una sonrisa y las neuronas de mi cuerpo se despiertan con una descarga eléctrica. Veo con claridad al chico que tengo delante: la profundidad llena de sentimiento de sus ojos, la altura envidiable de sus pómulos, lo carnoso de sus labios... Siento su presencia como una hoguera en una noche fría. Me baño en su amabilidad, en el consuelo todavía persistente de su abrazo. Noto un aleteo en el estómago y un hormigueo en las puntas de los dedos y siento el calor en las mejillas. Dios, igual me estoy poniendo enferma. Pero, entonces, mientras el corazón me martillea el pecho, entiendo de qué se trata.

Dos imanes —polo positivo y polo negativo— que se atraen.

Ha suavizado la sonrisa y ha dejado su expresión cubierta por un velo de misterio. Me recorre la cara con la mirada. Se moja el labio inferior con la lengua, saboreando la energía que hay entre nosotros, y el control que ha hecho que me mantuviese en este lado de la racionalidad se rompe en mil pedazos.

Mareada y agitada, entro en su espacio personal. Huele a invierno: humo y enebro y menta fresca. Me pongo de puntillas y presiono la boca contra la suya. Aunque parece sorprendido, también parece dispuesto. Ladea la cabeza y abre el beso con delicadeza, suspira. Yo cierro los ojos y me ofrezco y acepto, perdida en la sensación.

Sin embargo, cuando las puntas de sus dedos encuentran mi cara, me acuerdo de quién soy y de las cosas por las que he pasado. Es más, me acuerdo de la importancia de este día y me aparto de repente, tambaleándome.

—Lo siento mucho —le digo.

«Lo siento mucho», le digo a Beck.

Isaiah asiente y se toca la boca con la expresión a la vez atónita y anhelante.

El sonido de un motor que se acerca nos distrae de la puta locura de estos últimos treinta segundos, gracias a Dios. Entra en el aparcamiento un Chevrolet Suburban plateado conducido por una mujer negra que lleva un suéter burdeos. Se detiene delante de nosotros y se oye «Crazy in Love» de Beyoncé a pesar de que las ventanillas están subidas. Saluda con la mano y le sonríe a Isaiah.

Él le devuelve el saludo y se gira hacia mí.

—Vienen a por mí.

—Beyoncé es la mejor —le digo.

Es una observación de lo más estúpida, pero nuestras

interacciones se están volviendo más incómodas por momentos y un comentario fortuito sobre una estrella del pop parece menos incendiario que sacar el tema del inapropiadísimo beso que yo misma he iniciado. Sonríe vacilante.

—¿Estás segura de que estás bien?

—Sí, muy bien —digo con la voz entrecortada.

Él asiente, poco convencido, puede que hasta ofendido.

—Pues que tengas buenas vacaciones.

—Vale —contesto mientras miro cómo abre la puerta del Suburban—. Feliz Acción de Gracias.

Vuelvo a casa en mi coche llorando. Las lágrimas saladas se mezclan con el rastro de menta que me queda en los labios.

PROBLEMAS TÉCNICOS

Doce años, Colorado

El bebé que perdimos era un niño.

Mi madre fue a que le hicieran pruebas genéticas poco después de que se interrumpiese el embarazo.

Ese invierno dejamos la Base Militar Conjunta Lewis-McChord. Yo me puse triste. Dejando de un lado el aborto, me había encantado vivir en el noroeste del Pacífico. Me habían ido muy bien los estudios y estaba encantada viviendo en la misma calle que Beck. Lo único que hizo soportable la mudanza fue saber que los Byrne también tenían un traslado permanente aquel mes. A mi padre lo habían destinado a Fort Carson, Colorado, y a Connor, a Fort Jackson, Carolina del Sur. Mi madre y Bernie se abrazaron en la acera entre nuestra casa y la de ellos. Beck y yo no nos abrazamos —muy raro—, pero me sentí mal al alejarme de él en el coche, como si yo fuera un puzle al que le faltaba una pieza.

Los primeros meses que pasé en Colorado fueron un asco. Beck y yo nos mandábamos muchos mensajes y a veces hacíamos videollamadas, pero echaba de menos las noches de peli. Echaba de menos nadar en el parque Long Lake. Echaba de menos cómo se chuleaba por haberme ganado al *pickleball* y se enfurruñaba cuando yo lo ganaba en una carrera de esquí. Durante tres años, había sido mi vida.

Con el paso del tiempo, Colorado Springs fue formando una nueva versión de mí. Hice nuevas amigas. Andi, una pianista con una risa contagiosa. Anika, que deseaba ser guionista y siempre quería ver series y películas conmigo. Y hasta había un chico, Hayden, un futbolista buenísimo que me enseñó a dividir fracciones. El primer chico que me gustaba de verdad.

Con doce años, aterricé en la clase de Ciencias de la Tierra de la señorita Bonny, que nació y se crio en Australia y tenía un acento australiano encantador. Tenía el laboratorio decorado con pósteres de koalas colgados de eucaliptos, de las aguas de un verde azulado que rodean la Gran Barrera de Coral y de las rocas rojizas del Kings Canyon, y traía Tim Tams para que los probásemos en clase. A mí me encantaba ella y me obsesioné con visitar Australia. Soñaba despierta con estar en la universidad y pasar un semestre en Melbourne o Sídney. Aunque quedaban años, les propuse la idea a mis padres, a quienes les pareció fantástica siempre que les prometiese que podrían venir a verme. Con el respaldo entusiasta de Andy, Anika y Hayden, juré que un día haría realidad ese viaje.

Vimos a los Byrne un par de veces durante aquellos años que pasamos en Colorado Springs: en unas vacaciones de primavera en Hawái, en las que cumplí once años, y en un fin de semana de esquí en Park City. Mi madre y Bernie se fueron a Cabo San Lucas, una escapada orquestada por mi padre y por Connor con la que pretendían sacar a mi madre de su persistente melancolía y celebrar la reciente noticia de que Bernie y Connor esperaban gemelas. En la primavera en la que cumplí doce años, mandaron a mi padre a Afganistán y, justo cuando empezó el curso siguiente, mi madre me dejó saltarme las clases para ir a Carolina del Sur a ayudar a los Byrne con las niñas, que habían nacido a finales de agosto.

77

Durante el vuelo, formulé la pregunta que me había atormentado desde que Bernie llamó para anunciar que estaba embarazada.

—¿Te pone triste saber que Bernie tiene dos niñas sanas después de lo que le pasó a nuestro bebé?

—A veces —dijo mi madre—. Pero la tristeza nunca eclipsa lo mucho que me alegro por Bernie, Connor y Beck. Doy las gracias de que su final haya sido distinto. ¿A ti te pone triste?

Revolví el *ginger-ale* en el vaso de plástico. Las burbujitas subieron flotando a la superficie.

—Me da envidia. ¿Dos hermanas? Qué suerte tiene Beck.

Mi madre se rio.

—Puede que él no piense lo mismo cuando su madre le pida que les cambie los pañales.

—Qué asco —dije arrugando la nariz—. Pero Beck ayudará. Es así de bueno.

Me pasó un mechón de pelo por detrás de la oreja.

—Tienes ganas de verlo, ¿no?

Asentí.

—Y estoy un poco nerviosa. ¿Y si las cosas ya no son como antes?

—Puede ser, cariño, pero Beck es Beck y tú eres tú y lo que hay entre vosotros es especial. Siempre lo será.

Di otro sorbo de *ginger-ale,* esperando que eso calmase mi recelo.

Lo que pasaba era que yo siempre había creído en la predicción que le habían hecho a mi madre de joven; no había tenido motivos para dudar. Sin embargo, últimamente había deseado con muchísima fuerza que la parte sobre Beck y sobre mí se volviera realidad. Me gustaba mucho Hayden —era mono, listo y divertido—, pero estar para siempre con un jugador de fútbol de Colorado Springs no era mi destino. Los últimos dos años que habíamos pasado sin apenas vernos habían consolidado lo que yo siempre había sabido: Beck era mi futuro. Pensar en él con otra persona, aunque fuera de forma hipotética, hacía que se me formaran nudos en el estómago. ¿Y si se había echado una novia de Carolina del Sur? ¿Y si, dentro de diez años, Bernie llamaba para decirnos que Beck se había prometido? ¿Y si, un día, tenía que ir a una boda y ver cómo Beck, trajeado y con una sonrisa exultante, le prometía la eternidad a una chica que no era yo?

Cuando aterrizamos, mi madre alquiló un sedán y fuimos hasta Fort Jackson, donde se habían establecido los Byrne. Nosotros también vivíamos en la base de Fort Carson y ver las casas bien mantenidas con las banderas estadounidenses ondeando y los cestos de geranios me hizo sentir en casa. Connor nos recibió en la puerta meciendo a una recién nacida diminuta. Me dio un achuchón con un solo brazo y luego le dio un beso en la mejilla a mi madre mientras ella adulaba a la niña.

—Mae —nos dijo su padre con orgullo.

Bernie bajó por las escaleras con Norah, la hermana de Mae, en brazos. La niña dormía y Bernie ya estaba llorando antes de llegar al recibidor y se disculpó.

—Madre mía, ¡es que tengo las hormonas descontroladas!

Fuimos a la sala de estar para que Connor y Bernie pudieran darnos a mi madre y a mí un bebé enrollado en una mantita a cada una. Yo cogí en brazos a Norah, que estaba calentita y olía a lilas. Tenía unas facciones diminutas y perfectas. Solo tenía unas semanas y ya se parecía a su hermano mayor.

Su hermano mayor, que no aparecía por ningún sitio.

—¿Y Beck? —preguntó mi madre.

Connor y Bernie intercambiaron una mirada incómoda.

—Ha salido con unos amigos —dijo Connor.

—Volverá pronto —añadió Bernie—. Le hemos dicho que esté a las cinco aquí.

Miré el reloj que colgaba encima de la chimenea. Eran las cinco y media.

Beck volvió a casa a las seis y diez con una indiferencia que daba mucha rabia. Connor y Bernie estaban enfadados, con los dientes y los puños apretados, pero no le gritaron, creo que para evitarme a mí el bochorno. Sin embargo, aquella noche fui a la cocina a por un vaso de agua y, cuando volvía a la habitación de invitados, oí a Connor riñendo a su hijo mayor.

—Lia estaba decepcionada. Tendrías que haber estado a la hora.

Qué humillación. ¿Tan evidente era que había esperado un recibimiento más caluroso? Apoyé la espalda en la pared, incapaz de alejarme.

—Le ha dado igual —dijo Beck—. Si ni me ha dirigido la palabra durante la cena.

—Seguramente porque piensa que eres tonto. Mira, sé que han sido unas semanas duras. Estás frustrado conmigo y no pasa nada, pero no se lo hagas pagar a Lia. Mañana tienes que invitarla a ir con tus amigos.

—¿Qué dices, papá? No pienso llevármela. Tiene doce años, es una niña.

La cara me ardió de indignación. Tenía doce años ¡y medio! Beck y yo nos llevábamos dieciocho míseros meses. Dos cursos. No le había importado lo más mínimo nuestra diferencia de edad durante los tres años que habíamos pasado en Washington ni cuando habíamos ido a bucear a Hawái ni cuando le había dado un repaso bajando la montaña con los esquís una y otra vez en Utah.

—Lia es de la familia —le dijo Connor en ese tono práctico que usaba juiciosamente—. Tu madre y yo esperamos que la trates como tal. ¿Entendido?

Beck soltó un quejido de asentimiento. Yo salí disparada

por el pasillo antes de que pudiera pillarme fisgando y me metí en la habitación de invitados, donde mi madre ya estaba dormida en su parte de la cama.

Me quedé despierta casi toda la noche. Oí a las gemelas llorar unas cuantas veces. Oí dos veces a Connor pasear y chistar bajito a una de las niñas. Y oí una vez a Bernie cantar «Beautiful Dreamer», la nana que nos cantaba a Beck y a mí cuando éramos pequeños y yo dormía en el suelo de su habitación metida en mi saco de dormir de unicornios.

En aquella época, las cosas eran fáciles.

Me revolví en la cama, estudiando los restos de mi amistad más antigua. ¿Era posible que Beck solo me hubiera tratado bien porque eso era lo que esperaban sus padres? ¿Me había estado complaciendo como a una seudohermana pequeña que, en realidad, era solo una molestia?

Quizá sí que se había echado novia.

A la mañana siguiente mientras desayunábamos, tuvo la cara de musitar:

—Oye, Lía, ¿luego quieres jugar al Ultimate Frisbee con mis amigos y conmigo?

—No —respondí sin ninguna inflexión en la voz.

Connor levantó las cejas. Bernie bajó la taza del café frunciendo los labios. En su moisés, que estaba cerca, las gemelas gimotearon a dúo.

—Lia —dijo mi madre en su tono de «no me avergüences»—. El Ultimate Frisbee parece divertido.

—A mí me parece aburrido.

Connor le dirigió a Beck una mirada incisiva.

Beck suspiró y puso cara de paciencia.

—Nos iría muy bien una jugadora más.

Yo me pasé un largo rato mirándolo fijamente. Hacía un tiempo, su mirada había sido cálida y sus invitaciones, irresistibles, pero aquella mañana estaba más impasible de lo que lo había visto nunca. Así que no sentí ninguna culpa al lanzarme a cerrar la conversación con un comentario despiadado.

—Beckett, no se me ocurre nada que me apetezca menos que jugar a Ultimate Frisbee con tus amigos y contigo. Además, seguramente os fastidiaría el partido, porque no soy más que una niña.

Connor dejó caer la cabeza y apoyó la frente en la palma de la mano.

Bernie hizo una mueca.

Mi madre se quedó boquiabierta.

Yo le dirigí a Beck una sonrisa mordaz antes de levantarme y salir de la cocina dejando que mis cereales crujientes con sabor a canela se reblandecieran en la leche.

El día antes de que mi madre y yo tuviéramos que marcharnos de Carolina del Sur, Connor insistió en llevarnos a Beck y a mí al Zoo y Jardín Botánico de Riverbanks.

—Las niñas se pasarán casi todo el día durmiendo, vamos a dejar que Bernie y Hannah pasen tiempo juntas.

¿Tiempo juntas? Si ya habían tenido mucho. La visita al zoo era para obligarnos a Beck y a mí a interactuar. No habíamos hablado desde hacía más de veinticuatro horas —desde que me levanté enfadada de la mesa de la cocina— y yo me había pasado casi todo el tiempo mandándoles a Andi y Anika diatribas sobre lo gilipollas que había terminado siendo mi supuesto mejor amigo.

En la puerta del zoo, Connor pagó las entradas y luego se acomodó en un banco. Sacó el portátil de la mochila y dijo:

—Tengo que ponerme al día en el trabajo. Id vosotros dos a explorar. Nos vemos aquí a la hora de comer.

Hice una mueca. Lo último que quería hacer era pasear por el zoo con Beck, pero Connor había apoyado un tobillo en la rodilla contraria y ya estaba tecleando, al parecer, demasiado ocupado para lidiar con su hijo y conmigo ni un segundo más.

—Vamos —musitó Beck encaminándose hacia los osos *grizzly*.

Recorrimos el perímetro de las instalaciones y vimos a los gorilas, las tortugas de las Galápagos y, luego, a los animales africanos: elefantes, jirafas, avestruces y cebras. Visitamos a mis favoritos, los walabíes y los koalas, antes de asomarnos a observar a los leones, los tigres y los babuinos.

—¿Aves o reptiles? —me preguntó Beck mientras consultaba el mapa que habíamos cogido en la entrada.

—Reptiles, supongo.

—Pensaba que elegirías las aves.

—¿Tú quieres ver las aves?

—No —respondió—, pero los reptiles tampoco.

—Pues no vayas —solté.

Lo dejé plantado en el camino con la boca abierta y me dirigí sola al acuario y a la zona de reptiles.

Para cuando consiguió encontrarme, había visto más serpientes, lagartos y tortugas de los que había querido ver nunca. Estaba delante del acuario de 200.000 litros observando a las anguilas, los tiburones y a un arcoíris de peces nadando en círculos cuando apareció a mi lado y me dijo en voz baja:

—Lo siento, Lia.

—No lo sientas, a mí tampoco me interesan los reptiles.

—No, siento lo del otro día, lo de no estar en casa cuando llegaste. Siento no haber ido detrás de ti cuando te fuiste del desayuno.

Yo no aparté la mirada del pez azul y amarillo que estaba siguiendo.

—Pues yo siento que hayas tenido que aguantarme. Ojalá no hubiera venido.

—A mí me alegra que hayas venido.

—Venga ya, si me has tratado como a una apestada.

—No eres una apestada.

—¡Ya lo sé!

Todo el mundo al alcance del oído se volvió para mirarnos.

Beck me llevó a un banco cercano. Después de sentarnos, dijo:

—Lo siento mucho, de verdad.

—Vale. Perdonado.

Se rio sin ganas, negando con la cabeza.

—Si tú supieras…

Y con esa media frase enigmática, me puse a pensar. «Han sido unas semanas duras», le había dicho Connor la otra noche. «Estás frustrado conmigo…».

—Beck, no lo sé. No me hablas. Casi ni me has mirado.

Con un suspiro profundo, se pasó una mano por la cara.

—Estaba enfadado… Estoy enfadado. Pero con mi padre, no contigo.

—Pero ¿por qué?

—Porque lo movilizan dentro de un par de semanas.

Se me cayó el alma a los pies. Es la peor noticia posible.

—¿Adónde?

—A Afganistán. Serán solo seis meses, pero aun así…

Los hijos de militares somos una especie única que, al hablar de la ausencia de un padre durante seis meses, puede decir «solo». Seis meses es mejor que nueve, que es mejor que doce… Lo sabemos de primera mano.

—¿Por qué no me lo has contado?

Se encogió de hombros con ese gesto derrotado que hacía que sintiera un vacío en el espacio entre las costillas.

—Tu padre está allí. No me sentía cómodo quejándome. Pero mis padres tienen a las niñas, que han puesto la casa patas arriba, y él va a irse tranquilamente y a dejarnos a mi madre y a mí con todo esto.

No era así, estoy segura de que Connor estaba disgustado por tener que dejar a su familia, pero no contradije a

Beck porque yo tenía unos pensamientos parecidos e irracionalmente injustos cuando mi padre se marchaba: «¿Cómo se atreve a irse a vivir aventuras al otro lado del mundo y a abandonarnos a mi madre y a mí esperando que nos apañemos solas?».

—¿Y tu madre está disgustada?

—Sí, aunque finge que todo va bien. Pero va a ser duro para ella, ¿sabes? Con dos bebés. Encargándose de la casa. Preocupándose por mi padre. Todo recae sobre ella.

—Y sobre ti. Tú estarás aquí, a su lado.

—No será lo mismo.

En cuanto me dijo que movilizaban a su padre a Afganistán, mi enfado quedó hecho añicos. Beck había estado distante, irritable, y, ahora que sabía por qué, lo único que quería era apoyarlo como él me había apoyado a mí cuando mi padre se había marchado, en los primeros días de clase, cuando mi madre perdió al bebé y en un millón de ocasiones más que apenas contaban hasta que las juntaba todas.

Mandé una plegaria al cielo: «Por favor, que no le pase nada a Connor».

Y, entonces, me acerqué a Beck hasta que nuestros brazos quedaron uno al lado del otro. Descansé la cabeza en su hombro y dije las únicas palabras a las que les encontraba sentido:

—Siento que esté pasando esto.

Hizo ademán de ir a cogerme la mano y me dio un vuelco el corazón. Hayden y yo nos habíamos dado la mano unas cuantas veces volviendo de clase y me dio un beso en la mejilla antes de que me fuera a Carolina del Sur, pero la posibilidad de que hubiera contacto físico con Beck me revolvió el cerebro de tal manera que me pareció que el acuario con todos los peces era una gran pantalla con problemas técnicos.

Cambió de dirección y me rodeó el antebrazo con los dedos y me dio un apretón cariñoso antes de retirar la mano. Nos quedamos sentados juntos, en silencio, observando bancos de peces dibujar círculos gráciles, sincronizados por el agua clara del acuario.

Ellos también se habían pasado la vida nadando juntos.

UN CAMINO, UN PLAN

Diecisiete años, Tennessee

Unos días después del segundo peor Acción de Gracias de mi vida, mis padres me llevan a comer fuera de casa para tener lo que sospecho que será una conversación sobre El Futuro.

Sigo dándole vueltas sin parar a lo que pasó en el instituto el miércoles: las lágrimas, el abrazo, el beso, las lágrimas.

¿En quién me he convertido?

Voy a la deriva. Soy una farsa, una vergüenza.

Conocía a Beck desde hacía más de quince años cuando conseguí reunir el valor para besarlo.

A Isaiah lo besé en quince minutos.

Mis padres y yo vamos al Shaggy Dog por sugerencia mía, porque el pudin de pan está buenísimo. Cuando nos sentamos, cojo un panecillo hecho con masa madre de la cesta que hay en la mesa y le pongo mantequilla. Mis padres hacen lo mismo, sonriendo mientras blanden sus cuchillos de punta redonda.

—Bueno —dice mi padre una vez que hemos pedido la bebida—. ¿Has pensado en qué pasará cuando te gradúes?

Yo me encojo de hombros. No hace falta pensar. Ya sé qué pasará cuando me gradúe.

—Esto es lo que yo pienso —dice, como si se lo hubiera preguntado—: la Universidad George Mason y el College of William and Mary si decides volver a Virginia. Ole Miss, cómo no. Austin Peay y la Universidad de Tennessee si quieres quedarte aquí.

—¿Y la UMV?

Su sonrisa flaquea.

—Millie, ¿en serio?

—Sí, en serio.

Desconcertado, mira a mi madre.

—Cariño —dice ella.

Y luego duda y le devuelve la mirada a mi padre y, a continuación, la pasea por el restaurante. Mi madre y yo tenemos tan poca práctica a la hora de hablar que tener una conversación con ella es como intentar andar por una acera cubierta de hielo con tacones de plataforma. Al final, con precaución, dice:

—Puedes ir a la universidad que quieras. A Virginia, a Mississippi, a Tennessee... Puedes volver a Washington como decías que querías. ¿Recuerdas cuando te apasionaba Australia? Me encantaría que considerases lo de estudiar un semestre en el extranjero, como te habías planteado hace años. Lo único que queremos tu padre y yo es que encuentres la felicidad. Y para eso no hace falta ir a la UMV.

El año pasado, cuando sacaba el tema de la Universidad de la Mancomunidad de Virginia, mis padres me hacían comentarios burlones.

—Tienes sangre de los Rebels de Ole Miss —decía mi padre—. Los años que pasamos allí fueron de los mejores de nuestra vida.

Y, después, se lanzaban a hacer una interpretación entusiasta de «Forward Rebels», el himno de Ole Miss, adornado con toques de platillos fingidos.

Desde que Beck había fallecido, su actitud hacia la UMV había cambiado: habían pasado de pincharme a ser cortantes.

Pero eso da igual. Sé cuál es mi lugar. Desde que besé a Isaiah —Dios, el corazón se me para cada vez que pienso en cómo me aproveché de él—, he redoblado mi apuesta en la vida que Beck y yo habíamos soñado. Volcaré todo mi corazón en honrar nuestro plan, sean cuales sean las opiniones externas y los juicios que no he pedido.

—Ya he hecho la solicitud —les digo a mis padres.

Por sus reacciones —la vena que palpita en la sien de mi padre y la mandíbula de mi madre, que llega hasta la mesa—, sé que se les irá la cabeza por completo si les digo que lo que he solicitado es la admisión anticipada vinculante.

—Es solo una solicitud anticipada —miento sacando pecho y proyectando un aplomo que no tengo—. Me he encargado de las tasas y me he puesto en contacto con la Oficina de Servicios para los Veteranos de Guerra y todo. Pensaba que estaríais orgullosos.

—Si eso fuera cierto —dice mi padre—, nos lo habrías dicho cuando lo hiciste. —Con el ceño fruncido, suelta un suspiro entrecortado—. Vale, has hecho la solicitud. Eso no te obliga a nada. Haberla hecho no quiere decir que estés decidida.

«A no ser que pidas la admisión anticipada vinculante...».

—Pero sí que estoy decidida —le digo.

Él sonríe con condescendencia.

—De todos modos, harás solicitudes a otros sitios. Querrás tener opciones.

—Tienes tiempo —dice mi madre—. Y ahora que ya has mandado una solicitud, mandar unas cuantas más no será complicado.

—Pero no necesito tiempo ni mandar más solicitudes ni tener más opciones.

Mis padres se miran antes de volver sus ojos lastimeros hacia mí.

¿Por qué siempre tienen que creer saber lo que es mejor para mí?

—O voy a la UMV —les digo— o no voy a la universidad.

En ese momento vuelve la camarera y cuánto agradezco la interrupción. Mi padre, crispado, pide una hamburguesa con queso. Mi madre, un bocadillo de beicon, tomate y lechuga. Yo me decanto por una sopa y una ensalada.

—Es una tontería —dice mi padre una vez que la camarera se ha alejado— descartar las otras universidades. Te iría genial en el William and Mary. Y ya sabes lo que pensamos de Ole Miss.

Mi madre asiente.

—Y nos encantaría que te quedaras en Tennessee, claro. Austin Peay tiene un muy buen programa de Magisterio. —Me toca la mano—. ¿Todavía sigues queriendo eso? ¿Enseñar?

—Claro —digo. Y luego recito la predicción de la vidente de hace tantos años—: «Transitará un camino similar al que tú trazas».

La expresión de mi madre decae.

—Ay, Lia, espero que sigas el camino que elijas tú —me responde remarcando el «tú»—. Puedes hacer lo que quieras. Ser lo que quieras.

Niego con la cabeza.

—El plan es la enseñanza. El plan es ir a la UMV.

La postura de mi padre se tensa cuando pasa a su personalidad de la guerra.

—Los planes cambian —dice con brusquedad.

—Papá, ¿crees que no lo sé?

Siento como si las costillas se me quisieran cerrar, me constriñeran los pulmones y me comprimieran el corazón. Me miro el regazo y aprieto la servilleta con las manos preguntándome cómo hacerlo para que entienda —para que entiendan los dos— que abandonar mi destino es traicionar a Beck.

—La vida es imprevisible y cruel y muy injusta —les explico— y el año pasado me robó la parte más importante de mi plan. ¿Tan malo es aferrarme a lo que me queda?

—No —responde mi padre—, pero sé sensata. En la UMV no te queda nada. Nada más que sufrimiento y un sentido equivocado de la obligación.

Mi madre me aprieta la mano.

—Sabemos que echas de menos a Beck, sabemos que estás triste, pero ir a la UMV no hará que vuelva.

Se niegan a escucharme, qué puta frustración.

—Siente lo que tengas que sentir —dice mi padre—, pero verte ir hacia un callejón sin salida porque no quieres cambiar de rumbo… es algo que no me gustaría.

No sé qué más hacer que no sea gritar hasta que me sangre la garganta.

Llega a la camarera con la comida. Nos quedamos callados mientras ella nos deja los platos delante. Nos quedamos callados mientras se aleja. Nos quedamos callados mientras empezamos a probar la comida.

Me cuesta tragar la sopa.

Las verduras de hoja de la ensalada me saben amargas.

Dejo el tenedor.

—He hecho todo lo que he podido para sobrevivir este último año —les recuerdo a mis padres—. He sacado buenas notas, me he mudado a otro pueblo, he hecho amigas. Tiro adelante, pero no tenéis ni idea… —Se me quiebra la voz. Suelto una exhalación trémula aferrándome con fuerza a la compostura que me queda—. No tenéis ni idea de lo duro que ha sido perder a Beck. Solo necesito… que confiéis en mí.

—A ver qué te parece esto —dice mi madre con los ojos anegados de compasión—: si mandas solicitudes por lo menos a dos universidades más y tienes la mente abierta durante los próximos meses, tu padre y yo te apoyaremos en la decisión final que tomes.

Él asiente.

—A ver dónde te aceptan. Iremos a ver campus, incluido el de la UMV. Si, cuando se calmen las aguas, Charlottesville es donde quieres ir, te apoyaremos.

Asiento, amordazada por mi mentira anterior. Si la UMV me admite de forma anticipada y vinculante, dará igual a cuántas otras universidades haya mandado solicitudes, pero estoy dispuesta a ceder con tal de que mis padres me dejen tranquila.

Mi padre apoya la cabeza en mi hombro. Parece que esté a punto de llorar cuando dice:

—Queremos lo mejor para ti, Millie. Eso es lo único que hemos querido siempre.

DE LO MÁS NORMAL

Diecisiete años, Tennessee

Las Navidades pasadas, mis padres estuvieron lo bastante despiertos para poner regalos debajo del árbol, unos cuantos que se hicieron entre ellos y muchos para mí. Yo no les compré nada. Tenía la mente demasiado embarrada para ponerme a comprar por internet y, aunque Macy se ofreció a venir a comprar conmigo, yo no conseguí reunir la energía suficiente para soportar un viaje al centro comercial. Estar sentada en la sala de estar la mañana de Navidad desenvolviendo regalos e intentando moldear mi cara para que en mi expresión hubiera un mínimo de gratitud fue como intentar respirar debajo del agua.

Este año quiero hacerlo mejor.

El viernes cuando terminan las clases por las vacaciones de Navidad, Paloma y yo vamos al centro comercial de Green Hills. Está abarrotado, pero nos cogemos del brazo y nos adentramos en la muchedumbre a la caza de regalos.

Ella le compra un albornoz a su madre y yo, un perfume que huele a jazmín a la mía. Nuestros padres son más complicados. Tras una hora buscando, nos decidimos por carteras del Dillard's. Luego, hambrientas, pedimos limonadas y prétzels esponjosos en el Auntie Annie's. Estamos poniéndonos finas a prétzels y observando a la gente cuando suena el nombre de Paloma. Un par de chicos vienen hacia nosotros esquivando compradores frenéticos. Uno, a quien he visto haciendo el tonto con amigos en el instituto, tiene la piel de color marrón oscuro y el pelo muy corto, rapado al uno.

El otro es Isaiah.

—Hola, Trev —dice Paloma, levantándose para abrazar al más alto de los dos chicos altos. Le choca el puño a Isaiah y luego se vuelve para presentarme—. Lia, este es Trevor. Es una de las primeras personas a las que conocí cuando me mudé a River Hollow el año pasado. Y este es Isaiah.

Trevor sonríe.

—Encantado de conocerte, Lia.

—Sí, encantada.

Le da un golpe con el hombro a Isaiah, una señal evidente para que diga algo.

Isaiah levanta la mirada hasta mis ojos y, con suavidad, dice:

—Hola.

—Hola —respondo como si no lo hubiera visto nunca.

Qué falsedad, teniendo en cuenta que tuve la lengua en su boca hace unas semanas.

Paloma y Trevor se pasan unos minutos poniéndose al día. Al parecer, él está en el equipo de básquet, que ha estado jugando partidos de pretemporada estas últimas semanas. Ha empezado a salir con una chica de penúltimo curso que se llama Molly y espera que le guste la pulsera que acaba de comprarle. Yo me entero de todo esto con la mirada fija en el suelo mientras pienso en que Isaiah y Trevor son una extraña pareja. Trevor parece sociable, le gusta compartir lo que piensa con los demás y se ríe con facilidad. En cambio, Isaiah es un poco «emo». Tiene pinta de ser creativo. Desde que nos conocimos, he estado pensando en si sería fotógrafo o músico o pintor. La verdad es que he estado pensando mucho en él. Y eso hace que me pregunte cuál es su relación con Trevor, el jugador de básquet.

—¿A quién vas a comprarle regalos tú, Isaiah? —le pregunta Paloma.

Él carraspea.

—Eh, a Naya.

Levanto la cabeza de pronto y nuestras miradas chocan.

¿Se puede saber quién es Naya?

Su novia, supongo.

«Joder». Tiene novia.

Tiene novia y yo lo besé.

Aparta la mirada.

El calor me hace estragos en el cuello y en la cara.

—Qué bonito —le dice Paloma, y luego me dirige una sonrisa radiante a mí—. ¿Qué? ¿Volvemos a ello? Todavía tengo que encontrar algo para Liam.

Asiento. Me he quedado sin voz.

—Que paséis buenas vacaciones —les dice Paloma a los chicos.

—Felices fiestas, P —contesta Trevor—. Un placer conocerte, Lia.

Lo saludo con la mano algo floja mientras desaparecen entre el gentío.

Paloma se deja caer en el banco en el que estábamos sentadas y rompe un trozo de prétzel para apuntarme con él con aire acusatorio.

—¿Qué coño, tía?

Doy un sorbo de limonada en un intento por refrescarme y tranquilizarme.

Ella insiste:

—¿Vas a contarme de qué iba todo eso?

Apoyo la bebida entre nosotras.

—¿A qué te refieres?

Ella se ríe.

—Me refiero al rollito ese raro entre tú e Isaiah. ¿Lo conoces?

Suspiro.

—Nos conocimos, sí.

—Y… ¿qué? ¿No os llevasteis bien?

—Nos llevamos de maravilla, vamos…

Me dedica una sonrisa felina.

—Cuéntamelo todo.

Se lo cuento.

Ella reacciona como corresponde: compasión cuando le cuento que cedí ante la pena, orgullo cuando le describo cómo Isaiah y yo limpiamos el pasillo, esperanza cuando le hablo de esos breves instantes en los que conversé como una persona emocionalmente sana.

—Y después, lo besé —le digo, y casi se cae al suelo.

—¿Y él te devolvió el beso?

—Sí.

—¿Y…?

Cierro los ojos.

—Estuvo muy bien.

Tengo sentimientos encontrados, me siento fatal al admitir la verdad.

Paloma suelta un chillido.

—Entonces ¿cuál es el problema?

—Los problemas —aclaro—. Primero, me he pasado la vida entera creyendo que no debía besar a nadie que no fuera Beck.

—Lia, fue un acto impulsivo en un día muy duro. Y, mira, no sé si decirlo va a hacerte sentir mejor o peor, pero no le has sido infiel. Por favor, no te castigues.

Suelto una risa irónica.

—Demasiado tarde. Además, ¿qué pasa con Naya?

Ella arquea una ceja.

—¿Naya?

—La chica a la que va a comprarle un regalo.

—Sí, su hermana.

—Es… Oh.

—¿Pensabas…?

—No sé lo que pensaba.

Sonríe, aunque su gesto está cubierto por un manto de preocupación.

—No lo conozco mucho, pero parece buen chico.

—Sí —contesto acordándome de cómo me abrazó sin dudar, de cómo fue recogiendo la basura de nuestros compañeros, de cómo trató mi crisis emocional como si le pareciera de lo más normal que a una chica se le fuera la olla una tarde cualquiera.

Los ojos de Paloma brillan con alegría.

—Un buen chico que además besa muy bien.

—Vale —le digo levantándome del banco—. ¿A ti no te hacía falta un regalo para Liam?

—Sí —responde y deja que tire de ella hacia el mar de clientes del centro comercial—, supongo.

Le debo una por no insistir.

ALGÚN DÍA

Catorce años, Virginia

Cuando yo tenía catorce años, volvimos a mudarnos.

Marcharme de Colorado Springs me daba pena, pero irme a vivir a Virginia del Norte, no tanta. Dormir por última vez con Andi y Anika me recordó a leer el último capítulo de uno de mis libros favoritos. Al día siguiente, Hayden y yo nos despedimos con un abrazo en la sala de estar de la casa alquilada que mi familia acababa de vaciar. Mi padre había vuelto de Afganistán hacía poco y su nuevo puesto en la plana mayor del Pentágono solo requería asignaciones de servicios temporales de pocas semanas. Aunque estaba desanimada porque estaba a punto de dejar atrás a mis amigas y a mi profesora favorita, la señorita Bonny, saber que tendría a mi padre en casa tres años valía la pena.

Además, Beck estaba en Virginia.

Los Byrne habían llegado seis meses antes que nosotros. Connor trabajaba para el Mando de Inteligencia y Seguridad del Ejército de Estados Unidos en Fort Belvoir y él y su familia se habían instalado en Rosebell, así que nosotros fuimos allí también. Mi padre estaba cerca del trabajo y había oportunidades laborales para mi madre y un buen instituto para mí. Yo estaba encantada de volver a vivir en el mismo pueblo que Beck.

Vinieron a vernos el día que nos llegaba todo el menaje de la casa y trajeron con ellos una cazuela cubierta con papel de plata, una botella de bebida y un ramo de flores. Mi madre y Bernie se sentaron sobre una tela en el jardín delantero y fueron tachando números de cajas de una lista de inventario mientras los trabajadores de la empresa de mudanzas iban descargando los camiones llenos hasta los topes. Norah y Mae jugaron con una colección de Pinypon en el césped. Mi padre y Connor entraron en casa dando sorbos de whisky de unos vasos de papel y dirigiendo el tráfico mientras iba entrando una caja tras otra.

Después del desastre de nuestra visita a Carolina del Sur, yo había estado preocupada por cómo nos sentaría Virginia a Beck y a mí. Ya no éramos niños y él había tenido ventaja rehaciendo su vida en Rosebell. Tal vez, para él, yo sería una obligación más.

Pero no. Fue el primero en llegar al porche cuando su familia vino a nuestra nueva casa. Llevaba una sonrisa incandescente en la cara. Me rodeó con los brazos enseguida y me hizo sentir como si me abrazada un oso. Desde la última vez que lo había visto, había crecido mucho y su complexión se había ensanchado. De pronto, estaba hercúleo y yo era diminuta entre sus brazos.

Y así, sin más, me pareció que el tiempo que había pasado con Hayden no había sido más que un ensayo.

Beck y yo nos fuimos al jardín de atrás, donde una rueda que se habían dejado los anteriores inquilinos colgaba a modo de columpio de un enorme arce rojo. Hacía tres años, nos habríamos apretujado juntos en la rueda, pero yo iba ya camino a los quince y Beck acababa de cumplir dieciséis, así que parecía raro volver de repente a la cercanía física que habíamos tenido de niños. En lugar de eso, él me empujó en el columpio mientras retomábamos nuestra amistad de toda la vida.

Me contó lo que había averiguado de nuestro nuevo instituto, el Instituto Rosebell, en el que había estudiado los últimos meses del curso anterior y las primeras semanas de este, que era su penúltimo. Yo le hablé del viaje en coche al que había sobrevivido: de Colorado Springs, Colorado, a Rosebell, Virginia, con mis padres recién reencontrados después de demasiados meses lejos.

—No podían quitarse las manos de encima —le dije con un escalofrío.

Él se rio.

—Seis meses es mucho tiempo de sequía. ¿Quién puede culparlos?

—Yo —le dije estirando las piernas mientras el columpio sobrevolaba el jardín—. Qué asco.

—Están enamorados —dijo, y paró el columpio.

Agarrándolo todavía, le dio la vuelta para que nos quedásemos mirándonos. En algún punto de los últimos años, había pasado a tener una voz de barítono que me reverberaba por los huesos. Su mirada no se apartaba de mis ojos.

—Algún día lo entenderás. Lo entenderemos.

Puede que yo ya lo entendiese.

Aquellos tres años separados habían hecho que lo echara de menos: su humor, nuestras conversaciones dispersas, la calidez de su presencia. Volver a estar con él hacía que me resultara fácil comprender de pronto por qué mi madre y mi padre no podían dejar de parlotear, por qué siempre estaban dándose la mano o poniéndola encima del muslo del otro, por qué los pillaba mirándose a los ojos fijamente como si no hubiera nadie más en el mundo.

Yo quería lo mismo. Todo.

Lo quería con Beck.

«Están enamorados», me había dicho.

¿Era amor la corriente eléctrica que me erizaba la piel?

¿La sentía él también?

—Te va a gustar el insti —dijo dándole la vuelta otra vez al columpio y volviendo a hacerme volar—. Es un buen instituto, hay gente guay. La semana que viene te los presento.

No estaba segura de si no se había dado cuenta de la desconcertante revelación que estaba teniendo o si él también estaba teniendo una y estaba desviando la atención.

Eché la cabeza hacia atrás y dejé que el pelo volase detrás de mí, deshaciéndome de esa idea.

Beck no estaba enamorado de mí. Era gracioso y le gustaba hacer el tonto. Era mi mejor amigo. Ojalá algún día nuestro destino nos encontrase, pero, de momento, él era parte de mi familia, como siempre había sido.

Hizo girar el columpio y me sonrió, y a mí me invadió el cariño.

Volvíamos a estar juntos, justo lo que yo quería. No pensaba complicar las cosas cediendo ante mi capricho. Por ahora, la amistad tendría que bastar.

La primera mañana en el Instituto Rosebell, Beck me encontró y, fiel a su palabra, me presentó a su círculo de amigos: Raj, un miembro del equipo de decatlón académico y corredor de vallas; Stephen, un nadador con el pelo recogido en un moño; y Wyatt, que era la tercera generación de su familia que se matriculaba en el Instituto Rosebell, que medía metro sesenta y dos y compensaba lo que le faltaba en altura con humor. La novia de Wyatt también formaba parte del grupo. A Macy le gustaban las gafas de montura gruesa y los vaqueros de campana y tenía una sonrisa monísima con los dientes separados.

Me cayó bien al momento.

Cuando sonó la campana, los chicos se despidieron de mí con un saludo militar, Macy me hizo un signo de la paz irónico y Beck me dio indicaciones para llegar a mi primera clase.

El día pasó sin contratiempos hasta la hora de la comida. Macy me invitó a sentarme con el grupo, lo cual fue muy amable, porque ella me sacaba un año y todos los chicos, dos. Yo había conseguido llegar a la cola para pedirme un bocadillo sin tropezarme ni que se me cayera la mochila ni chocarme con nadie, pero octubre es más caluroso en Virginia que en Colorado y la cafetería parecía una sauna. Me quité el suéter y me lo colgué de un brazo mientras esperaba mi turno.

Esa mañana me había puesto una camiseta de tirantes blanca y se me veía la sombra del sujetador, de color ciruela y con más encaje que ninguna otra prenda de ropa interior que tenía (mi madre solo accedió a comprármelo después de que se lo suplicase).

Pero a duras penas se veía.

Un par de chicos se puso en la cola que había al lado de la mía, en la que daban un menú de patatas fritas y salchichas de Frankfurt rebozadas, y no fueron discretos cuando repararon en lo que llevaba debajo de la camiseta. Yo me crucé de brazos y miré a los ojos al más alto de los dos. Llevaba dilataciones en las orejas y el pelo cortado de forma asimétrica, como si se lo hubiera cortado él mismo. Su amigo llevaba una gorra andrajosa de los Washington Nationals. Yo les lancé la mirada de repugnancia más intensa que pude esperando que no advirtiesen el rubor que me consumía el rostro.

Beck y sus amigos estaban en un rincón alejado de la cafetería. Él me vio mirar hacia allí y sonrió, y yo me sentí mejor sabiendo que no estaba sola.

Me sentí mejor… hasta que los mirones se cambiaron de fila e invadieron mi espacio.

El que tenía el pelo mal cortado chocó con mi mochila y dijo haciéndose el tonto:

—Uy.

Se rieron. Y luego se acercaron más y trajeron sus olores almizclados a mi burbuja de espacio personal. Oí la palabra «culo» y luego «tetas» y quise que la tierra me tragase. Me encorvé, bajé la cabeza y me hice lo más pequeña que pude.

Había dos personas delante de mí en la fila.

Era demasiado orgullosa para dejar que dos capullos me impidiesen comer.

Estaban detrás de mí y seguían hablando de cómo me sentaban los pantalones, de a qué olía mi champú y de la desafortunada transparencia de mi camiseta. Y entonces el más alto se pegó a mí y me puso la mano en la parte baja de la espalda, tocándome el cuerpo. Yo me quedé en shock y no fui capaz de moverme. Su mano bajó reptando hasta mi culo y el chico que llevaba la gorra del equipo de básquet se rio, no sé si por mi incomodidad o por el atrevimiento de su amigo.

El miedo que sentía se convirtió en furia.

Me aparté con brusquedad.

—¡No me toques!

Él levantó las manos con una inocencia fingida y su amigo siguió mirándome con una sonrisa de superioridad. Sin embargo, antes de que pudiera demostrarles mi rabia a gritos, llegó Beck.

Le cogió el brazo al chico más alto y lo apartó a la fuerza.

—¿Qué problema tienes?

—No hay ningún problema —dijo el chico, y se deshizo de la mano de Beck de un tirón.

—A mí me parece que sí.

—Ya está —le dije a Beck, cogiéndole la mano—. Vámonos.

Él se zafó de mí y se inclinó amenazador hacia el chaval.

—Acabas de manosear a una chica que claramente quería que te apartaras.

Preocupada por si un profesor pillaba a Beck gritando y pensaba que él era el responsable del escándalo, miré a nuestro alrededor. Aparte de un par de dependientas ocupadas en las cajas registradoras y un conserje distraído vaciando una papelera en la parte más alejada de la sala, no vi a ningún adulto vigilando el espacio lleno de estudiantes.

El chico, que no parecía tan imponente con Beck delante, dijo:

—Qué va tío, le estaba gustando.

Beck se dio la vuelta para mirarme y me preguntó con sarcasmo:

—Lia, ¿te estaba gustando que te tocara el culo un desconocido?

—No —le dije con confianza renovada—, le he dicho que me dejase en paz.

—Qué falsa —murmuró el sobón.

Beck se le acercó a la cara.

—No te acerques a ella.

—¿A ti qué más te da? —lo retó el chico.

Beck le dio un empujón y me vino a la mente King Kong apartando de un golpe a los neoyorquinos aterrorizados mientras corría hacia el Empire State Building. El chico se tambaleó y chocó contra su amigo, que lo sujetó y consiguió mantenerlos a ambos en pie a duras penas.

—Me importa porque es mi mejor amiga —dijo Beck—. Y, si la vuelves a tocar, te mato.

Se había puesto rojo y tenía un brillo asesino en los ojos, pero, cuando entré en su campo de visión, su expresión se calmó. Me pasó un brazo por los hombros y me alejó de allí.

—¿Estás bien? —me preguntó de camino a la mesa donde nos esperaban sus amigos.

—Sí, muy bien —dije ignorando los fuertes latidos de mí corazón y las palmas de las manos sudorosas—, solo tengo hambre.

Sonrió.

—Podemos compartir mi comida.

Cuando llegamos a la mesa, Macy se puso en plan mamá oso comprobando que estaba bien y preguntándome si quería que me acompañase al baño para recomponerme.

—Estoy bien —le dije, y lo dije de verdad.

Al lado de Beck, me sentía intocable.

—Esos tíos son un par de imbéciles —me dijo Macy después de que Beck me pasase uno de los dos sándwiches de pavo y queso que Bernie le había preparado—. El año pasado acosaron a una chica de mi clase de Lengua hasta que sus padres se quejaron a dirección. Los expulsaron tres días. —Puso los ojos en blanco—. ¿Qué me estás contando? Son acosadores. Cuando volvieron, siguieron haciendo lo mismo.

—Puede que ahora paren —dijo Wyatt.

Raj le dio unos golpes a Beck en la espalda.

—Nuestro colega les ha dejado las cosas claras.

Beck se encogió de hombros.

—Mi padre me habría matado si hubiera dejado que le hicieran algo a Lia.

Me desinflé. ¿Ese era el motivo de su caballerosidad? ¿El miedo a que Connor lo riñera?

Me dio un golpecito en el hombro y se me acercó para susurrarme:

—¿Seguro que estás bien?

Su voz grave en mi oído, su brazo voluminoso al lado del mío, el modo en que comprobó cómo estaba, en privado… amenazaron con hacerme estremecer. Reprimí el escalofrío.

Asentí. Sí, bien. De maravilla.

Esa misma tarde, me mandó un mensaje: Me dejas que te lleve a casa?

Pues claro.

El resto de la semana fue más de lo mismo, pero sin los tocamientos no consentidos. Conocí a gente de mi clase y me apunté a un par de clubes —el Key Club, el club de francés y un club de escritura creativa que organizaba mi profesora de Literatura—, pero, sobre todo, pasé tiempo con Beck y sus amigos. De vez en cuando, asomaban brotes tiernos de duda por la tierra de mi alegría: ¿De verdad querían con ellos a alguien de dos cursos menos? Sin embargo, cuando intentaba comprobarlo apareciendo tarde a comer o me excusaba de nuestros encuentros matutinos, alguien, normalmente Beck o Macy, me lo cuestionaba.

Yo estaba radiante de felicidad.

Un par de semanas después de la debacle de la cafetería, cuando iba hacia el aula en la que tenía clase a quinta hora con Macy y Wyatt, pasamos al lado de una chica guapa con el pelo castaño muy liso. Llevaba una sudadera del equipo de atletismo del Rosebell y el ceño fruncido, que se agravó cuando establecimos un contacto visual fugaz.

—Es Taryn —dijo Wyatt cuando doblamos la esquina—. Beck y ella tuvieron algo.

Yo daba por sentado que Beck había salido con gente, aunque nunca lo llegamos a hablar. No estaba tan colgada de él como para delirar tanto. Estaba claro que le habrían gustado chicas, pero ver a una de esas chicas en persona me había obstruido la tráquea durante unos alarmantes segundos.

—Pero se acabó —me aseguró Macy, tal vez porque había empezado a ponerme morada—. Se acabó en cuanto llegaste a Rosebell. Y no duró nada.

—No fue importante —confirmó Wyatt.

O sea que Beck se había sentido atraído por una chica alta de pelo castaño, una atleta con una mirada intimidante, alguien muy distinto a mí, que era una rubia bajita que siempre elegía los trabajos comunitarios antes que los deportes sudorosos. No me importaba Taryn —no quería que me importase—, pero debí parecer muy afectada porque Macy y Wyatt siguieron insistiendo en que lo que tuvieron fue un amorío sin importancia.

Macy entrelazó el brazo con el mío.

—No se parece en nada a lo que tiene contigo.

—¿Lo que tiene conmigo?

—Ya sabes, cómo se comporta cuando está contigo.

Levanté una ceja.

—¿Y cómo es eso?

Ella y Wyatt intercambiaron una mirada y luego me miraron a mí como dos ciervos ante las luces de un tráiler.

—Chicos, ¿cómo se comporta cuando está conmigo?

Wyatt negó con la cabeza.

—Beck me estrangularía por traicionarlo y sería merecido.

Besó a Macy en la mejilla y se fue corriendo por el pasillo.

Ella me llevó a un lado, lejos del tráfico de estudiantes. Se empujó las gafas por el puente de la nariz y dijo:

—Los chicos pueden ser demasiado obtusos para su propio bien. Te diré lo que he observado, ¿vale? Pero no quiero que te asustes.

Yo ya estaba asustada.

Beck y yo estábamos pasando mucho tiempo juntos. El fin de semana anterior nos habíamos refugiado en su habitación con palomitas y regaliz rojo para hacer un maratón de la trilogía de *El señor de los anillos* y luego, nos habíamos pasado una eternidad debatiendo si eran mejores las películas o los libros. Él prefería las películas y a mí me gustaban los libros. Habíamos llegado a un callejón sin salida cuando me empujó sobre la cama y me hizo cosquillas hasta que estuve jadeando de la risa y chillando:

—¡Vale, tú ganas! ¡Las películas son mejores!

Él sonrió triunfal encima de mí. Me apartó un mechón de pelo de la cara y dijo:

—No discutamos nunca más.

Aquella noche me pasé horas tumbada en la cama, despierta, analizando sus comentarios y repasando sus gestos, examinando el cuidado con el que me había tocado el pelo desde todas las perspectivas posibles.

Porque, ¿y si…?

No, éramos amigos de toda la vida y, seguramente, yo estaba proyectando. Aun así, mis pensamientos no paraban y mi estómago no quería calmarse. Los sentimientos cada vez más profundos que me inspiraba Beck me asustaban.

¿Y si nunca se enamoraba de mí como yo me estaba enamorando de él?

Agotada, me dormí sin una respuesta.

En el ajetreado pasillo, Macy continuó.

—Está muy… pendiente de ti.

—¿Qué quiere decir eso?

—Bueno, pues que te presta atención. Te entiende.

—Porque nos conocemos desde siempre. Literalmente. Desde siempre.

—Sí, vale —dijo dándome la razón como a los locos—, pero siempre sonríe cuando te acercas y se pone como loco cuando cree que alguien te ha hecho algo. Creo que Taryn le gustaba, pero no la buscaba cuando no estaba en nuestro círculo. No hacía grandes declaraciones sobre que era su mejor amiga. Parecía más bien… una suplente.

—Pues no me extraña que me haya lanzado rayos láser con los ojos, es probable que crea que estoy intentando robarle el novio.

—No es su novio —señaló Macy.

—Tampoco el mío.

Me cogió del brazo y volvimos a andar.

—En serio, tía —me dijo tirando de mí para esquivar a un grupo que avanza más lento—, incluso antes de que vinieras al insti, yo ya lo sabía todo de ti. Beck hablaba de ti a todas horas.

Apreté los labios para reprimir la sonrisa que amenazaba con separarme los labios.

—Tuvo que ser muy cansino.

—Qué va. Como le caías bien a él, nos caías bien a nosotros. Y ahora nos caes todavía mejor, porque eres tan guay como siempre andaba diciendo.

22 de diciembre

Estimada señorita Graham:

Es un placer informarle de que el Comité de Admisiones de la Universidad de la Mancomunidad de Virginia ha aprobado su solicitud mediante el Programa de Admisión Anticipada Vinculante. Permítame ser la primera que la felicite por sus excepcionales logros. Su expediente académico, su trabajo como voluntaria, su carta de motivación, las recomendaciones de sus conocidos y sus cualidades personales destacaron entre un número récord de solicitantes de admisión anticipada vinculante. Estamos convencidos de que prosperará en el entorno de aprendizaje diverso y exigente de la UMV.

El folleto de la UMV que adjuntamos le proporcionará información acerca del depósito de compromiso que deberá abonar, así como de las becas, el alojamiento y varios aspectos más de la vida en el campus. En las próximas semanas la animo a que conozca todas las oportunidades que ofrecemos a los estudiantes de la UMV. ¡Nuestros profesores y estudiantes están deseando compartir el espíritu de los Eagles con usted!

Mi más sincera enhorabuena y mis mejores deseos para usted y su familia en estas fiestas. Por favor, póngase en contacto con la Oficina de Admisiones de Grado si tiene cualquier pregunta. Esperamos tenerla en el campus el próximo otoño.

Atentamente,

Laura L. Ovidio

Laura L. Ovidio
Decana de Admisiones de Grado

UNA
CONVERSACIÓN

LIA: He entrado en la UMV.

SOPHIA: ¡Guau!

MEAGAN: ¡Enhorabuena!

PALOMA: ¡Lia! ¡Estoy superorgullosa!

MEAGAN: No me puedo creer que te lo hayan confirmado tan pronto.

LIA: Ventajas de la admisión anticipada vinculante.

PALOMA: ¿Estás contenta?

LIA: Estoy flipando. De repente se ha vuelto muy real.

PALOMA: ¡Normal!

SOPHIA: Te lo mereces.

MEAGAN: En la UMV tienen suerte de tenerte.

LIA: Sí… Supongo.

MEAGAN: ¿Tus padres están emocionados?

LIA: Todavía no se lo he dicho.

PALOMA: ¿En serio? ¿Cómo consigues guardártelo?

LIA: Supongo que todavía estoy intentando procesarlo yo.

SOPHIA: Díselo esta noche y luego nos cuentas cómo ha ido.

LIA: Qué va, voy a esperar a Navidad.

MEAGAN: ¿Qué? ¿Por qué?

LIA: No creo que vayan a estar «emocionados» precisamente.

PALOMA: Pero es un gran logro, la UMV es supercompetitiva.

LIA: Estarán orgullosos, me imagino, el problema es lo de que sea vinculante.

PALOMA: Quieren que tengas más opciones.

MEAGAN: Yo lo entiendo.

SOPHIA: Pero si lo que quieres de verdad es ir a la UMV...

LIA: Es complicado.

PALOMA: Sabes que nosotras sí que estamos emocionadas, ¿no?

MEAGAN; Nuestra futura Eagle. *chillido de águila*

LIA: LOL. Sois las mejores, chicas.

SIN PRESIÓN

Diecisiete años, Tennessee

Tras pasar unos días intentando procesar la carta de admisión de la UMV, bajo las escaleras el día de Nochebuena y me encuentro a mis padres trabajando en nuestro último puzle, una escena invernal idílica, mientras hacen una videollamada con Bernie, Connor y las gemelas. Me quedo apartada escuchando cómo Norah y Mae parlotean sobre el espectáculo navideño que hizo su clase. Sus padres confirman lo adorable que fue.

—Vuestra mamá nos mandó fotos —les dice mi madre a las gemelas—. ¿Nos cantáis una de las canciones que aprendisteis?

Mae se pone a cantar una versión de «Noche de paz» con seseo incluido mientras Norah se mete debajo del brazo de Bernie, contenta de dejar que su hermana acapare la atención. Se parecen mucho a su hermano. A veces, debe de ser una tortura para Connor y Bernie ver a Beck en las pecas tostadas de las niñas y en los hoyuelos de sus sonrisas, en la exaltación de Mae y en los ojos brillantes y confabuladores de Norah.

Las echo de menos a ellas casi tanto como a él.

Cambio el peso de pierna y el suelo chirría bajo mis pies.

Mis padres se dan la vuelta. Mi madre hace un gesto con la mano para que me acerque y me señala el iPad y el puzle. Mi padre me dedica una sonrisa alentadora.

Aunque Bernie y yo vamos ya por la mitad de la primera temporada de *Gossip Girl* y nos mandamos mensajes sobre el tema con regularidad, no nos hemos comunicado sobre nada importante y todavía no hemos hablado por teléfono. Eso me parece abrir una caja que luego no se podrá cerrar.

Niego con la cabeza, doy media vuelta y subo al trote por las escaleras.

En mi habitación, cargo con el peso del arrepentimiento por haber apartado a los Byrne una vez más.

Al cabo de un rato, el estrépito de los vasos medidores y el zumbido de la batidora de pie de mi madre se cuelan hasta la planta de arriba. Todos los años prepara rollitos de canela que se pasan la noche en la nevera y luego suben en el horno caliente mientras abrimos los regalos, llenando la casa de su aroma a levadura. Tradicionalmente, nos los comemos, pegajosos y dulces, como brunch a mediodía, después de los regalos y la ducha, y antes de la siesta y las llamadas para felicitar la Navidad a mi abuela y a los Byrne.

El año pasado no hubo rollitos de canela.

Me he puesto de pie, lista para empuñar un rodillo de amasar, cuando empieza a sonarme el móvil. Lo desenchufo del cargador suponiendo que será Paloma, aunque esta mañana me ha mandado un mensaje diciéndome que iba a casa de sus tíos a ayudar a hacer tamales.

Es Bernie.

Contesto. No sé por qué, pero contesto.

—Hola, amiga —dice sin aliento—. No sabía si me lo cogerías.

A Beck le daría mucha pena ver cómo le he hecho el vacío a su familia. Si hubiéramos corrido la suerte contraria, si yo lo hubiera dejado a él atrás, él habría puesto sus necesidades a un lado. Habría dado un paso al frente por mis padres. Era generoso. Altruista. Extraordinariamente bueno.

Cierro los ojos con fuerza como barricada contra una ola de lágrimas de humillación.

—Lia —dice Bernie, rompiendo lo que se ha convertido en un silencio incómodo—, tengo una noticia. Una noticia importante de la que quiero que te enteres por mí... Connor ha decidido retirarse del ejército.

Estoy estupefacta. Connor y mi padre llevan sirviendo en el ejército más de veinte años. Mientras que mi padre ha bromeado alguna vez con dejarlo, Connor siempre decía riendo que el Tío Sam tendría que arrancarle las placas de identificación de las manos cuando estuviera muerto.

—No me lo puedo creer —le digo a Bernie.

—Hay momentos que yo tampoco, pero está listo. Ya sacrificó mucho tiempo con Beck. Quiere que con Norah y Mae sea distinto. Enseñará Historia en el instituto. —Oigo que sonríe cuando añade—: Lo creas o no, le hace ilusión volver a entrar en un aula.

—Madre mía —digo.

Me siento en la cama y cruzo las piernas debajo de mí.

—Será muy buen profe. ¿Dónde viviréis?

—Nos quedaremos en Virginia. —Baja la voz con tristeza cuando dice—: Beck está aquí.

Es cierto. Beck se pasará la eternidad en un pequeño cementerio de Alexandria.

—Tengo una invitación que espero que consideres —añade Bernie—. Pero sin presión.

—Vale —le digo, aunque ya estoy de los nervios. La gente solo dice «sin presión» para sentirse mejor por estar presionando a alguien.

—Tu madre y tu padre quieren venir de visita unos días en marzo para la ceremonia de despedida de Connor. Será durante las vacaciones de primavera. Nos encantaría que tú también vinieras.

Vale, no.

Me gustaría apoyar a Connor y siento, cada vez más, que podría soportar verlo a él, a Norah, a Mae y a Bernie, pero no puedo volver a Rosebell. El espíritu de Beck sigue en sus calles. En los restaurantes de Arlington. En la Cuenca Tidal. En las paredes de casa de los Byrne.

Tal vez los recuerdos del tiempo que pasé en Virginia con Beck deberían reconfortarme.

Pero me desgarran.

—Por favor, piénsatelo —dice Bernie, abriendo grietas de indecisión en mi armadura—. Habrá un lugar para ti en la ceremonia y en nuestras vidas. Siempre.

UN NUEVO CAPÍTULO

Diecisiete años, Tennessee

El día de Año Nuevo garabateo unos propósitos en mi libreta.

Valorar a mis amigas.
Probar cosas nuevas.
Tratar mejor a mi madre y a mi padre.
Honrar a Beck.

Luego invito a Paloma, a Meagan y a Sophia a casa. Mis padres (y Comandante) están encantados cuando suena el timbre. Les lanzo una mirada —«calmaos»— antes de abrir la puerta y hacer las presentaciones mientras mi perro da vueltas sobre sí mismo, atolondrado, en el recibidor.

—¡Haré galletas! —dice mi madre mientras dirijo a las chicas hacia la escalera.

Ya en mi habitación, Meagan dice:

—Tus padres son supermajos.

—Supongo. —Bajo la voz—: Todavía no les he dicho lo de la UMV.

Sofía abre mucho los ojos.

—¿Cuándo se lo dirás?

—En febrero. Cuando manden las admisiones anticipadas no vinculantes. Dejaré que sigan creyendo que es lo que solicité. Lo que todavía no he averiguado es cómo convencerles de que la UMV es la mejor universidad para mí. Están ofuscados con la idea de que solo quiero ir porque es donde fue Beck.

—¿Adónde querías ir antes de que él terminase yendo a Charlottesville? —pregunta Meagan.

Les hablo a mis amigas del noroeste del Pacífico y de mi sueño de pasar un semestre en Melbourne o Sídney.

—Pero entonces era una niña. No tenía ni idea de qué buscar en una universidad ni de qué querría hacer realmente después del instituto. La UMV es una universidad increíble —continúo, aunque parece que esté intentando convencerme a mí misma casi tanto como a ellas.

—La verdad es que sí —coincide Paloma—, pero Australia... ¡sería genial! Podrías pasar un semestre allí si vas a la UMV, ¿no?

—Seguramente —digo, aunque ni siquiera estoy segura de que la UMV tenga un programa de estudios en el extranjero.

Cuando Beck y yo empezamos a salir, dejó de apetecerme pasar cinco meses en el otro hemisferio y empecé a pensar en Australia como un sueño imposible.

Paloma se ha sentado en mi cama con Soph, mientras que Meagan se ha dejado caer en la silla de mi escritorio. Yo me acomodo en el suelo con Comandante, que, ahora que ha tenido tiempo del olfatear un poco a mis amigas, está más tranquilo. Intento volver a centrarme, recuperar el buen humor, pero las dudas provocan una tormenta en mi mente cuando recuerdo los pósteres qué tanto admiraba en el aula de la señorita Bonny: el Kings Canyon y la Gran Barrera de Coral y los adorables koalas.

Madre mía, Australia está a un mundo de distancia de Charlottesville.

Le pregunto a Beck: «¿Estoy haciendo lo correcto?».

Sin tener ni idea de la incertidumbre que ha provocado, Meg examina las muchas fotos que hay colgadas del tablón de corcho encima de mi escritorio. Disneyland, Park City, Rehoboth Beach. Comandante cuando era un cachorrito adorable. Un par mías con Macy, de quien no tengo noticias desde noviembre, cuando dejé un mensaje suyo en visto, aunque sé, gracias a las redes, que se ha matriculado en la Universidad George Mason y tiene una vida increíble con Wyatt en un pisito. Y Beck... Fotos de los dos en la Explanada Nacional de Washington D. C. con cerezos con sus flores rosas de fondo. En los Busch Gardens, con el pelo enmarañado después de bajar de una montaña rusa. Compartiendo la rueda que hacía las veces de columpio en el jardín trasero de mi casa en Rosebell.

—¿Es él? —pregunta Meagan, señalando un primer plano tomado cuando Beck acababa de firmar la carta de compromiso con la UMV. Está sonriente, cómodo y encantador.

Asiento.

—Vale —dice ella con una sonrisa traviesa—. Ya entiendo por qué querías ir a la misma universidad que él.

Me río y le saco la lengua.

—Un momento —dice Sophia, levantándose para verlo mejor.

Pone el dedo en la esquina de una de mis fotos favoritas. Beck, muy pequeño, con el pelo de un naranja zanahoria, intentando que no se le caiga un bebé envuelto en una manta que le han puesto de forma precaria sobre el regazo.

—¿Este también es él? —pregunta.

—Ajá. Y yo.

Meagan abre mucho los ojos.

—Cuando dijiste que lo conocías de toda la vida, lo decías de verdad.

Paloma capta mi atención y enarca una ceja preguntándome sin pronunciar palabra: «¿Quieres que pare esto?».

Sí, la verdad es que sí.

Pero entonces me acuerdo de mi cuarto propósito de Año Nuevo escrito con un boli de gel morado.

Mi pasado está entrelazado con el de Beck y dividido en una serie de libros. Cuando era pequeña, era *Lia, destinada a estar con Beck*. Disfruté de ser *Lia, el amor de la vida de Beck*. Ya hace demasiado que soy *Lia, la chica de luto*. Ha llegado el momento de convertirme en otra versión de mí misma, en la protagonista de una historia por escribir. Una sin título —ni argumento— todavía, pero con un mensaje: Lia, la que recuerda. Lia, la que comparte las cosas buenas.

—Nuestros padres son amigos desde la universidad —digo, porque no estoy segura de por dónde más empezar—. Él y yo nos conocimos el día que yo nací. Formó parte de todas mis primeras veces. De todos mis mejores días. Era mi mundo.

Paloma debe de darse cuenta de que estoy a punto de ceder ante las lágrimas, porque se me une en el suelo y me da la mano. Con solemnidad, dice:

—Estaba buenísimo.

El chiste da en el clavo. La risa me burbujea en el pecho y la libero sabiendo que a Beck aquella observación inoportuna de Paloma también le parecería tronchante.

—Sí —digo en medio de una oleada de risa.

—Deberías hablar más de él —dice Meagan.

—Ya. Es que… todavía me cuesta.

Se coloca un mechón de pelo acabado de tintar de rosa detrás de la oreja.

—A mí también me costó cuando murió mi madre, durante mucho tiempo, pero ahora hablar de ella es como llevar una antorcha, como mantener viva la llama de su alma.

—A mí me dijo lo mismo la primavera pasada —dice Paloma—, cuando murió mi abuelo. Me hizo hablar y entonces fue cuando empecé a sentirme mejor.

Meagan sonríe y le lanza un beso.

—Es que soy la reina del duelo.

Nos pasamos un rato tratando temas menos deprimentes. Las vacaciones. Los horarios del semestre siguiente. Sophia se pone a hablar de su equipo de voleibol. Paloma nos enseña la pulsera de Tiffany & Co. que le mandó Liam por Navidad y nos dice que han hecho planes para que Liam venga de visita a River Hollow en las vacaciones de primavera. Meg nos cuenta que este año su padre intentó cocinar el pavo de Navidad —con el beneplácito de su abuela—, lo cual resultó en una masa carbonizada y una visita al restaurante vietnamita del pueblo.

Nos estamos riendo cuando llaman a la puerta de mi habitación. Mi madre entra con una bandeja de galletas con trocitos de chocolate. La deja en mi escritorio y mis amigas se abalanzan sobre la bandeja. Mi madre no se queda en la habitación, y se lo agradezco, pero, antes de salir, me dirige una sonrisa que no veía desde hacía muchísimo. Le brillan los ojos y se le marcan las patas de gallo —algo que detesta— y sé que está feliz viendo que tengo amigas después de tanta soledad.

—Gracias, mamá —le digo.

Y la hago salir por la puerta.

BAILE

Quince años, Virginia

Raiden Tanaka se me acercó en el patio cuando me dirigía a la primera clase de la mañana. Macy iba a mi lado y, cuando él se nos puso delante cargado con un ramo enorme de rosas rosa, las dos nos paramos en seco.

—Hola, Lia —dijo levantando una mano para secarse la frente.

Era febrero, pleno invierno, pero le brillaba la piel.

Raiden se sentaba a mi lado en clase de mates. Estábamos en la misma clase aunque él fuera dos cursos por delante. Me había explicado que tenía discalculia, que hacía que confundiera los números como alguien con dislexia confunde las letras.

—Las mates me rayan un montón —me había dicho frotándose el cuello enrojecido—, pero no soy estúpido.

—Claro que no —le había contestado yo, porque, con su sinceridad, se había ganado mi cariño.

Nos habíamos sentado juntos desde entonces.

Raiden era un virtuoso del chelo y era mono. Sus padres habían inmigrado a Estados Unidos de Japón. Tenía el pelo negro reluciente y unos ojos de un marrón intenso. También tenía las pestañas más largas que yo había visto en la vida.

Me entregó las rosas y me dijo:

—Me preguntaba si querrías venir al baile conmigo.

A mí me sorprendió tanto que me hizo falta un codazo de Macy para responder.

—Vaya, Raiden.

—¿«Vaya» quiere decir que sí? —preguntó con los ojos iluminados por la esperanza.

—Sí, claro —dije recomponiéndome tras la sorpresa de su invitación—. Gracias por pedírmelo.

Sonrió.

—No se me ocurre nadie con quien me apetezca más ir. Concretamos los detalles en clase luego, ¿vale?

—Sí, y gracias por las flores.

Dio un paso adelante y me rodeó con un brazo, un abrazo tan incómodo como dulce. Y después, se fue alegremente.

Macy se volvió para mirarme. Tenía un brillo travieso en los ojos.

—Raiden Tanaka —dijo, divertida y entusiasmada a partes iguales.

Lo conocía de la orquesta. Ella tocaba el violín desde los nueve años.

—No tenía ni idea —concluyó.

—No te pongas rara. Somos amigos.

Incluso con el frío sentí cómo me sonrojaba. La invitación de Raiden había sido inesperada, pero no me había molestado. Era muy mono y muy amable, y estaba segura de que lo pasaríamos bien.

—Aun así. Vas al baile. Con quince años.

—Qué fuerte —dije imaginándome con un vestido de gasa, rizos cayéndome por los hombros, un ramillete fragante en la muñeca… A Raiden, trajeado, haciéndome dar vueltas por la pista de baile—. ¿Quién lo iba a decir?

En el Instituto Rosebell, los estudiantes más jóvenes

solo podían ir al baile si les invitaba alguien de los dos últimos cursos. Yo no me había hecho ilusiones de ir. A excepción de los amigos superficiales que había hecho en clase, estaba siempre con el grupo de Beck. Era imposible que Raj o Stephen me invitaran al baile. Estaba bastante segura de que me veían como a una hermana pequeña. Wyatt estaba con Macy. Y Beck odiaba los bailes del instituto y bailar en general.

—Es muy cursi —decía siempre—. Muy rancio.

—Me pregunto qué le parecerá a Beck —dijo Macy, dándole voz al pensamiento que acababa de echar raíces en mi cerebro.

Me encogí de hombros.

—Que él no vaya a ir al baile no quiere decir que yo no tenga que ir.

—Claro, solo me pregunto si se pondrá triste.

—Lo dudo.

Me lanzó una mirada que transmitía su incertidumbre, pero no quiso aguarme la fiesta. Enganchó el brazo con el mío con cuidado de no aplastar las flores que tendría que llevar conmigo el resto del día y me preguntó:

—¿Quieres ir a buscar vestidos este finde?

Las cavilaciones de Macy sobre si Beck estaría disgustado porque fuese con Raiden al baile me preocuparon lo suficiente para pasarme la mañana pensando si debería ir a la taquilla y meter allí las rosas antes de la hora de comer.

Pero… ¿por qué?

Hacía meses que me gustaba Beck y él no había dado ninguna señal de que sus sentimientos se hubieran intensificado como los míos. Yo me habría lanzado de cabeza a ser algo más, pero estaba bien con las cosas como estaban. Y era evidente que él también.

Me llevé las rosas a la comida.

Cuando me senté y dejé el ramo al final de la mesa para que no molestase, Beck lo miró. Luego me miró a mí.

—¿Alguien te ha traído flores?

—Sí —dije sacando la comida de la mochila.

No me gustó la forma en que las comisuras de los labios se le hundieron con desaprobación, pero mantuve una expresión neutra.

Mirando las rosas con el rabillo del ojo, me preguntó:

—¿Por qué?

—¿Por qué no?

—Eso no es una respuesta.

Aunque me molestaba que se comportase como si tuviese derecho a saber todo lo que pasaba en mi vida, usé un tono alegre porque no me apetecía discutir.

—No estoy segura de que esa pregunta merezca respuesta.

—¿Quién te las ha regalado?

Una tensión incómoda se había apoderado de la mesa. Raj, Stephen, Wyatt y Macy habían dejado de comer para observarnos a Beck y a mí.

—¿Y a ti qué más te da? —dije.

—Me da igual. Es que… tengo curiosidad.

Entrecrucé los dedos de las manos sobre la mesa y lo miré a los ojos.

—Me las ha regalado Raiden Tanaka cuando me ha pedido ir al baile.

Con la mirada periférica, pillé a Raj haciendo una mueca mientras que Stephen soltó bajito un:

—Uf.

—¿Al baile? —repitió Beck, como si no conociera la tradición.

—Sí, es un acontecimiento social organizado por el instituto. Todo el mundo se pone elegante y se pasa la noche bailando y haciéndose fotos, y pasándoselo genial. Me han invitado. ¿Satisface eso tu curiosidad?

—No. ¿Quién coño es Raiden Tanaka?

Suspiré.

—Está en mi clase de mates.

Macy tendió la mano por encima de Wyatt para darle unas palmaditas en el brazo a Beck.

—Es buen tío.

—Sí, seguro —contestó Beck con desprecio. Y luego se dirigió a mí—: ¿Le has dicho que sí?

—Sí. Creo que será divertido.

Se quedó boquiabierto.

—¿Vas a pasar tu cumpleaños en un baile con Raiden Tanaka?

El baile era el tercer sábado de marzo, yo lo sabía, pero no me había dado cuenta de que el tercer sábado de marzo era el día de mi decimoquinto cumpleaños. La angustia me aceleró el pulso cuando entendí lo que pasaba: me había comprometido a celebrar mi cumpleaños en un baile con un chico al que casi no conocía en lugar de con mis padres y los Byrne como había hecho otros años.

Las dudas debieron de vérseme en la cara porque, con un tono altanero, Beck dijo:

—Será un cumpleaños fantááástico.

No me habló durante el resto de la comida.

Yo no lo miré.

Me fui en autobús a casa con las rosas y todo. Que le dieran a Beck por quitarme la ilusión. Me mandó un mensaje —Vienes?— y yo lo ignoré porque estaba rabiosa y vengativa. Esperaba que estuviera en el aparcamiento. Esperándome. Preocupándose por mí.

Cuando mi madre llegó a casa de trabajar le enseñé las flores y le conté lo de Raiden y el baile. Ella estaba encantada y empezó a darme ideas para el vestido y el peinado.

—¿No te importa que no vaya a estar en casa por mi cumpleaños?

—Claro que me importa, pero el baile es emocionante.

Nos pasaremos el día celebrándolo mientras te preparas. Y les diremos a los Byrne que vengan el viernes por la noche o el domingo por la tarde. Todo irá bien.

Estaba tan superada por las emociones encontradas que los ojos se me llenaron de lágrimas.

—Beck se ha enfadado.

Mi madre dejó de hablar del baile. Me abrazó y me escuchó mientras le contaba la pelea a la hora de comer con un tono de desesperación.

—Ay, Lia —dijo cuando hube terminado—. Siento que haya pasado eso. Parece que Beck está...

Apretó los labios como dudando de si decir en voz alta la teoría que le daba vueltas por la cabeza.

—¿Parece que está qué?

—Celoso, ¿tal vez? —Lo dijo en voz baja, como si estuviera traicionando a alguien, lo cual me hizo plantearme cuánto hablaba de Beck y de mí con Bernie.

Resoplé indignada.

—O quizá sea idiota. ¡Si ni siquiera quiere ir al baile!

—Sea como sea, no tendría que habértelo hecho pasar mal, pero suele haber un motivo por el que la gente se comporta como se comporta.

—Y tú crees que Beck está celoso. ¿De qué?

—No voy a hablar por él, cariño, pero normalmente se porta muy buen contigo. ¿Se entera de que vas a pasar tiempo con otro chico y de repente se porta, según me has dicho, como un idiota? Puede que se arrepienta de no haberte pedido que fueras al baile con él. Puede que esté decepcionado por no poder pasar tu cumpleaños contigo. Puede que esté empezando a entender algo sobre sí mismo. Sobre ti. Sea como sea, seguro que lo arregláis.

Su móvil emitió un sonido familiar: mensaje de Bernie.

Sin tener que mirar, supe que tenía que ver con el baile.

Me pasé mi decimoquinto cumpleaños muy mimada. Mis padres me llevaron a tomar el brunch, mi padre me prometió que empezaría a enseñarme a conducir cuando quisiera. Luego mi madre y yo fuimos a hacernos la manicura y la pedicura. Después fuimos a una peluquería cara de Washington D. C. donde me trenzaron el pelo y me hicieron un delicado recogido. Bernie vino a ayudarme con el maquillaje y, gracias a Dios, no mencionó a su hijo.

Durante las últimas dos semanas, la situación entre Beck y yo había sido rara. Habíamos vuelto a hablarnos, pero con frialdad. Nunca mencionábamos ni el baile ni mi cumpleaños. Ya no me daba sus abrazos de oso. Había dejado de hacerme cosquillas y de alborotarme el pelo y de darme la mano en momentos de diversión. Yo había empezado a coger el autobús con asiduidad, porque sentarme a su lado en el 4Runner que sus padres le habían comprado —de segundísima mano— por su decimosexto cumpleaños me superaba.

Cuando Raiden vino a recogerme el sábado por la noche, mis padres lo hicieron pasar a casa para hacernos fotos. Su traje iba a juego con el vestido de color marfil que yo había elegido cuando me fui de compras con Macy. Trajo un ramillete, como yo esperaba. Las rosas blancas, el jazmín de Madagascar y la delicada paniculata eran perfectos y las manos le temblaban un poco cuando me los colocó en la muñeca. Le trajo peonías a mi madre, su flor favorita, y también vino con una caja de *cupcakes* con una decoración preciosa.

—Feliz cumpleaños —me dijo dándomelos a mí.

Me sorprendió: no le había hablado de mi cumpleaños.

Nos comimos los *cupcakes* con mis padres. Él le siguió el ritmo a mi padre respondiendo preguntas sobre temas de actualidad como si alguien lo hubiera informado previamente y fue superamable con mi madre. Ella me dirigió más de una sonrisa de aprobación.

El baile era en el Washington Hilton, cerca del Dupont Circle. El salón de baile era precioso y Raiden no pudo ser más encantador. Nos pasamos varias canciones en la pista de baile con su círculo de amigos, sobre todo, de la orquesta, riendo e imitando cada paso de baile ridículo que hacían los demás. Vi a Wyatt y Macy, que llevaba un vestido floral muy elegante, y a Raj y su cita, Aimee, que iba al Instituto Mount Vernon y con quien tenía una relación de «ni contigo ni sin ti». También vi a Stephen, que había venido sin acompañante y era evidente que se alegraba de ello. Recibí un montón de felicitaciones de cumpleaños por parte de mis amigos y de los de Raiden.

Intenté no pensar en los cumpleaños que había celebrado otros años con los Byrne. Intenté no pensar en la sensación de que me faltaba algo, pero parece ser que no me la podía quitar de encima. Intenté no pensar en la tensión que se había colado entre Beck y yo.

Y, en ese momento, vi a Beck. Cerca de la pista.

Llevaba traje, uno bueno. Nunca lo había visto con nada más elegante que una chaqueta de vestir y esas escasas ocasiones se debían a lo bien que se le daban a Bernie las amenazas. Se había aflojado la corbata y tenía los botones de arriba de la camisa desabrochados. Llevaba el pelo algo despeinado como solía, algo que me parecía encantador. Tenía una mano en el bolsillo y en la otra llevaba un vaso de ponche. Me pregunté si le habría echado algo al vaso, porque ¿cómo iba a tolerar algo tan «cursi» y tan «rancio» como un baile del instituto si no era con un flujo constante de alcohol?

Estaba hablando con Taryn, la chica con la que había salido antes de que yo me mudase a Rosebell. La suplente, la había llamado Macy. Estaba preciosa con un vestido negro largo hasta el suelo y el pelo recogido con un pasador con perlas. Era fácil entender por qué Beck se había sentido atraído por ella: era guapa, elegante y segura de sí misma.

No pude evitar mirarlos a hurtadillas mientras se iba apagando «Yeah!» de Usher.

Estaba implosionando. El calor, la energía y los celos me consumían por dentro.

Cuando la música fue cambiando poco a poco y empezó una canción lenta y sentimental de Tim McGraw, Beck apartó la mirada de Taryn y buscó la mía.

Me pareció una cerilla encendida, ardiente.

Raiden se interpuso en mi línea de visión. Sonrió y me rodeó la cintura con los brazos colocando las manos con educación. Seguramente no fue intencionado cuando nos hizo girar de modo que Beck quedó a mi espalda, pero lo cierto es que fue lo mejor que podía pasar. Yo descansé las palmas de las manos en los hombros de Raiden e intenté recobrar la felicidad que había logrado antes de que apareciera Beck. Raiden me había hecho pasar una buena noche y, al fin y al cabo, eso era lo que se suponía que había que hacer en el baile: bailar con tu acompañante.

Sin embargo, en cuanto encontré el ritmo con él, sentí que alguien me tocaba el hombro.

Me volví y vi a Beck.

—¿Te parece bien que te robe un baile con Lia? —le pidió a Raiden.

Raiden abrió la boca y la cerró. Me dio la impresión de que quería sugerirle a Beck que se fuera a freír espárragos, pero parecía que le faltaba el valor para plantarle cara a un tío que le sacaba, por lo menos, veinte kilos.

Cuando llevaba demasiado rato en silencio, la mirada de Beck se posó en mí.

—¿Lia?

Asentí antes de que Raiden pudiera formular una respuesta. Esperando que mi expresión no pareciera demasiado entusiasta, observé cómo salía de la pista de baile arrastrando los pies para unirse a unos cuantos amigos suyos cerca de la mesa de tentempiés. Me volví hacia Beck.

Esperaba que dijera algo, ya fuera una explicación de por qué había venido o una disculpa por cómo se había comportado al enterarse de que Raiden y yo vendríamos juntos al baile. Pero no habló. Dio unos pasos hacia delante y me apretó contra él. No hubo ni un atisbo de duda en su forma de iniciar el baile, era justo lo contrario que cuando Raiden me había colocado las manos en la espalda con timidez. Beck y yo nos habíamos abrazado miles de veces, pero aquella noche me sostuvo contra él como si el contacto entre su cuerpo y el mío le diera la vida.

Tal vez mi madre tuviera razón: puede que sí que estuviera celoso. O tal vez había tenido una epifanía sobre sí mismo o sobre mí o sobre la posibilidad de ser nosotros como me había pasado a mí aquellos últimos meses. Fuera lo que fuera, aquella noche dejó claro que le importaba lo suficiente como para arreglarse, venir a un baile del instituto y moverse por la pista rodeándome con los brazos.

Cerré los ojos apretando la mejilla contra su pecho, completamente en paz envuelta en su abrazo.

Durante el final de la canción, bajó la barbilla, y colocó su mejilla contra la mía. Olía muy bien, olía a él, pero con una nota de colonia añadida. Sus manos subieron y subieron hasta quedar apoyadas con calidez en mi cuello.

—Feliz cumpleaños, Lia —musitó y, con el final de la canción, me dejó ir.

Después del baile, Raiden me llevó a casa. Nos saltamos las distintas posfiestas que se habían organizado porque yo tenía hora de vuelta, lo cual agradecí para mis adentros. Raiden se había pasado la noche tratándome como a una princesa, incluso después de que hubiera bailado con Beck. Aun así, yo tenía ganas de quedarme sola con mi libreta y con la nueva capa de entendimiento qué había alcanzado respecto a mis sentimientos por Beck.

—Me lo he pasado bien —dijo Raiden, acompañándome a la puerta.

—Yo también. Gracias por los *cupcakes*.

Se encogió de hombros.

—Deberías dárselas a quien me chivó lo de tu cumple.

Sonreí haciendo una suposición.

—Macy es muy atenta.

—No, no fue Macy. Fue tu otro amigo, el tío que nos ha interrumpido en el baile.

Me llevó un segundo, aunque solo había habido una persona que nos hubiese interrumpido a Raiden y a mí en la pista de baile.

—¡¿Beck?! —farfullé.

—Sí, vino a hablar conmigo la semana pasada y me dijo lo de tu cumpleaños. También me dijo que a tu madre le gustan las peonías y que debería repasar lo que está ocurriendo en el mundo a no ser que quisiera quedar como el culo delante de tu padre.

Me quedé pasmada.

¿Beck le había dado consejos a Raiden?

¿Después del drama de hacía unas semanas antes?

—Estuvo guay que me contase todas esas cosas —admitió Raiden, cogiéndome la mano.

—Sí —dije con dificultades para recobrar el habla—, la verdad es que sí.

Se inclinó para darme un beso en la mejilla y se fue.

Yo entré en casa y subí a mi habitación flotando, cortejada no por Raiden, mi acompañante, sino por Beck, que se había tragado el orgullo para asegurarse de que vivía una noche especial.

Me senté en la cama, saqué el móvil y le mandé un mensaje.

Gracias <3

DESCARO

Diecisiete años, Tennessee

Segundo semestre del último curso de instituto.

Me he apuntado a la asignatura de Cerámica.

En el segundo semestre del año anterior, mis meses más oscuros, mis padres se habían quedado mirando con las cejas arqueadas como muestra de duda mientras yo me reorganizaba el horario y me cambiaba a las asignaturas más difíciles que ofertaba el Instituto Rosebell. No consiguieron esconder su incredulidad cuando saqué un excelente en todas ellas, aunque no sé muy bien por qué se sorprendieron tanto. Tras la muerte de Beck, dejé de lado a todos los amigos y los clubes. Me tomé un descanso en el voluntariado y dejé de ver a los Byrne. Me consagré por completo a los estudios, no podía no ser excelente.

El mes pasado, cuando Paloma me sugirió que nos matriculásemos en Cerámica juntas, vacilé. ¿Qué impresión daría en la UMV una asignatura tan floja? Sin embargo, me apunté, en parte para que mis padres empezasen a pensar que estaba curada —fuera lo que fuera eso— y en parte para poder pasar con Paloma la última hora del día.

Llego al aula antes que ella. Es un edificio anexo detrás de la biblioteca. Ella se cuela en clase cuando está a punto de sonar la campana. Con la coleta bamboleándose de un lado a otro, corre hacia la mesa que me he agenciado. Tiene taburetes para cuatro personas, pero ninguno de nuestros compañeros de clase ha optado por unírsenos, lo cual me viene bien.

—Esto va a ser genial —dice acomodándose en un taburete.

Está esperando noticias de la USC, aunque me sorprendería mucho que no entrase. Tiene una media todavía mejor que la mía. Deja la cartera en la mesa, saca un pintalabios y usa la pantalla del móvil como espejo para pintarse los labios de un rosa con brillo. Cuando está satisfecha, vuelve la vista, enmarcada por unas pestañas voluminosas acentuadas con rímel, hacia mí.

—¿Qué tal ha ido el primer día de tu último semestre?

—Mejor de lo esperado. ¿Y el tuyo?

Sonríe.

—El principio del fin. ¿Quieres celebrarlo luego con pudin de pan?

Asiento y le devuelvo la sonrisa cuando suena la campana.

Nuestra profesora, la señorita Robbins, lleva las uñas pintadas de ocre y el pelo rubio arena y rizado recogido en un nido en la coronilla. Me recuerda a la señorita Rizos de *El autobús mágico.* La escucho mientras habla de los criterios de evaluación, que consisten, básicamente, en ponerle un diez a quien se haya esforzado un poco y examino el aula. Hay estanterías desordenadas que rodean la clase entera, una galería de proyectos terminados donados por los estudiantes de semestres anteriores. A la izquierda hay un pequeño almacén en el que se guardan los botes de esmalte. A la derecha, unos cuantos tornos polvorientos por la arcilla seca. Detrás de Paloma, hay paquetes de arcilla por abrir, llenos de posibilidades, y latas de las que asoman punzones, esponjas y otras herramientas de modelado. Huele de maravilla, a tierra.

El espacio de trabajo de la señorita Robbins es la antítesis de un aula, y me encanta.

Está repartiendo la programación didáctica cuando la puerta se abre de golpe. Isaiah...

«... a quien besé...»

... irrumpe con una confianza despreocupada.

Paloma me mira y dibuja una sonrisita.

—Perdón por llegar tarde —se disculpa ante la señorita Robbins.

Ella le sonríe con perspicacia y me hace sospechar que ya lo ha tenido antes en clase.

—Que no vuelva a pasar, señor Santoro.

La profesora recorre la sala con la vista y su mirada se detiene en la mesa que compartimos Paloma y yo, porque tenemos asientos vacíos. Mierda.

—Hay un sitio allí atrás. Al lado de la arcilla.

La atención de Isaiah se posa directamente en mí.

Dibuja la sonrisa más descarada que he visto en mi vida.

El fuego me consume la cara.

Se nos acerca. Parece cómodo, guay, con sus vaqueros, una sudadera de los Memphis Grizzlies y unas Converse negras hechas polvo. En una de las punteras de goma blanca alguien le ha dibujado unas cuantas estrellas rosas.

La señorita Robbins nos dice que nos tomemos unos minutos para leer la programación mientras Isaiah deja caer la mochila en el suelo y tira del taburete más cercano a mí. Con un suspiro de los de última hora del día, se sienta.

—¿Qué tal, Paloma? —dice saludándola con la cabeza.

—Aquí, con ganas de echarle mano a la arcilla.

Me dirige la sonrisa a mí, ahora suavizada, más un interrogante que un saludo. Yo levanto un poco la cabeza a modo de hola —«Hagamos como que no pasa nada»— antes de bajar la mirada hacia la programación y fingir que me concentro en los listados mientras revivo el cálido deseo del beso que nos dimos en noviembre.

Es confuso y bochornoso y, joder, muy angustiante admitir que he pensado en Isaiah Santoro un montón desde ese día.

—Lia —dice—, ¿estás lista para darle a la cerámica?

Yo dejo que mi mirada suba hasta sus ojos.

—Bueno, la señorita Robbins parece guay.

Él me echa un vistazo rápido: la coleta, el forro polar, el anillo con la aguamarina y el zafiro que volví a llevar el día que él y yo nos conocimos.

—Es la mejor. Lleva el club de arte.

—¿Estás en el club de arte? —le pregunta Paloma.

—Sí, y este año he convencido a Trev para que se apunte.

—Como si no tuvierais bastante ya con el básquet.

Frunzo el ceño y le digo a Isaiah:

—¿Juegas al básquet?

Como si tuviera que estar vigilando qué actividades extraescolares hace.

—Es el capitán del equipo —me aclara Paloma—. Lleva jugando en la liga de secundaria desde el primer año de instituto, lo cual es muy raro, no pasa casi nunca.

—Así soy yo: muy raro —apunta metiéndose consigo mismo. Encantador—. Los partidos de la liga empiezan la semana que viene. Espero veros en las gradas.

—Claro —dice Paloma.

Isaiah me mira.

—Ah, yo es que no sé mucho de básquet —señalo dejándome la parte sobre que mi novio muerto era más fan del fútbol americano—, pero supongo que podría ir a ver algún partido.

—No se va a ver un partido —me corrige Paloma—, se va a dejarse la garganta animando.

—No hace falta dejarse la garganta —me dice Isaiah en voz baja y centrada, como si estuviésemos nosotros solos en este enorme planeta. Intento sacar alguna conclusión de todo eso cuando añade—: Basta con estar.

PASARSE LA PELOTA

Diecisiete años, Tennessee

Después de un par de días, he perdido todo el sentido común. Me quedo después de Cerámica a hablar con la señorita Robbins sobre el club de arte.

—Me gusta su clase —le digo—. Si todavía queda sitio en el club de arte, me encantaría formar parte de él.

Ella sonríe mirándome por encima de las gafas.

—Queda sitio de sobra. Si tienes una media de aprobado y puedes venir los jueves a la hora del descanso, estás dentro.

—La tengo y puedo.

—En ese caso, nos vemos mañana. Será un placer tenerte con nosotros, Lia.

Antes de irme del instituto, paso por la biblioteca para sacar unos cuantos libros para un trabajo que nos han mandado en clase de Literatura Contemporánea. Hay que incluir por lo menos dos libros físicos en la bibliografía a pesar de tener internet al alcance de la mano. Tardo la vida en encontrar las fuentes y, para cuando voy de camino al aparcamiento, ha terminado el entreno de básquet.

Veo a Isaiah en la acera cerca de la zona de recogida con pantalones cortos de deporte, una sudadera con capucha de Nike y unas Jordan blancas y negras. Tiene el móvil pegado a la oreja.

Incluso desde lejos, veo que no está contento.

Tengo que pasar por su lado para llegar a mi coche. Cuelga el teléfono justo cuando me cruzo con él.

—¿Todo bien? —le pregunto.

Se mete el teléfono en el bolsillo.

—No pueden venir a recogerme. Se ha estropeado la batería del coche y están esperando a que vaya alguien con las pinzas. Por lo demás, sí, todo bien.

Antes de que mi cerebro pueda alcanzarla, mi boca dice:

—Puedo llevarte yo.

—No pasa nada, iré andando.

—¿Dónde vives?

—En la zona oeste del pueblo, cerca de la oficina de correos.

—Eso está como a ocho kilómetros. Venga, tengo el coche ahí.

Ya dentro del Jetta, me da su dirección y la pongo en el GPS antes de salir del aparcamiento. Por la situación de su casa, debería ir al Instituto Rudolph. Lo sé porque fui con mis padres a buscar casa cuando llegamos a River Hollow y le hicieron a la agente inmobiliaria un montón de preguntas sobre los institutos.

—¿Cómo es que vas al East River si vives en la zona oeste? —le pregunto a Isaiah.

—Aproveché la matrícula abierta del primer año. El East River es mejor insti que el Rudolph y, como puedo hacer que una pelota pase por un aro con un grado de precisión bastante bueno, no tuvieron ningún problema con que viniera.

—¿Un grado de precisión bastante bueno? Pensaba que eras una especie de prodigio.

Me lanza una sonrisa.

—Eso lo has dicho tú, no yo. ¿Te gusta el East River?

Me encojo de hombros y pongo el intermitente.

—Es diferente del último instituto al que fui. Mucho más pequeño. Pero Paloma me encanta. No sé qué haría sin ella, Meagan y Sophia.

No me apetece mucho hablar de mí misma, así que suelto una pregunta a la que llevo dándole vueltas desde noviembre.

—Esa mujer que te recogió antes de Acción de Gracias... ¿era tu madre?

—No, pero vivo con ella.

—Ah, ¿y por qué no vives con tu madre? —Y entonces salen a la superficie mis modales después de haberse tomado un descanso que ha durado toda la conversación—: No es por cotillear, solo...

«... me interesa».

—No es cotillear —dice—, solo nos estamos pasando la pelota. No te rayes. La mujer con la que vivo, Marjorie, es mi madre de acogida.

Estoy sorprendida y creo que no sé disimularlo muy bien.

El semáforo se pone en verde y pongo en marcha el Jetta.

—Me pareció maja aquel día en el aparcamiento.

—Es un ángel —dice Isaiah con la voz llena de cariño. Se ríe con ironía—. Bueno, excepto por lo de la batería del coche.

Su forma de hablar de su madre de acogida es bonita. Entrañable. No dejo de pensar en que no estoy segura de estar lista para volver a abrir mi corazón, en que debería mantener la distancia emocional, pero estoy desarmada.

—¿Cuánto tiempo llevas viviendo con ella? —le pregunto.

—Casi seis años.

—¿Está casada? Quiero decir: ¿tienes también un padre de acogida?

—No, pero tengo una hermana de acogida, Naya. Tiene nueve años. Lleva con nosotros casi un año.

Nos estamos acercando a su casa y la cabeza se me ha llenado de preguntas, tantas que no sé cuál lanzar a continuación. Pero él debe de pensar que ya he saciado mi curiosidad, porque me dice:

—¿Me toca?

Lo miro.

—¿Te toca...?

—Preguntarte sobre ti. Así es como funcionan las conversaciones.

No me cabe duda de que lo que ocurrió la primera vez que interactuamos lo dejó con un montón de interrogantes. Tener una crisis emocional y luego enrollarte con alguien solo puede dejar a su paso preguntas peligrosas, pero sería superraro negarme a contestar.

—Vale —le digo—, sí.

—El día que nos conocimos —empieza a decir, y yo me preparo para lo que viene, apretando con fuerza el volante mientras se me acelera el pulso—. ¿Te había pasado algo en concreto o estabas triste en general?

Hago girar el coche hacia su calle y respondo:

—Estaba triste en general. El año pasado me dejó hecha una mierda, pero aquel día también era una mierda. Hacía justo un año del motivo de que el año pasado me dejase hecha una mierda.

Ralentizo el Jetta cuando el GPS anuncia nuestra llegada y freno. Es una casa de una sola planta con la fachada de ladrillo. En el porche delantero hay una mesa de cafetería y dos sillas. El camino de hormigón que lleva la casa está cubierto de ilustraciones de tiza no muy nítidas: arcoíris y dragones que escupen fuego y un castillo con foso. Espero a que Isaiah me lance otra pregunta.

Su mirada es como un rayo de sol. La noto en la mejilla, en el pelo.

—Siento que el año pasado te dejase hecha una mierda —dice.

Lo miro sorprendida.

—¿No quieres saber más?

—Claro, sí. —Se pasa una mano por el pelo dejándome entrever de nuevo la cicatriz de su frente y un recuerdo me agita: «de extremidades largas y cabello azabache»—. Lo quc pasa —dice mientras yo intento recuperar la compostura— es que sé lo que es estar triste. Me han dejado hecho una mierda más veces de las que puedo contar. Ya me hablarás más de ello cuando te apetezca.

Sale del coche y estira los brazos hacia arriba un segundo, enseñando una franja de piel por debajo del dobladillo de la sudadera. Yo aparto la mirada porque vuelvo a sentirlo, ese remolino de atracción que me aterra.

Me deslumbra con una sonrisa.

—Gracias por traerme, Lia.

CARIÑOSO

Quince años, Virginia

Beckett Byrne era, a mi parecer, un dios entre adolescentes: hábil y fuerte; inteligente y extrovertido; bueno y gracioso. Había conseguido premios a la excelencia y tenía a ojeadores de atletismo peleándose por él. Su sonrisa hacía que se te doblaran las rodillas. Su lealtad era inquebrantable. Los días más tranquilos era creído, pero poseía un carisma indescriptible que hacía que la gente —que yo— lo reverenciara.

A mediados de mi segundo curso en Rosebell, había pasado de gustarme a tenerme totalmente cautivada.

Cuando Beck venía con su familia, era encantador con sus hermanas, dulce con sus padres y majo pero respetuoso con los míos. Juntos, les preparábamos galletas a las gemelas, hacíamos maratones de cine e íbamos en metro a Washington D. C. para dar largos paseos. Teníamos una ruta que salía del Capitolio, pasaba por el monumento a Washington, el monumento a Lincoln y el monumento a Martin Luther King y terminaba en el monumento a Jefferson, donde nos sentábamos en un banco y hablábamos mirando la Cuenca Tidal.

Después de mi cumpleaños y nuestro baile, me había

descubierto a mí misma soñando despierta, anhelándolo, pero había evitado hacer algo respecto a lo que sentía porque tenía demasiado miedo de agitar las ya peligrosas aguas de por sí. No obstante, a veces, lo pillaba mirándome. Él me sonreía y me tiraba de la coleta o me sacaba la lengua o me guiñaba un ojo y yo me desmayaba por dentro. Había vuelto a darme sus abrazos de oso. Me llevaba al instituto y me traía a casa en coche. No mostraba interés por otras chicas. Sin embargo, a pesar de nuestro destino pronosticado, seguíamos siendo solo amigos.

Yo estaba frustrada. Quería instalarme en su planeta, no orbitar a su alrededor.

El primer día de las vacaciones de invierno, Beck tenía hora para que le quitasen las muelas del juicio. Estaba enfadado con Bernie por haberle pedido la cita al inicio de lo que tenían que ser días de fiesta, pero Bernie no quería que su hijo mayor perdiera clases. Aquella mañana, de camino a la consulta del cirujano dental, Beck me mandó un mensaje desde el Subaru de su madre: Me aburro.

Y luego: Si muero hoy, ve a mi armario y busca mis revistas guarras. En la caja del estante de arriba, debajo de los GI Joes. Tíralas a la basura antes de que las vea mi madre.

Me estremecí. Los chicos podían ser muy desagradables.

Qué asco das, respondí.

Él respondió: Pues tú a mí me encantas.

Sonreí y le pregunté: Por qué tienes revistas guarras en esta era de internet?

Aparecieron unos puntos suspensivos mientras escribía una respuesta. Por la misma razón por la que a ti te gustan más los libros que las adaptaciones al cine. Nuestra imaginación es superior.

Me reí por la nariz.

Si sobrevivo, no volvamos a hablar nunca más de mis revistas guarras, me dijo.

Yo le escribí: Sobrevivirás y te lo recordaré toda la vida.

La conversación se detuvo ahí. Yo volví a *Crónicas vampíricas*, la serie que Bernie y yo habíamos empezado a ver hacía poco, suponiendo que Beck y ella habrían llegado a la clínica. No me daba ninguna envidia. Pensar en que pudieran arrancarme del cráneo unos dientes con raíces enormes hacía que se me agitase el estómago.

Me vibró el teléfono. Vienes a casa luego? Te prometo que no te sangraré encima.

Mi corazón, el muy tonto, palpitó de alegría.

Le contesté: Qué ganas de verte las mejillas de hámster.

Aquella tarde, mi madre me llevó en coche a casa de los Byrne. Bernie me hizo pasar. Norah y Mae estaban en el sofá, absortas con *Encanto*, y compartían un cuenco de galletitas saladas con sabor a queso. Les besé los rizos rubios rojizos antes de girarme hacia su madre.

—Está en su habitación —me dijo poniendo cara de paciencia—. Es un quejica, Lia. Un quejica de mucho cuidado. Toma, bájale esto, ¿quieres?

Me tendió un par de bolsas de gel frías y se despidió con un gesto de la mano.

Yo bajé a paso ligero al sótano, donde estaba el dormitorio de Beck, así como una sala de estar que hacía las veces de sala de juegos de las gemelas. Llamé a la puerta recelosa después de la charla de aquella mañana sobre revistas guarras. Con la voz ronca, me dijo que pasara.

Las persianas estaban bajadas y las luces apagadas salvo la pequeña lámpara de la mesita de noche. Beck estaba reclinado en la cama y llevaba pantalones de chándal y una camiseta del Instituto Rosebell. Levantó la vista del portátil, que tenía colocado encima de un montón de cojines a su lado. Tenía una expresión tan lastimera que no pude evitar reírme.

Todavía no se le veían las mejillas hinchadas, pero parecía enfermizo y pálido, más agotado que después de pasarse la mañana en el gimnasio. Dando golpes indiscriminadamente al teclado del portátil, paró la película, *Elf*, una de nuestras pelis navideñas favoritas, y luego dio unos golpecitos en la cama a su lado. Yo me senté mordiéndome el labio para que mi diversión no se hiciese más patente.

—Has sobrevivido —le dije para pincharlo.

Él masculló la respuesta:

—A duras penas, me han torturado.

—Solo ha sido una intervención dental, que pareces un bebé. ¿Cómo te encuentras?

—Fatal. De puta pena.

—Bebé —repetí.

Sin embargo, esta vez el tono no era burlón. Sentí calor en la cara al rebobinar y reproducir de nuevo esas dos sílabas: *bebé*. La palabra había sonado tierna, como un apelativo cariñoso. Esperando que estuviera lo bastante colocado de analgésicos para no entrar a valorar mi tono, mi rubor o lo que significaba la combinación de ambas, le ofrecí las bolsas de gel frías.

Él cruzó los brazos sobre su pecho y echó la cabeza hacia atrás.

—¿Me las pones tú?

Yo suspiré como si me molestase, pero, en realidad, me acerqué a él con gusto. Olía al mismo desodorante que se ponía desde los diez años, al champú Dove que llevaba usando toda la vida y al detergente para lavar la ropa que le gustaba a Bernie. Le puse las bolsas de gel en las mejillas pecosas con cuidado de no aplicar demasiada presión.

Él suspiró.

Cerró los ojos.

Levantó las manos para ponerlas sobre las mías.

Eso era nuevo.

—Amelia —suspiró.

Mi nombre de pila. Eso también era nuevo.

—¿Mejor? —le pregunté.

—Mucho mejor.

Volvió la cabeza y abrió los ojos para mirarme. Una de las bolsas de gel quedó atrapada entre su mejilla y la almohada que tenía debajo. Yo saqué la mano, pero él me la cogió.

—¿Te tumbas conmigo?

La cabeza me daba vueltas como una peonza. Beck confiaba en mí para que lo acompañase en la recuperación, para que lo cuidase y lo consolase, pero había algo más: una sensación de conciencia mutua, una idea de aceptación compartida. Sin duda nos estábamos encaminando hacia algo nuevo.

Y me hacía sentir bien.

Me acurruqué a su lado.

Como todo lo que había pasado desde que me había sentado en su cama era de un surrealismo innegable, le pregunté:

—¿Cómo de colocado estás?

Soltó una risa cálida y soñolienta.

—Me he tomado ochocientos miligramos de ibuprofeno.

La cura del ejército para todos los males, como una tirita en un agujero de bala.

—No me extraña que te duela. ¿No te han ofrecido nada más fuerte?

—Sí, pero quería estar despierto cuando vinieras.

Me rodeó con el brazo. Con una mano, le sujetaba una de las bolsas de gel para que no cayese. Levanté la otra para masajearle la palma de la mano endurecida, las yemas de los dedos y la piel aterciopelada de la muñeca.

Exhaló.

—Qué bueno. Te besaría si no me doliera tanto la cara.

Me quedé sin aliento.

Él se dio cuenta.

Me apretó los dedos con suavidad.

—¿Pronto?

—Sí —susurré—, pronto. —Hice una pausa sonriendo con la cara apoyada en su pecho—. Y, cuando puedas comer sólidos, te prepararé tortitas con Nutella.

—Me encantas de verdad, Amelia Graham —me dijo arrastrando las palabras, pero sin dudar.

Se durmió al cabo de unos minutos.

Yo me quedé a su lado terminando la película que él había empezado, acostumbrándome a mi nueva realidad.

En una sola tarde, me había convertido en la chica a la que Beck deseaba, la chica a la que Beck necesitaba, la chica que estaba destinada a ser.

Echo de menos...

1. la total confianza.
2. la combinación de olores de desodorante, Dove y detergente para la ropa.
3. los abrazos de oso.
4. la risa más profunda y segura.
5. la Explanada Nacional.
6. las manos grandes, duras y cariñosas.
7. la fe en el futuro.
8. los ojos verde militar.
9. los piques.
10. su desvergüenza.
11. que se sonrojase sin querer.
12. sus pecas.
13. las tortitas con Nutella.
14. ser parte de un todo.

NEGAR QUE EXISTE LA LUNA

Diecisiete años, Tennessee

No les digo nada del club de arte a Paloma, Meagan y Sophia. Se preguntarán por qué no aparezco por la biblioteca, pero no estoy lista para enfrentarme a preguntas sobre por qué he decidido de pronto apuntarme a un club cuando ya ha pasado más de medio curso.

Les mando un mensaje rápido (No puedo ir a la biblio!) y me dirijo a las afueras de las instalaciones del instituto. Cuando me cuelo por la puerta del taller de la señorita Robbins, suena la campana. Más de veinte cabezas se giran para ver quién ha llegado, un mar de caras desconocidas con la excepción de la de Isaiah Santoro. Está en su sitio de siempre, junto a Trevor.

—Bienvenida, Lia —dice la señorita Robbins desde el frente de la clase—. Siéntate y comenzamos.

Hay un sitio libre en la mesa de Isaiah. Él se da cuenta al mismo tiempo que yo y me hace señas y aparta el taburete de la mesa con el pie.

—Dicen que llevaste a mi colega a casa el otro día —dice Trevor mientras yo me instalo.

—Sí —respondo intentando decidir si importa que

Isaiah le haya hablado a su amigo sobre los diez minutos que pasamos en mi coche.

Isaiah me dedica una sonrisa.

—Me salvó la vida.

El calor me sube a las mejillas.

La señorita Robbins explica la actividad del día: bocetos sin mirar.

—Dibujad centrándoos en vuestro sujeto. No miréis el papel hasta que hayáis terminado. —Nos enseña unos ejemplos: paisajes y cuencos con fruta que parecen dibujados por niños de primaria—. Es un ejercicio fantástico para aprender a dibujar lo que veis en lugar de lo que creéis que estáis viendo. Empezaremos con retratos y continuaremos la próxima vez que nos veamos, así que no tengáis prisa. Os reparto los materiales mientras os organizáis por parejas.

Antes de que yo pueda entrar en pánico por con quién voy a trabajar, Isaiah acerca su taburete al mío.

—¿En serio, tío? —dice Trevor—. ¿Me vas a dejar tirado?

—Haz un amigo nuevo —le responde Isaiah—, como he hecho yo.

Trevor nos mira alternativamente y luego, en broma, pone cara de exasperación y se va hacia una mesa de tres personas que hay cerca del almacén del esmalte. Isaiah y yo nos quedamos en un silencio tenso hasta que la señorita Robbins pasa a darnos papel prensa y los lápices.

—No miréis —nos recuerda.

Isaiah me pasa una hoja de papel.

—¿Quieres dibujar tú primero?

—¿Me prometes que no te enfadarás si en el dibujo pareces un ogro?

Sonríe.

—Te lo prometo.

Yo coloco bien el papel y elijo un lápiz. Coloco la punta cerca del borde superior del papel, donde debería ir la parte de arriba de una cabeza dibujada. A continuación, levanto la vista y evalúo las facciones de Isaiah. La verdad es que no es horrible que me manden estudiar su cara durante el tiempo que lleva dibujar su pelo oscuro y su mandíbula fuerte y su nariz imperfecta. Él me devuelve la mirada, quieto como una estatua y con un brillo extraordinario en los ojos.

—¿No tendrías que estar dibujando? —me pregunta.

La sala está ruidosa, llena de actividad, pero su pregunta me llega como si hubiera viajado por línea directa hasta mi oído, como a través de dos latas unidas por un hilo.

—Eh... S-sí. Voy. —Aturullada, miro el papel en blanco y mi mano preparada, agarrando el lápiz con tanta fuerza que se me han puesto los nudillos blancos.

—¡Oye! —me riñe en tono de broma Isaiah—. No mires. —Señalando con dos dedos, vuelve a dirigir mi atención a sus ojos—. Mira aquí.

Exhalo una carcajada, como si fuera el ejercicio más tonto del mundo, como si no estuviera profundamente incómoda conectando así con él. Sin embargo, el momento se alarga, yo me voy relajando con la mirada fija en sus ojos y empiezo a dibujar. No me hace falta mirar el papel para saber que mi intento es una pesadilla, pero sigo adelante dibujando pelo ondulado, una mandíbula cuadrada y unas cejas prominentes. Intento hacerles justicia a sus ojos: redondos y algo elevados por los rabillos, enmarcados por unas pestañas espesas y oscuras. Debajo tiene unas marcas de color morado que revelan que no duerme muy bien. Las dibujo sin apretar. Preguntándome qué es lo que no lo deja dormir, muevo el lápiz para plasmar su nariz asimétrica.

Él rompe el contacto visual el rato suficiente para evaluar mi trabajo. Cuando vuelve a dirigir la mirada a mis ojos, tiene una sonrisita en la boca y yo dibujo sus labios carnosos curvados con travesura.

Creo que puede que haya acabado, pero vuelvo a escudriñarle la cara un momento más para estar segura. Entonces me acuerdo de su cicatriz. Hoy está escondida detrás del pelo, pero me parece que estaría mal no ponerla; sería como negar que existe la luna solo porque haya salido el sol. Con un ligero toque, la añado a mi retrato.

—Ya está —digo dejando el lápiz.

Empujo la creación hacia él con miedo de mirar.

Él levanta la hoja para observar con atención mi trabajo. Supongo que soltará una carcajada porque los ejemplos que ha mostrado la señorita Robbins eran malos y me imagino que mi resultado final también debe de serlo, pero dice:

—Es bueno. A ver, es una mierda, pero has añadido detalles que dejan claro que soy yo.

Coloca el dibujo en la mesa, entre nosotros y sí, es horrible, pero también entiendo lo que quiere decir. Señala las sombras debajo de sus ojos.

—Me has hecho parecer cansado. Y la nariz. La has destrozado de una forma muy exacta.

Sonrío.

—¿Te la has roto?

—Varias veces, sí.

Señalo la cicatriz de grafito de mi boceto.

—¿Qué te pasó aquí?

Se pasa una mano por el pelo destapando la cicatriz de verdad.

—Me di un golpe contra la esquina de una mesa de centro.

Me señalo el rabillo del ojo izquierdo donde tengo una cicatriz del tamaño de una pepita de limón.

—Cuando tenía cuatro años, estaba saltando en la cama de mis padres y tropecé con una almohada. Me di con la cara contra el cabecero. Tuve un ojo morado una semana.

—Es una cicatriz bastante guapa, pero vamos a pensar una historia mejor. ¿Qué te parece… que te metiste en una pelea de bar de camino a la guardería?

Me río, me siento relajada con este toma y daca.

—Pues sí que es una historia mejor.

Isaiah sonríe mostrando los dientes.

—Tendré en mente añadir la cicatriz cuando te haga el retrato.

—Vas a hacerme parecer un engendro, ¿verdad?

La sonrisa se le endulza.

—Aunque quisiera, eso sería imposible.

SOLO UN CHICO

Diecisiete años, Tennessee

Soy la última en llegar a nuestra mesa de pícnic. Hace sol, pero también frío, y me abrocho la chaqueta hasta la barbilla antes de sentarme al lado de Paloma.

—¿Dónde estabas en el descanso? —me pregunta mientras saco la comida de la mochila.

—He ido al aula de la señorita Robbins, al club de arte.

—Ah —dice ella. Y luego—: ¿Por qué?

—No lo sé… Me ha parecido divertido.

Su expresión dice: «Ahórrate la trola».

—Isaiah está en el club de arte.

—¿Isaiah Santoro? —pregunta Sophia.

Paloma sonríe.

—Ese mismo.

Meagan arquea una ceja.

—¿Estáis…?

—¡No! —chillo. Y, con más calma, digo—: No estamos haciendo nada.

—Se están haciendo amigos —rectifica Paloma.

Meagan y Soph intercambian una mirada escéptica.

—En serio —digo—. Solo es un chico.

—Y un compañero del club de arte —dice Paloma.

—Y un jugador de básquet —añade Soph.

—Y un buenorro —se suma Meagan moviendo las cejas.

Sophia finge estar horrorizada. Meg se ríe.

—¿Qué? Soy lesbiana, no ciega.

—Sois lo peor —les contesto, pero lo que quiero decir en realidad es que son las mejores.

Me están haciendo reír aunque lo que quiero es meterme debajo de la mesa y entrar en bucle. Está mal la forma en que mi corazón se pone alerta cuando Isaiah está cerca. No se me deberían sonrosar las mejillas cuando cruzamos la mirada. Y esas mariposas que me han revoloteado por el estómago hace un rato... pensaba que estaban muertas y enterradas. Se supone que deberían estarlo.

Y, sin embargo...

Mi expresión debe de dejar muy claro el conflicto interno que tengo, porque Paloma me rodea con el brazo.

—No pasa nada si, un día, termina siendo algo más que solo un chico.

Soph asiente.

—En algún sitio leí que enamorarse de otra persona después de la muerte de alguien a quien quieres significa que la primera relación fue muy especial, si no, ¿por qué iba tu corazón a volver a arriesgarse?

—Puede —digo—. Pero esto... me parece demasiado pronto.

«¿Lo es?», le pregunto a Beck.

No me contesta.

—Lia —dice Meagan—, nadie piensa que tu duelo tenga que durar para siempre.

Puede que sea cierto, pero la vida de Beck y la mía estaban tan entrelazadas que, a menudo, me da la impresión de que no ha muerto, de que está en la UMV o de que un traslado permanente se ha llevado a su familia a otro estado. Cuando la tristeza es tan intensa que amenaza con taladrarme un agujero en el pecho, me permito imaginarme que nos reuniremos en las vacaciones de primavera o cuando llegue el verano. A veces finjo que está a tan solo una llamada de distancia. A veces mi corazón le habla.

¿Es eso el duelo?

Meagan me lanza un arándano. Me da en el hombro.

—¿Qué te pasa por la cabeza?

Suspiro.

—Es solo que… ojalá hubiera normas sobre estas cosas. Normas inflexibles. Normas aceptadas universalmente. Por ejemplo, pongamos que sí que me gustaría que Isaiah fuera algo más que solo un chico. ¿Cómo voy a contarle lo de Beck? ¿Cómo voy a presentárselo a mis padres? ¿Cómo podría decirles a los padres de Beck que he pasado página?

—Ve gestionándolo a medida que llegue —me dice Paloma.

Soph asiente.

—Primero decide si tú estás lista.

—Y luego —añade Meagan— decide si Isaiah es el indicado.

Paloma sonríe.

—Yo creo que sí. Os habéis estado mirando con corazoncitos en los ojos en clase de Cerámica.

—Oye, que yo no miro con corazoncitos en los ojos a nadie.

—Yo solo digo —continúa— que hay muchas personas que se lanzarían encima de ese chico solo con que las mirase. Lo que pasa es que no lo había visto ser más que amable y respetuoso con nadie. Hasta que llegaste tú.

—Conmigo también es amable y respetuoso —repongo no muy segura.

—No —contesta Paloma con una sonrisita—. Te mira como alguien que se muere de hambre mira una hamburguesa doble con beicon y queso.

Meagan, Sophia y yo nos deshacemos en risitas.

Una distracción

Un jueves gris, en el club de arte,
un chico dibuja el retrato de una chica.
La chica está hecha un nudo de ansiedad.
La intimidad del interés de él, de su atención...
JO-DER.
Ella necesita una distracción,
algo con lo que encauzar su energía nerviosa.
Saca la libreta de su mochila
y se la pone sobre las rodillas
—para que él no pueda ver lo que escribe—
y hace ver que está MUY OCUPADA.
Él dibuja mientras tararea un estribillo
melancólico. Afina y a ella
no la sorprende.
Le tiemblan los dedos, lo que escribe
son garabatos en comparación
con su letra habitual, clara y bonita.
Él dibuja y su mirada es la caricia de una llama
en la frente de ella, en su mejilla, en su garganta.
¿Cuándo terminará?
El problema no es que lo esté pasando mal...
es que lo está pasando bien.
La melodía que él tararea se acelera.
¿Habrá encontrado la felicidad
haciendo un boceto de su cara?
Su mirada capta la de ella. Sonríe.
El corazón de ella da una voltereta.
Está confundida. Está nerviosa. Tiene miedo.

No de él. De sus propios sentimientos.
Contradictorios, pero salvajes. Nuevos, pero innegables.
    Él dibuja y ella escribe y él tararea
y ella se rompe en pedazos.
    La profesora se pasea por el aula haciendo
cumplidos y críticas.
Se detiene para verlo trabajar.
    La chica deja de escribir para observar
a la profesora mientras ella observa al chico.
    Los ojos de artista de la profesora resplandecen.
«Qué suerte tienes», le dice a la chica,
lo cual es muy raro porque hace mucho tiempo
que ella no se siente afortunada.
    La profesora se va.
    El chico levanta el dibujo.
«Para ti», le dice. Luego señala con el dedo.
«Me he acordado de tu cicatriz».
La mira, esperanzado.
    Ella coge el retrato.
El efecto general es abstracto,
pero sus elecciones parecen intencionadas.
La determinación de ella, que en algún momento
había parecido infinita, empieza a flaquear.
    ¿Es esto correcto?
    ¿Está bien?
    ¿Es ESTE su destino?
    Desearía poder estar segura.
    Mirando el dibujo del chico, su propia cara,
dice: «Es precioso».

AMANECER

Quince años, Virginia

Beck se recuperó pronto de la extracción de muelas del juicio, motivado por su deseo de disfrutar de las vacaciones, la necesidad de hacer pesas cinco veces por semana y la promesa de pasar tiempo conmigo.

Nuestras familias celebraban la Nochebuena juntas siempre que compartíamos código postal. Aquel año nos encontramos en casa de los Byrne. A las nueve de la noche, ya habíamos cenado pizzas caseras, habíamos comido un montón de galletas y habíamos jugado unas cuantas rondas del Pictionary. Mientras Bernie y Connor metían a las gemelas en la cama, mis padres eligieron el Catan de la colección de juegos de los Byrne y prepararon el tablero en la mesa del comedor. Cuando Connor y Bernie bajaron de nuevo las escaleras, se estaban riendo. Bernie susurró algo que hizo que mis padres también se rieran. Durante las vacaciones, a mi padre y a Connor les gustaba revivir sus años en la fraternidad, pero con cervezas artesanas en lugar de latas de cerveza barata. Mi madre y Bernie hicieron que corriera el vino. Así, a Beck y a mí nos resultó fácil escabullirnos a su habitación.

—Tengo algo para ti —dijo mientras cerraba la puerta.

—Yo también tengo algo para ti.

Nos sentamos en la cama cara a cara. Yo le tendí una caja rectangular envuelta en papel plateado. Le había comprado unos auriculares con cancelación de sonido con una buena parte del dinero que había ganado haciéndoles de canguro a sus hermanas durante los dos últimos años. Él soltó una exhalación complacida cuando los abrió y yo me sentí aliviada. Hacía años que nos dábamos regalos tontos el uno al otro, y también regalos que habían elegido y comprado nuestras madres, pero aquella Navidad era la primera vez que intercambiábamos regalos formales.

Él me tendió un paquete pequeño envuelto de forma descuidada con un papel rojo y verde. Saber que se había sentado con papel y celo en lugar de pedirle ayuda a Bernie hizo que se me formara un nudo en la garganta. Me observó tamborileando con los dedos en la rodilla mientras yo quitaba el envoltorio con cuidado. Dentro, metido en una capa de papel de seda, había un anillo: de oro blanco y con dos piedras preciosas encastadas, cada una de un tono de azul.

—Nuestras piedras de nacimiento —me explicó.

Toqué la aguamarina y luego el zafiro y solté un suspiro:
—Guau.

—Sí, ¿verdad? Hay un joyero en Georgetown que hace cosas a medida, por encargo. Lo encontré por internet el año pasado.

Levanté la mirada hasta sus ojos.

—¿El año pasado?

El rubor le invadió las mejillas. Se ponía rojo con facilidad, y mucho, y a mí siempre me había gustado el modo en que aquel chico fuerte y seguro llevaba la vergüenza en la cara de forma tan evidente. Carraspeó.

—Sí, es cuando lo compré. Iba a regalártelo por tu cumpleaños, pero... No sé. El baile. Raiden. No parecía buen momento. Así que lo guardé.

—¿Y ahora?

Se encogió de hombros con los ojos resplandecientes. Pensé que tal vez se inclinaría para besarme —nuestro primer beso; estaba fuera de mí solo de imaginármelo—, pero, en lugar de eso, dijo:

—Ahora es buen momento, ¿no crees?

—Sí.

Me puso el anillo en el dedo anular de la mano derecha.

Estaba segura de que algún día me pondría uno en la izquierda.

Al día siguiente, el día de Navidad, la alarma sonó pronto. Salí de la cama y me puse unas Ugg y la chaqueta más mullida que tenía. Pasé de puntillas al lado de la puerta de la habitación oscura de mis padres, encendí las luces del árbol que había delante de la ventana mirador de la sala de estar, trasladé los rollitos de canela de la nevera al horno —para que creciesen— y luego llené dos vasos térmicos con chocolate caliente del bueno. Beck llegó con el 4Runner y yo me escabullí para irme con él.

El trayecto hasta Washington D. C. fue rápido y aparcar cerca de la Explanada Nacional fue, por una vez, facilísimo. Beck cogió una manta del asiento trasero y luego nos fuimos hacia el monumento a Lincoln. Subimos las escaleras desiertas, le presentamos nuestros respetos al presidente Lincoln y luego, nos sentamos mirando el estanque reflectante envueltos en la manta. A lo lejos, sobresalía el monumento a Washington y su imagen iluminada se dibujaba en el agua negra.

El cielo empezaba a clarear.

Dimos sorbos de chocolate y hablamos en voz baja sobre el próximo año, la segunda mitad de mi antepenúltimo curso en el instituto y la segunda mitad de su último curso. Había pedido la admisión en varias universidades de la costa este, pero tenía el ojo echado a la Universidad de la Manco-munidad de Virginia. Desde el punto de vista académico, la admisión estaba reñida, pero en el equipo de atletismo necesitaban desesperadamente un buen lanzador.

Beck era un lanzador excelente.

—Entrarás —le dije mientras los cielos pasaban del morado al rosa.

La UMV estaba cerca en comparación con las otras universidades para las que había presentado solicitudes.

—Eso espero. —Me cogió las manos entre las suyas y me las calentó frotándomelas—. Vendrás a verme, ¿no?

—Pues claro, Beck.

—¿Y también intentarás entrar allí?

En aquel momento solo estaba empezando a pensar en universidades, pero me gustaba la idea de ir a una universidad pequeña en Seattle o Tacoma, cerca de donde habíamos vivido hacía tiempo. Me imaginaba en un campus como el de la Universidad Seattle Pacific o el de la Universidad de Puget Sound, un lugar íntimo y pintoresco. La UMV era grande como una ciudad, tenía una calle de fraternidades y sororidades llena de vida y un estadio con capacidad para setenta mil espectadores, que era justo lo contrario a la experiencia que yo buscaba.

Le dije a Beck:

—Claro.

«Porque estoy enamorada de ti», podría haberle dicho. «Te quiero desde que te conozco».

Se le veía el rostro dorado con la primera luz del día. Y, a continuación, dijo su versión de lo que yo había estado pensando, en voz baja, sin modestia:

—Joder, es que me encantas, Lia. Desde… Bueno, desde siempre, creo, pero últimamente… tengo muchísimas ganas de que estemos juntos.

Eran unas palabras que había esperado escuchar toda la vida.

Unas palabras que reforzaron mi determinación.

No me hacía falta ir a la universidad en la costa oeste. No me hacían falta las playas rocosas ni los cielos lluviosos ni los campus pequeños. Ni siquiera me hacía falta el semestre en Australia. Tenía toda la vida para ver el mundo. Podía ir a la UMV y ser feliz. Y lo sería, porque estaría con Beck.

Cuando el sol se asomaba por el horizonte bañando la ciudad en una luz ambarina, lo besé.

Al principio, se sorprendió, pero solo tardó un segundo en reaccionar como yo había esperado. Me soltó las manos y buscó mi cara devolviéndome el beso y, luego, besándome de nuevo. Yo me hundí en él pidiendo más con una palma insistente en su nuca. Me dio más. Me dio todo lo que quería aquella Navidad: devoción, calidez y risas. Una oleada de cosas buenas que me bañó, nos bañó, como el brillo radiante del sol de la mañana.

Durante la semana siguiente, fuimos inseparables. Salimos a dar largos paseos en coche, nos comimos nuestro peso en burritos del District Taco y nos acurrucamos en la habitación de Beck para ver nuestras películas navideñas favoritas: cualquier cosa que nos quitase de encima a sus padres y a los míos.

No fuimos discretos porque nos preocupase que nuestros padres no aprobasen la relación. A mi madre y mi padre les caía bien Beck. Siempre les había gustado. Y a Bernie y a Connor les caía bien yo. No tenía ninguna duda de que a todos les encantaría la noticia de que Beck y yo estábamos juntos. La respuesta a la relación sería el entusiasmo. Y justo de eso se trataba: yo estaba en medio de mi propio entusiasmo. Quería compartir la novedad y la emoción con Beck y solo con Beck.

Más tarde descubrí que nuestros padres lo sospechaban. Bernie supuso que pasaba algo el día que a Beck le quitaron las muelas del juicio. Connor se dio cuenta cuando su hijo renunció a una excursión por Shenandoah para ayudarme a avanzar con el puzle familiar: el taller de los elfos en el Polo Norte. Durante la cena el día de Navidad, mientras mis padres y yo mojábamos pan esponjoso y verduras frescas en una fondue humeante, mi madre me preguntó por mi anillo. Cuando le dije que me lo había regalado Beck, ella le dirigió una mirada presumida a mi padre. A su favor hay que decir que nadie dijo nada.

Por Nochevieja, Connor, Bernie y Beck vinieron a nuestra casa y dejaron a las gemelas con su segunda canguro favorita, una vecina amable con aires de abuela. Mi padre asó costillas de primera calidad, mi madre hirvió bogavantes y Bernie trajo su bizcocho de crema de cacahuete. Nos pusimos las botas cenando y luego llegó el momento de los juegos de mesa. Mi padre insistió en que jugásemos al Pandemic, que a él y a Connor les encantaba y que Beck no soportaba por todas las normas complicadas que tenía. El Scattergories era más divertido y, por primera vez en la vida, conseguí ganar a todo el mundo a ¡Aventureros al tren!

Cuando se acabaron los juegos y faltaba poco para la medianoche, me fui a la cocina a llenar un par de copas de champán con vino espumoso. Mi padre había comprado sidra sin alcohol para Beck y para mí, pero empezar el año con zumo de manzana me parecía demasiado infantil para la persona en la que me estaba convirtiendo.

Beck me siguió y dejó a nuestros padres recogiendo los juegos y llenándose las copas en la sala de estar. En cuanto se cerró la puerta de la cocina, me apartó el pelo del cuello y enterró la nariz debajo de mi oreja.

—Menuda mierda —musitó, y las cosquillas que me hizo su respiración me hicieron estremecer.

—Ya. No tenía ni idea de que sería tan difícil tener las manos quietas.

Sonrió y me metió los dedos en la cinturilla del pantalón para atraerme hacia él.

—Vamos a decírselo. Se alegrarán. Por lo menos los míos.

Yo le rodeé el cuello con los brazos. Era un refugio, seguridad y felicidad. Siempre lo había sido.

—Los míos también.

Arqueó una ceja.

—¿Tu padre también?

—Pues claro, Beck. Te quiere.

—Sí, hasta que descubra que ahora pienso en su hija en lugar de mirar mis revistas.

Me reí y le di un manotazo.

—¿No te parece dramático anunciarlo en Nochevieja? Es lo que hace la gente cuando se ha comprometido. O cuando esperan un hijo.

Esperaba que lo echasen atrás las dos posibilidades. No se lo habría reprochado.

Ni siquiera parpadeó. Abrió la boca con expresión pensativa y los ojos llenos de anhelo, pero, antes de que pudiera hablar, mi madre gritó:

—¡Va a empezar la cuenta atrás!

Nos llevamos las bebidas a la sala de estar y nos quedamos de pie con nuestros padres viendo en la tele a montones de personas gritar en Nueva York porque la Bola de Times Square estaba a punto de bajar. Cuando en el reloj faltaban diez segundos para la medianoche, recitamos la cuenta atrás juntos como habíamos hecho otros años. La nostalgia de aquello, junto con la euforia que había sentido desde que Beck y yo estábamos juntos, hizo que tuviera que parpadear para evitar que se me saltaran las lágrimas de alegría.

Beck dejó nuestras copas en la mesita de centro y me dio la mano. Yo entrelacé los dedos con los suyos, perdida en el momento, y, al unísono, gritamos:

—¡Tres, dos, uno…!

Me echó hacia atrás y me dio el primer beso del año nuevo. Fue incandescente —como todos los besos de Beck— y, cuando nos separamos, había cuatro pares de ojos mirándonos fijamente. Nuestros padres estuvieron un momento en silencio y boquiabiertos. Entonces Connor soltó un grito de alegría. Mi madre lloró y Bernie también. Mi padre parecía atrapado entre una felicidad sincera y una confusión profunda hasta que Connor le dio unas palmadas en el hombro a Beck y le dijo:

—Trátala bien, colega, o Cam te matará.

Mi padre se rio.

Connor se rio.

Incluso Beck se rio tras asentir con solemnidad.

Se agachó para susurrarme al oído:

—¿Lo ves? Ya te lo había dicho.

Dejé que el año que nos esperaba se revelase en mi imaginación: Beck y yo elegantes para el baile, las vacaciones de primavera en la playa, su graduación en junio. Y luego el verano. Meses de sol y libertad. Después, él se iría a la universidad, pero lo superaríamos.

Éramos Beckett y Amelia.

Estábamos predestinados.

OFRENDA DE PAZ

Diecisiete años, Tennessee

El retrato que dibujó Isaiah en el club de arte termina en mi tablón de corcho. Es raro verlo al lado de las fotos de Beck, pero me gusta cómo me ve Isaiah: una chica con brillo en los ojos, una chica con una cicatriz diminuta y un montón de secretos.

El retrato reside en mi habitación unos cuantos días antes de que mi madre entre para dejarme una pila de ropa doblada en el escritorio. Se agacha para mirarlo.

—¿Lo has hecho tú?

Yo estoy sentada en la cama peleándome con los deberes de Física.

—No, es del club de arte.

—¿Estás en un club de arte?

—Sí, en el instituto. Durante el descanso de los jueves.

Ahí va. Toda la información. Espero que le baste y pase a otro tema.

Se sienta en mi cama y le da un achuchón a Comandante, que está dando una cabezadita.

—¿No te hacía falta permiso de los padres?

—¿Para dibujar y pintar dentro del instituto en horas lectivas? No.

Señala el retrato.

—¿Quién es el artista?

—Otra persona del club.

—¿Alguien con quien te llevas bien?

—Dios, mamá, ¿a qué viene el interrogatorio?

Se encoge. Como si mi tono cortante fuera una mano levantada. Después de parpadear para hacer desaparecer el dolor de sus ojos, dice:

—Me recuerda a un Picasso. Tu amiga hizo un buen trabajo.

—Mi amigo —la corrijo sin pensar.

Se le para la respiración. Ese masculino es como un trueno en una tarde despejada.

—Se llama Isaiah —explico en un tono más amable—. Vamos juntos a Cerámica. Cuando me dijo que había un club de arte, pensé que sería divertido y me apunté.

—Ah... bueno, pues parece una forma productiva de pasar el descanso.

Está tratando con cuidado la ofrenda de paz que le he hecho. Es raro interactuar con ella, con toda esa precaución y cortesía, después de tanto tiempo manteniendo la distancia con ella.

Me encojo de hombros.

—Más productiva que pasarlo con las amigas en la biblioteca.

Ahora sonríe.

—No subestimes el valor de las amistades. Bernie y yo seríamos un desastre si no nos tuviéramos la una a la otra. Hablando de Bernie, me dijo que te mencionó lo de las vacaciones de primavera. El pase al retiro de Connor. Tu padre y yo esperamos que vengas, vamos a quedarnos en casa de los Byrne. Les encantaría que tú también vinieras.

Yo me he quedado pillada en lo de «vamos a quedarnos en casa de los Byrne».

No he estado en casa de Connor y Bernie desde la semana posterior al velatorio de Beck, cuando me desperté en mitad de la noche cubierta de sudor frío. Faltaban horas para el amanecer, pero estaba demasiado enchufada para no levantarme de la cama. Me puse un forro polar y unos calcetines de lana por encima de los *leggings* y metí los pies en unas Birkenstock. Fui de puntillas a la cocina, cogí prestadas las llaves del coche de mi padre y me escapé por la puerta principal.

Había placas de hielo en la calzada. Mis padres habrían bebido disolvente antes de dejarme conducir por las calles resbaladizas estando agotada y llorando a Beck, pero yo tenía una misión. Me había despertado de golpe al recordar un mensaje que me había mandado él hacía mucho en una conversación que compartimos: Si muero hoy, ve a mi armario y busca mis revistas guarras. En la caja del estante de arriba, debajo de los GI Joes. Tíralas a la basura antes de que las vea mi madre.

Le mandé un mensaje a Bernie para decirle que iba hacia allí.

Conduje encorvada sobre el volante del Explorer, tocando el freno cada treinta metros, preocupada por si el SUV empezaba a patinar por una placa de hielo y yo terminaba en la cuneta con la cara enterrada en el airbag. Pensé más de una vez en dar media vuelta, pero juro que las revistas de Beck me estaban llamando desde la otra punta del pueblo.

Bernie me esperaba en el porche delantero con un batín afelpado. Se le veía la sudadera grande que llevaba debajo: «Equipo de atletismo del Instituto Rosebell».

Era de Beck.

Después de que yo superase los escalones resbaladizos del porche, me dio un abrazo largo y me hizo pasar dentro de la casa, al salón, donde se había hecho un nido en el sofá. En la mesita de centro había una taza medio vacía con el hilo de una bolsita de té cayendo por el lado.

—Puedo prepararte uno —me dijo cuando vio que lo estaba mirando.

—Estoy bien.

—¿Chocolate caliente?

—No, gracias.

—¿Quieres que ponga la tele?

—En realidad, quería bajar a la habitación de Beck. No desordenaré nada —añadí.

En las casi dos semanas que habían pasado desde que había muerto su hijo, había visto a Bernie desmoronarse una vez: el día antes del funeral, cuando había pillado a las gemelas debajo de la cama de su hermano mayor buscándolo con unas linternas. Se llevó las manos a la cabeza, se le puso la cara roja y se le llenaron los ojos de rabia. «¡Fuera de la habitación de Beck!», había chillado con tanta brutalidad que Norah y Mae se echaron a llorar. Yo me había quedado observando desde arriba de las escaleras, estupefacta, mientras Connor consolaba a las niñas y mi madre se llevaba a Bernie, sollozando, a su cuarto.

—Solo... —dije intentando apartar el recuerdo— quiero sentirme cerca de él.

—Lia... —respondió—. Claro, baja.

Yo no había estado en la habitación de Beck desde la mañana del día siguiente a su muerte y debió de pasar un minuto entero hasta que reuní el valor para abrir la puerta. Parecía que fuera a aparecer corriendo en cualquier momento, a quitarse los zapatos y dejarse caer en la cama y tirar de mí para que cayera con él.

Quería que ocurriese eso más de lo que quería volver a respirar.

Crucé la habitación y, arrodillándome en la alfombra, apoyé la frente en su colcha.

Olía a él. Un olor limpio y familiar.

El pecho se me constriñó al pensar que no siempre sería así.

Me levanté y encendí la lámpara del escritorio y luego me fui hacia el armario y abrí la puerta. Al ver la ropa, el equipamiento de deporte, todos los pares de zapatillas, todo tan de Beck, el aire abandonó mis pulmones.

Era el comienzo de un ataque de pánico, creo. Mi cuerpo se rendía por fin ante la embestida del duelo.

No conseguía obligarme a inhalar.

Se me aceleró el pulso y me dio vueltas la cabeza. La vista se me nubló...

... y, entonces, un eco lejano: «¡Amelia, respira!».

Inhalé una bocanada de aire temblorosa que no fue suficiente, pero, al mismo tiempo, no sé cómo, fue demasiado.

Mareada, esperé a que se me ralentizara el pulso, a que mi respiración se estabilizara, antes de mirar en la balda de arriba. Había una caja en la que ponía «GI Joes». La bajé y la dejé en el suelo. Con las manos temblando, retiré las solapas y vi los GI Joes de Beck. Era una colección impresionante. Me había pasado horas jugando con ellos junto a Beck, representando historias de amor entre soldados y Barbies mientras él preparaba batallas y hacía estallar búnkeres hechos con las revistas de decoración, recetas y belleza de Bernie.

Una por una, saqué las figuras de acción —Beck nunca los llamaría muñecos— de la caja y las fui apilando en la moqueta hasta que desenterré tres *Playboy* y una *Hustler* en las que aparecían mujeres muy guapas, muy operadas y muy desnudas. Las cuatro revistas tenían fechas de publicación anteriores a la de mi nacimiento y las portadas, que en algún momento fueron brillantes, ahora estaban todas rasgadas y arrugadas. Parecían muy usadas, lo cual era asqueroso, pero, incluso en mi maltrecho estado emocional, también era bastante gracioso.

¿De dónde las habría sacado Beck?

Nunca lo sabría.

—¿Lia? —me llamó Bernie.

Yo di un respingo y me llevé una mano al corazón. Madre mía, si me pillaba en la habitación de su hijo muerto mirando porno, no volvería a hablarme.

—¡Enseguida subo! —respondí en un susurro audible.

Amontoné las revistas, las doblé por la mitad y me las metí como pude en la cinturilla de los *leggings*. Las tapé con el forro polar y miré mi reflejo en el espejo que había colgado detrás de la puerta. Mi cara era fantasmagórica, pero las revistas no se veían. Bernie no se enteraría. Entonces, metí los GI Joes en su caja, la subí de nuevo a su estante y abrí la puerta de golpe.

Bernie estaba mirándome desde arriba de las escaleras.

—¿Estás bien?

Asentí juntando las manos, protegiendo aún más las revistas que pretendía sacar de la casa a hurtadillas.

—Me marcho.

—Ah… vale. Vuelve a vernos pronto. A Norah y Mae les dará pena no haberte visto.

Asentí.

—Claro.

De vuelta a casa, paré en una gasolinera y tiré las revistas en un contenedor repugnante, llorando como si estuviera deshaciéndome de algo valiosísimo.

No he tenido valor de ir a casa de los Byrne desde entonces.

—No estoy lista para volver a Rosebell —le digo a mi madre—. No sé si llegaré a estarlo nunca.

—Piénsatelo —me responde dándome unas palmaditas en el brazo—. Puede que sea catártico.

O puede que sea traumatizante.

Nuestras miradas se cruzan. En sus ojos brilla el optimismo. Piensa que se está volviendo a acercar a mí, pero yo ahora dudo de su motivación.

¿Ha entrado a mi habitación solo para convencerme de ir a ver a los Byrne?

—No quiero ir a Rosebell —digo—. Nunca más.

SOLO LIA

Diecisiete años, Tennessee

Un miércoles ventoso a finales de enero, Paloma, Isaiah y yo llegamos a Cerámica y nos encontramos con un sustituto en el escritorio de la señorita Robbins. Pasa lista con la hoja que ella le ha dejado y cubre el primer tercio del alfabeto antes de decir:

—¿Amelia Graham?

Me quedo sin respiración.

Paloma me mira con un gesto inquisitivo.

El sustituto levanta la cabeza para recorrer el aula con la mirada.

El primer día de clase me había preparado para que me llamasen Amelia cada vez que los profesores pasaban lista por primera vez. Estaba preparada para la ráfaga de tristeza y la necesaria corrección.

Hoy, «Amelia» es un golpe en la nuca, doloroso y desconcertante.

—Solo Lia, por favor —consigo decir, aunque las palabras se aferran a mi garganta.

El sustituto asiente y pasa a otro nombre mientras no dejo de oír el mío una y otra vez en el tono barítono de Beck.

Me vibra el móvil. Lo saco discretamente del bolsillo y le doy un vistazo.

Un mensaje de Paloma: Estás bien?

Sip, contesto esforzándome porque mi expresión pase de afectada por el duelo a indiferente.

Parece que vayas a vomitar.

Estoy bien, le respondo, y me guardo el móvil en el bolsillo.

El sustituto termina de pasar lista y deja que sigamos con nuestros proyectos de clase. Yo me levanto del taburete enseguida y casi tumbo a dos estudiantes de un par de cursos menos de camino a las estanterías donde se encuentran las piezas todavía por cocer. Mi recipiente hecho con la técnica de los churros, torcido, está sobre una tabla debajo de un plástico protector. Lo cojo y me dirijo a mi espacio de trabajo plenamente consciente de que me estoy comportando de una forma más extraña de lo normal y con la esperanza de que mis compañeros de mesa no saquen el tema.

Paloma e Isaiah charlan distraídamente sobre el partido de básquet de la noche anterior, una victoria, mientras se dirigen a las estanterías a recoger sus proyectos. Me lanzan sendas miradas de desconcierto cuando me los cruzo a toda prisa.

«Te quiero, Amelia Graham».

Ay, Beck.

Estoy peligrosamente cerca del llanto cuando estalla la risa en la mesa de atrás. Mis compañeros se lo están pasando de maravilla aprovechando que tenemos un profesor sustituto.

Yo tendría que estar haciendo lo mismo.

Enderezo la espalda y tomo aire para coger fuerzas. Cada vez se me da mejor pasar de estar al borde de las lágrimas a algo cercano a la compostura. Me doy cuenta de ello mientras formo un churro nuevo a partir de un montón de arcilla. Qué triste haber tenido que perfeccionar esa habilidad.

Disfruto de sesenta segundos de silencio reconfortante antes de que Paloma e Isaiah vuelvan con sus recipientes hechos de churros. Observo con el rabillo del ojo cómo ella retira el plástico de su proyecto. Está mucho mejor que el mío, parece arte de verdad.

Él estudia mi montón de churros y dice:

—Tiene buena pinta, Amelia.

Es un comentario de lo más bienintencionado, pero deshace todo el remiendo que he conseguido hacer en los últimos dos minutos. El fuego se despierta dentro de mi pecho, me quema el cuello y me chamusca el rostro cuando miro los ojos alegres de Isaiah.

Él se pone serio al momento.

Dejo mi taburete. Me levantó sin más y me alejo sin dirigirles una palabra ni a él ni a Paloma, que tiene la boca abierta con incredulidad.

Sorteando mesas y taburetes y personas que llevan sus frágiles proyectos, termino en el único espacio privado del aula: el almacén del esmalte. El interior está fresco, iluminado por una sola bombilla. De pie y con la espalda hacia la puerta, finjo intentar decidirme por un tono, aunque mi recipiente todavía no está listo para la primera cocción y mucho menos para una capa de color.

La desolación que siento me avergüenza.

Y la vergüenza es desoladora.

Oigo unos pasos detrás de mí.

Espero a Paloma, pero… no.

Mi corazón late de otro modo en presencia de Isaiah.

No lo soporto. No soporto cómo me hace sentir.

Me doy la vuelta cuando entra en el almacén y entorna la puerta lo justo.

—Lo siento —dice—. Sea lo que sea lo que haya hecho… Lo que haya dicho.

Suspiro.

—No has hecho nada.

—Algo habré hecho, porque te has puesto...

Se corta a media frase, lo cual aumenta mi frustración.

—¿Cómo me he puesto? ¿Inmadura? ¿Gilipollas?

Las dos, está claro.

Abre mucho los ojos.

—No... Joder. Nunca te llamaría ninguna de esas cosas, Lia. Iba a decir que te has puesto como si la hubiera cagado. Intento arreglarlo.

—¿Por qué? ¿Qué más te da?

Niega con la cabeza y baja la mirada hacia sus Converse y yo pienso: «Muy bien, señala cómo me he puesto yo y no te responsabilices de cómo te has puesto tú». Pero no tengo razón porque está intentando responsabilizarse y yo estoy tan hecha un lío y soy tan egocéntrica que no soy capaz de aceptar una disculpa como una persona normal.

Doy un paso hacia la puerta. El almacén es tan pequeño que tengo que rozar a Isaiah para llegar a la salida y, cuando lo hago, me coge la mano. Me quedo de piedra respirando con dificultad sin motivo alguno.

Sus dedos envuelven los míos sin apretar.

—No me gusta esta sensación —dice en voz baja—, de que estés cabreada conmigo.

—No estoy cabreada contigo. Solo... estoy cabreada.

—¿Por qué?

No estoy segura de cómo formular la respuesta, pero lo intento.

—Porque la vida es una mierda.

Él suelta una carcajada seca como el polvo.

—Sí, lo entiendo. La vida me ha jodido más de mil veces.

Sé poquísimo sobre él. Me gusta pensar que es porque soy una tía guay, relajada, lo contrario de intrusiva, pero la verdad es que enterarme de sus cosas, de cosas que me gustan, me incomoda profundamente.

—Nunca pareces enfadado —le digo.

—He aprendido a gestionarlo. Casi siempre.

Aprieta la palma de la mano contra la mía.

El corazón me late a toda prisa.

Isaiah es más alto, más delgado que Beck.

Tiene la piel achocolatada y sin pecas.

Huele a chicle de menta y a enebro.

Su mano encaja de una forma diferente con la mía.

Beck me odiaría por esto, me odiaría por querer esto.

«Con todo lo que te prometí», le digo.

—No me gusta que me llamen Amelia —le explico a Isaiah.

Me siento estúpida al decirlo, pero él no me da tiempo a darle vueltas.

—Pues te llamaré Lia.

—¿Solo Lia?

—Solo Lia —repite, y su voz llena el almacén con seguridad—. Y, escucha, está claro que estás pasando por algo jodido, pero quería que supieras... que tengo ganas de que llegue esta clase para estar contigo. Si fuera por mí, nos veríamos fuera de Cerámica.

No tengo ni idea de cómo responder. La verdad me avergüenza.

Me decido vacilante por:

—Gracias.

Sonríe.

—Si algún día tú también quieres, ¿me lo dirás?

Yo cambio el peso de pierna y dejo que mi brazo roce el suyo.

—Te lo prometo.

Motivos para evitar a Isaiah Santoro

1. No estoy lista.
2. No estoy lista.
3. No estoy lista.

PARA SIEMPRE

Quince años, Washington D. C.

Cuando volvieron a empezar las clases después de Año Nuevo, Beck empezó a llevarme a fiestas en las que se quedaba a mi lado asegurándose de que nunca llegara tarde a casa. Cogidos de la mano, vimos a Raj petarlo en los campeonatos de decatlón académico y a Stephen establecer nuevos récords del distrito en la piscina. Fuimos a conciertos de Macy con la orquesta junto con Wyatt y salimos a cenar con ellos compartiendo montañas de tortitas mientras nos picábamos unos con otros para hacernos reír. Fuimos de excursión con la familia de Beck a Great Falls Park y a Sugarloaf Mountain e hicimos visitas de un día a Richmond, donde visitamos el Capitolio y paseamos por el Cementerio Hollywood.

Sin embargo, lo que más me gustaba eran las veces que tenía a Beck para mí. A menudo terminábamos en la Explanada Nacional comiendo lo que fuera que hubiera en los *food trucks* aparcados cerca del monumento a Washington.

—¿Crees que deberíamos ver otras cosas? —me preguntó una tarde de sábado de principios de marzo, justo antes de mi decimosexto cumpleaños.

Estábamos sentados en un banco al lado de la Cuenca

Tidal. Hacía frío y viento y los cerezos todavía no habían florecido. Aparte de unos cuántos turistas obstinados, estábamos solos.

—¿Como qué?

—No lo sé… Cosas de la ciudad. Siempre venimos aquí.

—Me gusta venir aquí —dije sonriéndole desde abajo—. Es nuestro lugar.

Él se quitó el gorro de lana que llevaba y me lo puso en la cabeza tapándome las orejas con una atención que hizo que el corazón se me llenase de emoción.

—Pensaba que nuestro lugar era el monumento a Lincoln. Donde nos besamos por primera vez.

—Ese también puede ser nuestro lugar.

Se rio.

—Vamos a decir que toda la Explanada es nuestra.

—Hecho. Pero si quieres ver otros sitios, vamos.

—Solo digo que deberíamos aprovechar lo que tenemos. No siempre viviremos aquí.

Lo habían admitido en la UMV. Iba a ser su lanzador. Se iría a Charlottesville en agosto. Yo me alegraba mucho por él, pero me había acostumbrado a tenerlo cerca. Sus abrazos se habían convertido en sustento; sus besos, en oxígeno. No me gustaba pensar en tenerlo a tres horas de mí. No me gustaba pensar en cuánto lo echaría de menos.

—Podríamos ir al Zoo Nacional —le dije para evitar la tristeza prematura.

Asintió.

—Y tal vez al Teatro Ford.

—Eso estaría guay. Deberíamos comprarnos helados en el Pop's Old Fashioned. Mi padre dice que en el Pentágono lo consideran toda una institución de Washington.

Beck sonrió ante la propuesta.

—Eso hagámoslo pronto.

Yo me saqué el teléfono de la chaqueta y abrí la aplicación de Notas. No tenía la libreta a mano.

—Empiezo una lista.

—Cómo no —se burló.

Fue una lista fácil de hacer; nuestra zona estaba llena de historia interesante, lugares curiosos y buena comida. Yo tenía muchas ideas y Beck fue lanzando sugerencias a la velocidad a la que yo era capaz de escribir.

1. Teatro Ford
2. Helado del Pop's Old Fashioned
3. Parque Zoológico Nacional Smithsoniano
4. Tartaletas del Ted's Bulletin
5. El Centro Kennedy
6. Museo Nacional de Historia Natural
7. Embassy Row
8. La isla Theodore Roosevelt
9. Las escaleras de *El exorcista*
10. La casa de Frederick Douglass
11. La biblioteca del Congreso
12. La Catedral Nacional
13. La casa de campo de Lincoln
14. Perritos calientes especiados de cerdo y ternera del Ben's Chili Bowl

—Ya está —dije, y titulé la lista «Cosas que hacer en Washington».

—«Cosas que hacer en Washington… antes de que Beck se vaya a la UMV» —me corrigió mirando por encima de mi hombro mientras modificaba el título con un suspiro de desánimo.

Me puso una mano en la mejilla y volvió mi cara hacia la suya.

—No estarás ya triste porque me voy de Rosebell, ¿no?

—Nooo —dije con un énfasis exagerado.

—Ayyy —dijo él en tono de broma—. Vas a echarme de menos.

Negué con la cabeza.

—Qué va. Ni un poquito.

Ahora con el semblante serio, se inclinó y me susurró:

—Lia, dime cuánto vas a echarme de menos.

Era tonto fingir que no estaría inconsolable cuando se fuera a la UMV.

—Siempre te echo de menos cuando no estás... Ya lo sabes.

Él se echó atrás con una sonrisa en la cara.

—Sí, pero me gusta oírlo.

—Ojalá pudiera irme contigo —le dije con ganas de hacer pucheros porque me sentía abandonada preventivamente.

—Vendrás, dentro de un par de años.

—¿De verdad quieres eso? ¿Qué vaya a la UMV?

—Pues claro. ¿Tú sigues pensando en hacer la solicitud allí?

—Sí... Es solo que... ¿Y si te agobio? ¿Y si te cansas de mí? ¿Y si no es lo que esperamos?

Me miraba como si me hubiera salido otra nariz.

—Será todo lo que esperamos. Eres mi persona favorita de este mundo. Termina el insti y luego ven a la UMV.

Las universidades pequeñas en la costa oeste apenas me tentaban ya. La luz resplandeciente que había sido hace tiempo el semestre en el extranjero se había extinguido casi por completo. Me estaba haciendo mayor y dándome cuenta de lo fantasiosas que eran mis aspiraciones de la infancia.

O, por lo menos, aquel día en la Cuenca Tidal, intenté convencerme de ello.

Beck me miró pensativo, tal vez notando que yo estaba en terreno pantanoso, tal vez notando que me estaba esforzando por conjugar la chica que había sido con la chica en la que me había convertido desde que estábamos juntos. La forma en la que sus ojos me miraban con atención me hizo preguntarme si comprendía que me sentía un poco vacía, un poco triste, cuando pensaba en lo que tendría que sacrificar por ir a la UMV con él.

Me rozó la oreja con los labios cuando me susurró:

—Quédate conmigo, Lia. Quédate conmigo para siempre.

Eso era lo que yo quería, estar con Beckett Byrne para siempre.

Nos encontramos en un beso, una promesa, y, aunque me dolía el corazón cuando pensaba en que iba a irse a vivir lejos, me consolaba la certeza de que Beck y yo siempre hallaríamos la forma de volver a encontrarnos.

QUÉDATE

Diecisiete años, Tennessee

Una semana después de que Isaiah y yo nos sincerásemos en el almacén del esmalte, saco a pasear a Comandante por el barrio una tarde de viernes. Oigo una pelota de básquet rebotando en el suelo incluso antes de doblar la esquina que lleva a la zona recreativa.

Trevor, a quien he conocido mejor en el club de arte, está en la pista con Isaiah. También hay una chica sentada en un banco cercano. Tiene el pelo castaño enrollado en un moño y lleva un plumífero. La he visto por el instituto, aunque no coincidimos en ninguna clase.

No tengo más remedio que pasar andando al lado de los tres y no tengo claro si quiero que me vean o no. Estar cerca de Isaiah me pone de los nervios. Me sorprendo pensando en él en los momentos más extraños: cuando estoy escribiendo en la libreta, con el boli suspendido encima de la página; o cuando estoy viendo una serie, en los momentos en los que los protagonistas se reconcilian o se besan; o en plena noche, a oscuras, antes de quedarme dormida.

No me entretengo en pensar lo que sugiere mi obsesión.

Cuando paso andando, los chicos luchan por la pelota, se ríen y se empujan. Isaiah sale victorioso, corre hacia la canasta y deja a Trevor plantado en medio del campo. Protegiéndose los ojos del sol bajo del invierno, Trevor me avista y grita:

—¡Lia!

Isaiah está en pleno tiro. Cuando la pelota se hunde en la red, ya tiene la mirada puesta en mí.

—¿Qué haces? —grita con la voz aguda por la sorpresa.

Yo le enseño la correa de Comandante y me encojo de hombros.

—Ven con nosotros —dice Trevor, haciéndome señas con el brazo.

Mi perro ya está tirando de mí hacia la pista, intrigado por los posibles nuevos amigos. Yo dejo que me lleve hasta Isaiah.

—Quería decir que qué haces por aquí —aclara, y se agacha para saludar a Comandante.

—Vivo aquí. —Señalo el otro lado del estanque—. Por ahí.

—¡No me jodas! —dice Trevor acercándose al trote con la pelota debajo del brazo—. Yo igual. Bueno, allí cerca del centro social. Pero, oye, somos casi vecinos.

La chica castaña se ha levantado del banco para unírsenos. Trevor le pasa un brazo por los hombros.

—Esta es Molly —me dice—. Molly, esta es Lia. Se ha apuntado al club de arte este semestre.

—Mola —dice ella, dirigiéndome una sonrisa.

Una pulsera con colgantes plateados asoma por la manga de su plumas. Seguro que es la que Trevor le compró en el centro comercial antes de Navidad.

—¿Eres artista de verdad? —me pregunta—. ¿O te has apuntado para mejorar el currículum como Trev?

—Ninguna de las dos —contesto—. Me pareció divertido.

Isaiah le da una palmadita final a Comandante antes de incorporarse.

—Es divertido.

—Pero no hay nada como el básquet —dice Trevor, y le pasa la pelota a Isaiah, que la recibe con soltura.

Su equipo volvió a ganar anoche, una victoria sorprendente contra uno de los institutos mejor posicionados del distrito. He empezado a prestarle atención a la liga. Y, sí, según los anuncios por la megafonía del instituto, las redes sociales del equipo de básquet y las noticias locales, Isaiah es un crac. Él y Trevor son cocapitanes y, al parecer, un dúo indómito en la pista.

—Lo estáis petando esta temporada —dice Molly, mirando a Trev embelesada.

—Ya te digo —canturrea él, y le da una palmada en el hombro a Isaiah—, gracias a mi colega.

Isaiah le devuelve el palmotazo.

—Habla el mejor anotador.

—No dejes que te engañe con su rollito modesto de mierda —me dice Trevor—, es un pro.

Molly pone cara de paciencia y se ríe.

—Si habéis terminado de subiros el ego, Trev y yo tenemos que irnos. —Me dirige una mirada conspirativa—. Vamos a salir a cenar con mis padres. Trev lo está deseando…

Trevor suelta un quejido, pero en broma.

—Me. Muero. De. Ganas.

Ella le da la mano y lo saca de la pista.

—¡Encantada de conocerte, Lia!

—Nos vemos —grita Trevor cuando empiezan a andar por la calle.

Isaiah los observa un segundo y después hace rodar la pelota sobre el dedo índice como si fuera lo más fácil del mundo. Debería estar mirándola para que no perdiera el equilibrio, pero tiene los ojos puestos en mí.

—¿Quieres lanzar unos tiros?

—Eh… es que mi perro…

Mira a Comandante, que está hecho un ovillo a mis pies.

—Creo que no quiere pasear más. —Su mirada encuentra la mía—. Quédate.

BLANCO FÁCIL

Diecisiete años, Tennessee

Ato la correa de Comandante a un banco que hay cerca, me aprieto los cordones de las Nike y salgo a la pista con el capitán del equipo de básquet, el prodigio más humilde con el que me he encontrado nunca.

—¿Quieres jugar? —me pregunta.

—No sé mucho de básquet.

—Ya, me lo dijiste. En Cerámica. El primer día. Y no me refería a un partido de básquet de verdad. ¿Sabes jugar a burro?

Beck y yo jugábamos cuando vivíamos en Washington. Connor puso una canasta delante de casa de los Byrne porque Beck era el chico más alto de su clase y pensaba que estaba hecho para la NBA, pero, en lo relativo al deporte, Beck era más fuerza y determinación que velocidad y finura. Nos lo pasábamos bien con la canasta, pero él nunca jugó al básquet fuera de Educación Física.

—Sí —le respondo a Isaiah.

—Guay. Pues en lugar de ir sumando letras, nos podremos hacer preguntas.

Arqueo una ceja.

—Me darás una paliza.

Su sonrisa se vuelve traviesa.

—Y me enteraré de muchas cosas. ¿Dónde está el problema?

Me lanza la pelota.

Yo la atrapo… por poco.

Asiente con aprobación.

—Venga, pues ya has calentado. ¿Juegas?

Le devuelvo la pelota y me quito la goma de la muñeca. Mientras me hago una coleta, le digo:

—Juego.

Se da la vuelta y, desde donde estamos —a diez mil kilómetros de la canasta— tira la pelota, que le da al cuadrado del tablero antes de pasar por el aro.

Vale. Estoy acabada.

Coge el rebote y me pasa la pelota. Negando con la cabeza, apunto y la lanzo al aire. Cae como una piedra y aterriza rebotando en el suelo muy lejos de la canasta.

Isaiah camufla una carcajada con un carraspeo.

—Ya mejoraremos —me dice cogiendo el rebote—. Pero, primero, me he ganado una pregunta. —Hace una pausa escudriñándome la cara antes de preguntar—. ¿Qué piensas del recipiente que estoy haciendo con churros en clase de Cerámica?

Sonrío. Una pregunta más anodina de lo que esperaba.

—Está muy bien. Podrías venderlo.

Acepta el cumplido en su modo modesto y luego, se acerca a una línea pintada en la pista, delante de la canasta. Lo observo levantar la pelota, con la mano derecha debajo y la izquierda haciendo de apoyo. Con un golpe de muñeca, la lanza hacia el aro y se queda mirando cómo pasa limpia por la red.

Yo me coloco mientras él coge el rebote. Cuando me pasa la pelota, intento imitar su postura.

—Dobla las rodillas —apunta—. Eres un muelle. Lanza con todo el cuerpo, no con las manos.

Hago lo que me dice y pruebo a rebotar sobre las rodillas.

—Está mejor, pero no mires la pelota. Mira donde quieres que vaya. Tu blanco es el cuadrado del tablero.

Me centro en el cuadrado. Doblo las rodillas. Lanzo con todo el cuerpo, no con las manos.

No encesto, pero la pelota toca el aro y vuelve.

—Mejor —dice Isaiah—. Meterás una enseguida. ¿Qué tal te está yendo el último año de insti?

Arrugo la nariz ante la segunda pregunta que se ha ganado.

—Bien, supongo.

—¿En serio? Porque a veces pareces destrozada.

—A veces me siento destrozada.

—¿Pero no es por el insti?

—No, el insti me gusta. Me gustan mis amigas. Me gustan las clases. Casi todas.

—¿Cerámica?

Me encanta Cerámica. Me encanta la señorita Robbins y su taller atestado. Me encanta que las únicas expectativas que hay sean la creatividad y el esfuerzo. Me encanta la arcilla fría y húmeda y todas sus posibilidades. Me encanta terminar el día con una hora sintiendo la calidez de Paloma. Y me encanta que Isaiah se siente a mi lado haciendo churros, alisando muescas y bultos con esponjas mojadas, mirándome cada poco tiempo, con sus ojos bailarines y sus sonrisas curiosas.

—Cerámica mola.

Prepara otro tiro, que acierta y que yo fallo.

El juego continúa.

—¿Comida basura favorita?

—Los Fritos. O los *brownies*.

—¿Libro que menos te gusta?

—*El guardián entre el centeno*. Holden Caulfield es insoportable.

—¿Animal favorito?

—Los zorros, porque son monos y listos.

—¿Estación del año favorita?

—Verano. Obvio.

Sonríe.

—La mía también.

Mete otra canasta. No ha fallado ni una. Cuando me toca a mí, fallo, pero por poco.

—Casi —dice. Y pregunta—: ¿Qué vas a hacer cuando termines el instituto?

Otra pregunta fácil.

—Universidad de la Mancomunidad de Virginia.

Él se coloca la pelota debajo del brazo.

—¿No irás a una universidad de Tennessee?

—Llevo aquí menos de un año. No le debo lealtad a este estado.

—¿Y a Virginia sí?

—Sí. —Sueno insegura, incluso yo lo noto.

—¿Y no tienes a tus padres encima todo el día intentando que te quedes cerca?

—Ah, sí que los tengo encima, pero no para que me quede cerca. Solo… agobiándome sobre el futuro en general.

Me paso una mano por el pelo aturdida por el giro que ha dado la tarde. No podría haberme imaginado cuando le colocaba la correa a Comandante hacía un rato que terminaría poniéndome profunda con Isaiah en una pista de básquet del barrio. Sin embargo, lo raro de abrirme a este chico es que, en realidad, no me resulta raro. Me quedaría lanzando a canasta con él hasta que se hiciera de noche.

—¿A ti Marjorie te agobia con lo de la universidad?

—Qué va, le da igual lo que haga después del instituto siempre que tenga un plan y me gradúe con inteligencia, independencia y generosidad de espíritu. Justo esas tres cosas. Desde el día que me fui a vivir a su casa siendo un gamberro que se reía por lo bajo de sus intentos de instaurar algo de disciplina, me aseguró que, cuando fuera mayor, sería el tipo de persona que cambia las cosas. En algún momento, empecé a creérmelo.

—Parece genial.

Se le suaviza la mirada.

—Lo es —confirma antes de lanzar otro tiro al aro.

Esta vez se pone un poco chulo, posando con las manos en el aire y haciendo «Aaaaaah» con entusiasmo como si hubiera un estadio lleno de fans que lo ovacionan.

Cojo el rebote, lo aparto y copio su tiro.

La pelota se cuela por dentro de la red.

Estoy tan sorprendida que me quedo quieta mirando cómo bota debajo de la canasta mientras Isaiah lanza un exultante:

—¡Joder!

Me vuelvo para sonreírle.

—Lo he conseguido.

—Pues claro —dice tendiéndome el puño.

Se lo choco con el mío pensándome mi primera pregunta. Podría preguntarle por el instituto o por el básquet o por su vida con Marjorie y Naya, pero lo primero es lo primero:

—¿Sabías que vivía en este barrio?

Su expresión pasa a ser de perplejidad.

—¿Cómo iba a saberlo?

—No lo sé. Comentaste que querías verme fuera del taller de la señorita Robbins y luego apareces a una manzana de mi casa. Parece mucha coincidencia.

Levanta una ceja.

—Algunos lo llaman coincidencia, otros lo llaman destino.

Esa palabra, *destino*… me eriza la piel a su paso.

Él se da cuenta de cómo me estremezco, de cómo vuelvo a darme calor en los brazos, de cómo se elevan las comisuras de mis labios en una sonrisa minúscula. Se le da bien escuchar, observar, reconocer señales. Mientras me sostiene la mirada, dice:

—No tenía ni idea de que vivías en este barrio, pero tengo que decir que no me sabe mal haberme enterado.

Entonces, lanza la pelota con la mirada fija en la mía y, como el resto de las veces, pasa por dentro de la red.

Levanto las manos.

—¡No me jodas!

Él se ríe y va a por el rebote y vuelve hasta donde estoy yo tendiéndome la pelota con una sonrisa desafiante.

—Te toca.

—¿Puedo mirar a canasta?

—¿He mirado yo?

Con el ceño fruncido, levanto la pelota y la tiro sin mirar la canasta.

Golpea el tablero, pero no toca el aro.

—No está mal —dice—, dentro de poco el juego estará equilibrado.

Sonrío.

—Mentiroso. ¿Tienes otra pregunta?

—Sí. ¿Estás lista para contarme por qué el año pasado te dejó hecha una mierda?

POSIBILIDADES

Diecisiete años, Tennessee

Me alejo y me siento en un banco cerca de donde Comandante se está echando la siesta. Me ha pillado desprevenida.

La presión me crece dentro de las costillas, donde antes me latía el corazón a un ritmo contante y seguro.

Isaiah me sigue. Se sienta a mi lado, deja la pelota en el césped y coloca una zapatilla encima. Ahí están las estrellas rosas, una galaxia en miniatura resplandeciente en la punta de un zapato desgastado.

—Tengo curiosidad —me dice—. Intento entenderte.

—Lo sé, es solo que… no es fácil hablar de ello.

—Lo entiendo, no tendría que haber…

Levanto una mano para cortarlo. Exhalo y lo suelto de una vez:

—El año pasado, el día veintidós de noviembre, se murió mi novio.

La luz de los ojos de Isaiah se apaga y me preocupa haberle robado algo. La chispa. El espíritu.

—Joder, Lia. Lo siento. No lo sabía. Estás… Estás tan entera…

—No, estoy destrozada, como has dicho.

—¿Lo conocías de Virginia?

Asiento.

—Y de Washington y de Carolina del Norte. Su padre está en el ejército como el mío. Nuestros padres son amigos desde antes de que nosotros naciéramos.

No tengo ni idea de por qué le doy detalles que no me ha pedido. Aquel día en el pasillo, el beso impulsivo, unas cuantas semanas en Cerámica y unas cuantas sesiones del club de arte... el tiempo que he pasado con Isaiah es una colección de momentos. Tenemos una conexión, eso ya puedo admitirlo, pero no es nada comparado con los años de experiencias compartidas, con los montones de bromas internas y con la historia de toda una vida que teníamos Beck y yo.

A pesar de todo eso. Confío en Isaiah.

Es más, no me molestan las emociones de ilusión, ternura y esperanza de las que te hacen sentir mariposas en el estómago que experimento cuando estoy con él.

Me duele el corazón cuando pienso en cómo se sentiría Beck si supiera que he sentido punzadas de atracción por otro chico.

Una vez, cuando vivíamos en Colorado, cuando mi padre se estaba preparando para irse a Afganistán, lo oí hablar con mi madre tras la puerta cerrada de su habitación. Mi madre lloraba. El sonido de su pena me hizo pararme de golpe.

—¿Y si no vuelves a casa? —preguntó con la voz temblorosa.

El tono de mi padre fue amable, pero la respuesta fue firme:

—Pues encontrarás a otro.

—No podría.

Pasó un momento de silencio desolador antes de que él dijese:

—Hannah, es lo que yo querría.

Me fui a mi habitación y también me eché a llorar. Me compadecía de mis padres. Qué doloroso verse obligados a tener una conversación así. Beck y yo nunca hablamos de esas posibilidades; éramos jóvenes, espontáneos, invencibles. Y, sin embargo, una y otra vez, me torturo con esta pregunta incomprensible: ¿Y si hubiera sido yo la que hubiera muerto? ¿Esperaría que sufriese para siempre?

¿O querría que redescubriese el amor?

—¿Qué le pasó? —quiere saber Isaiah.

—Tuvo un ataque al corazón —respondo con un hilo de voz—. Un infarto agudo masivo.

—Madre mía. ¿Cuántos años tenía?

—Dieciocho.

—¿Estaba enfermo?

—No.

Suelta una exhalación pesada.

—Joder, Lia, lo siento mucho.

El viento me revuelve la coleta. Comandante suspira y se acurruca más sobre sí mismo. Yo miro a Isaiah, que, a su vez, mira más allá de la pista de básquet. Tiene el perfil anguloso. La frente ancha. Las cejas gruesas. Los pómulos marcados. Tiene una protuberancia en el puente de la nariz que puede que a alguien más superficial que él le molestase. Tiene las comisuras de los labios caídas, lo cual lo hace parecer agotado.

En ese sentido, es como Beck. Su expresión delata sus emociones.

—¿Estás bien? —le pregunto.

Me mira a los ojos.

—No, la verdad. ¿Y tú?

—Hace mucho que no estoy bien.

Se gira levantando una rodilla para quedarse de cara a mí.

—Me siento como un capullo. Ahora que sé por lo que estás pasando… tendría que haberte dejado espacio.

—Me lo has dejado.

—Y una mierda. Te abracé antes de saber cómo te llamabas. Te seguí a un almacén. Y ahora estoy en tu puto barrio. Debes de pensar que estoy mal de la cabeza.

—Isaiah, si no quisiera tu atención o tu amistad o tu compañía en almacenes de esmaltes, te lo diría. Te lo juro.

Se agacha para pasarle la mano por la cabeza a mi perro.

—¿Cómo se llama?

—Comandante.

—Es muy bueno.

—¿A que sí? Mi padre lo trajo a casa el año pasado con la esperanza de que me ayudase a estar bien.

—¿Y lo ha conseguido?

Me lo pienso.

—Me ha ayudado a sobrevivir, creo. No puedo desaparecer, ni siquiera en los peores días, porque tengo un perro que me muerde los zapatos si se me olvida sacarlo a pasear. Durante mucho tiempo, me hizo falta ese empujón.

—Los días malos pueden hacerse una montaña —dice Isaiah.

Quiero preguntarle cómo lidia él con sus días malos. Quiero saber cómo terminó viviendo con Marjorie. Quiero saber cuál es su comida basura favorita y el libro que menos le gusta y qué planes tiene para después del instituto, pero el sol empieza a caer y es probable que mis padres me estén esperando. Sin embargo, sí que hay algo que tengo que decir antes de irme.

Mirando las estrellas de su zapatilla, confieso:

—Yo también quiero verte fuera de Cerámica. Es solo que… todavía estoy aclarando algunas cosas. Todavía no sé lo que está bien, pero quiero averiguarlo.

—Me estás diciendo que tenga paciencia.

—Te estoy pidiendo que tengas paciencia. Y te estoy diciendo que me gustas.

Sonríe.

—Entonces tú marcas el ritmo. Yo iré a tu lado.

INEVITABLE

Dieciséis años, Virginia

No perdimos el tiempo a la hora de abordar la lista de Cosas que hacer en Washington antes de que Beck se fuera a la UMV.

Los restaurantes fueron fáciles. Beck tenía un grandísimo apetito y yo me divertía intentando seguir el ritmo de su absurda ingesta calórica. Puesto que tanto Connor como mi padre eran frikis de la historia, nos los llevamos con nosotros a ver la casa de campo de Lincoln y la casa de Frederick Douglass. Con el paso de la primavera, encontramos el grutesco de Darth Vader y la vidriera del espacio —con una pequeña roca lunar encastada— en la Catedral Nacional. En la biblioteca del Congreso vimos la Biblia de Gutenberg. Encontramos la escalera de *El exorcista,* unos escalones estrechos al lado de una gasolinera en Georgetown, donde se filmó la escena culminante de la película. Pobre padre Karras. Fuimos al Centro Kennedy, donde teníamos entradas para ver el ballet de *La bella durmiente.* A mí me encantó, Beck se quedó dormido.

En mayo fuimos con Norah y Mae al Museo de Historia Natural. Estuvieron encantadas de salir con su hermano mayor y su canguro favorita, y Connor y Bernie se alegraron de tener la tarde libre de niñas.

Cogimos el metro para ir a la ciudad y luego caminamos con las gemelas hasta el museo, donde nos maravillamos ante la estatua del elefante en la rotonda antes de adentrarnos en la exposición de mamíferos, con sus miles de especímenes reunidos por Theodore Roosevelt a principios del siglo XX. En la planta de arriba vimos momias y luego cruzamos el Pabellón de las Mariposas. A continuación, exploramos la zona de geología y las piedras preciosas.

Le estaba enseñando a Norah el diamante Hope —«¡Yo quiero uno!», exclamó ella con los ojos resplandecientes— cuando Beck me cogió del hombro y me hizo girarme.

—¿Tienes a Mae? —me preguntó sin aliento.

—Yo... no, solo a Norah.

—Me cago en todo. —Se pasó las manos por el pelo escudriñando el pasillo oscuro—. ¡Solo me he dado la vuelta un segundo!

—Estará aquí —le dije, pero también estaba repasando la exposición con la mirada y no la veía—. No puede haber ido muy lejos.

Él ya se había puesto en marcha, gritando «¡Mae! ¡Mae!» mientras miraba detrás de cada vitrina y de cada esquina. Yo repasé todos los sitios donde no miraba él, con el pulso cada vez más acelerado, esquivando visitantes y llevando a Norah detrás de mí.

Tras una búsqueda frenética pero fútil, Beck y yo nos encontramos en la entrada de la sala de geología, piedras preciosas y minerales. Él estaba hundido, sudando y con la cara colorada. Yo estaba aterrorizada. Solo habían pasado unos minutos, pero podrían haber sido siglos perfectamente.

—Beck —dijo Norah mirándolo desde abajo temerosa—. ¡Tenemos que encontrar a Mae!

Él asintió y la cogió en brazos.

—La encontraremos, no te preocupes, ¿vale? —Y dirigiéndose a mí—: Voy a buscar por el resto de esta planta.

¿Quieres ir a buscar a seguridad y decirles que se nos ha perdido una niña?

Asentí.

—¿Me llamarás cuando la encuentres?

«Cuando la encuentres», no «si la encuentras».

—Sí.

Y se fue gritando el nombre de una hermana con la otra en brazos.

Yo corrí hacia el centro de información que había visto en la rotonda. Allí, a toda prisa, le hice una explicación entrecortada de lo que había pasado a la mujer de pelo gris del mostrador. Ella se puso en contacto con seguridad y, con el teléfono en la oreja, me pidió una descripción de Mae.

—Tiene cuatro años —le dije—. Pelo rubio rojizo. Lleva *leggings* negros y una camiseta lila. ¡No, un momento! ¡Una camiseta rosa! Su hermana es la que va de lila.

—Camiseta rosa —repitió la mujer al teléfono.

Terminó con los de seguridad, colgó y tendió la mano por encima del mostrador para darme unas palmaditas en la mía.

—Todo irá bien —me dijo—. Los niños se escapan a todas horas.

—Pero es muy pequeña.

—Siempre lo son. Lo bueno de eso es que, cuando se dan cuenta de que se han alejado de los adultos, se echan a llorar. Es como una sirena. No ha habido ni una vez que no hayamos encontrado a un niño.

Asentí sintiéndome infinitesimalmente más esperanzada y le di mi número de teléfono, que anotó debajo de la descripción de Mae.

—Su hermano la está buscando arriba. Yo voy a buscar por esta planta. ¿Me llamará si…?

El móvil, al que me aferraba con una mano, me empezó a sonar.

Era Beck.

Respondí atarantada.

—Dime que ya la has encontrado —le dije a modo de saludo.

—Sí —respondió él con una risa incrédula—. En las momias. Dice que le gusta cómo están enrolladas.

Yo solté una carcajada, fruto de un excedente de adrenalina combinado con la alegría del alivio.

—¿Está bien?

—Está perfecta.

Mi aliada del mostrador de información susurró:

—¿Suspendo la búsqueda?

Asentí dándole las gracias con la boca sin emitir sonido.

—Lia —dijo Beck—. Mira hacia arriba.

Lo hice. Estaban él y las gemelas asomándose a la rotonda en el balcón de la segunda planta. Norah me saludó con la mano. Mae gritó:

—¡Lia! ¡Beck me ha encontrado!

Él se encogió de hombros con timidez al tiempo que se mostraba extraordinariamente orgulloso.

Recuerdo con mucha claridad haber pensado: «Qué afortunada soy de poder decir que es mío».

—Mi madre se va a cabrear muchísimo —me dijo de camino a su casa.

Beck nos había llevado en el Subaru de Bernie hasta la estación de metro y, a la vuelta, en cuanto las gemelas estuvieron abrochadas en sus sillitas, se durmieron.

—Mis hermanas y yo somos su mundo. Nunca se recuperaría si nos pasase algo a alguno.

No exageraba. Bernie no trabajaba fuera de casa como mi madre. Cada segundo del día lo pasaba cuidando de Beck, Norah y Mae y nunca había dado a entender que quisiera otra cosa.

Le cogí la mano.

—Lo entenderá. A veces los niños se escapan.

—Seguro que tú no.

—Te equivocas. Cuando tenía siete años, me perdí en un Bed, Bath and Beyond. Mi madre estaba comprando una tostadora y, cuando se dio la vuelta, me alejé. Me encontró admirando las toallas de baño. Las doblan y las ponen en las estanterías por colores y da gustito verlo.

Se volvió para dirigirme una sonrisa cariñosa.

—Qué mona eres.

—A mi madre no se lo pareció. Estaba histérica. Nunca he vuelto a alejarme de ella.

—Te quiere, igual que yo.

Cuando llegamos a casa de los Byrne, llamó a su padre a la cocina, donde su madre estaba regando las plantas con un paño de cocina echado por encima del hombro, y les confesó lo que había pasado con Mae. Connor recibió el relato del incidente con un «Los niños son así». Bernie se quedó, como Beck había predicho, horrorizada, pero solo un momento. Tras recuperarse, lo asfixió con un abrazo y le dijo que era el mejor hermano mayor del mundo, un elogio que él se tomó con filosofía.

—Siempre recordarán que Lia y tú las llevasteis al museo. Es bonito que las hayáis dejado ir con vosotros.

—Nos gusta estar con ellas —dijo Beck, encogiéndose de hombros.

Connor le dio una palmada en la espalda.

—Os idolatran a los dos.

—¿A qué hora tienes que estar en casa, Lia? —me preguntó Bernie.

—A las once.

Desde que había cumplido dieciséis, mis padres habían alargado un poco la hora de vuelta a casa. Por lo general, tenía que volver a las diez, pero, si estaba con Beck, tenía una hora extra.

—Vamos a llevar a las gemelas al Uncle Julio's —dijo Connor—. Nos vamos dentro de media hora. ¿Queréis venir?

Beck me miró indeciso. Le encantaba el guacamole del Uncle Julio's, que hacían al momento en la mesa, pero, si sus padres se iban con las gemelas, teníamos la casa para nosotros.

—No lo sé —le dije sosteniéndole la mirada—, el museo me ha dejado hecha polvo.

Él sonrió y golpeó la encimera con los nudillos.

—Y a mí. ¿Quieres pedir comida y ver una peli aquí?

—Sí, me parece genial.

Bernie frunció el ceño.

—A mí me parece peligroso —señaló.

Sentí el calor en la cara.

—Estarán bien —dijo Connor en un tono de «no hagas pasar vergüenza a los adolescentes».

Ella fulminó con la mirada a su marido.

—Define «bien».

—Podéis confiar en nosotros —dijo Beck—. Tendremos un comportamiento ejemplar. Os lo juro.

Bernie arqueó las cejas.

—Voy a llamar a Hannah a ver qué le parece.

Beck me dio la mano y me llevó hacia el sótano, donde apartamos una manada de peluches de Disney para poder acomodarnos en la cama.

—Me encanta pensar que, en este mismo momento, nuestras madres están hablando de si te me echarás encima en cuanto nos dejen solos más de cinco minutos —me dijo.

Me reí.

—¿Alguna vez desearías que no se conocieran tan bien? Porque podríamos escaparnos sin que estuviesen preguntándole a la otra dónde estamos en todo momento.

—Sería guay —dijo enrollándose un mechón de mi pelo en el dedo—. Pero, casi todo el tiempo, me gusta que nuestras familias se lleven tan bien, dejando a un lado la intrusión constante.

Bernie bajó las escaleras trotando.

—Vale, Lia. Tu madre me ha dicho que está bien que os quedéis aquí. Me ha pedido que te recuerde que tomes buenas decisiones.

Asentí apretando los labios e intentando no sufrir una combustión espontánea. «Toma buenas decisiones» significa «No te acuestes con nadie» en la lengua de las madres. ¿No podría haberme mandado un mensaje?

Bernie miró a Beck y le dijo directamente:

—Nada de sexo.

Él se echó a reír.

—Mamá, ¿ni un poco de sutileza? Hannah ha sido más discreta.

—La sutileza nunca me ha funcionado contigo.

—Vale. Si te prometo que no me bajaré los pantalones, ¿te irás de una vez?

—No tientes a la suerte —dijo quitándose el trapo de cocina del hombro para lanzárselo.

Bernie, Connor y las gemelas se fueron; al rato Beck pidió comida del Uncle Julio's para dos y, mientras esperábamos a que llegase el repartidor, nos pasamos un rato besándonos en el sofá, pero mi pelo terminó debajo de su brazo y él intentaba no caerse por el borde del cojín y los dos estábamos incómodos.

Él se apartó con un gruñido.

—¿Quieres ir a mi habitación? Hay una… —Carraspeó— cama.

—¿En serio? ¿En tu habitación? No tenía ni idea.

Me apretó la cintura con un dedo para hacerme cosquillas.

—Te prometo tomar buenas decisiones.

—Entonces, vamos.

Con Beck las cosas eran fáciles. Lo habían sido desde

Navidad, desde nuestro beso al amanecer. Se nos daba bien leer al otro; sabíamos cuándo llenar los silencios con conversación y cuándo era mejor acomodarse en ellos. Él notaba cuándo mis pilas de introvertida necesitaban recargarse y me dejaba tranquila. Yo era consciente de que era un quejica cuando sentía alguna incomodidad y lo cuidaba como a un bebé. Él sabía que, si me pasaba los dedos por el pelo, me disolvería en un escalofrío de cuerpo entero. Yo sabía que, cuando le besaba el cuello, él se resistía y a la vez se me acercaba más.

Sin embargo, aquella noche en su cuarto fue raro.

La interrupción tenía parte de culpa, así como las expectativas generales de lo que se supone que debe pasar en una cama cuando dos personas están locas una por la otra. Que mi madre hubiera desincentivado el sexo de forma indirecta y que su madre lo hubiera prohibido sin rodeos fue como darnos una ducha fría.

Beck se puso de lado y apoyó la cabeza en la mano.

—¿Estás bien?

—Sí, superbién.

Me dirigió una sonrisa torcida.

—Yo creo que estás asustada.

—Pues yo creo que el que está asustado eres tú.

—Pues sí. Nuestras madres son unas cortarrollos.

Me reí.

—Me gustaría saber qué las hace pensar que no tomaríamos buenas decisiones —caviló, y se le sonrojaron las mejillas.

Habíamos hablado de muchas cosas a lo largo de los años, pero sobre sexo, no. Lo quería tanto que a menudo me cegaba la intensidad de mis sentimientos. Y sabía que él me quería a mí, lo decía a todas horas, pero, sobre todo, me lo demostraba: en largas miradas y caricias suaves, en gestos atentos y en el hecho de dejarme marcar el ritmo cuando caminábamos o hacíamos el tonto o nos besábamos.

—No lo sé —le dije—, supongo que piensan que es inevitable.

Sonrió con timidez y yo pasé un poco a su parte de la cama. Me dio la mano y empezó a darle vueltas poco a poco al anillo que me había regalado.

—¿Hablas con tu madre de estas cosas?

—Un poco. Me preguntó hace un tiempo si tú y yo teníamos... Ya sabes —terminé avergonzada.

Me había decidido a ser madura. Mi madre y mi padre me criaron para pensar que, si te estás planteando acostarte con alguien, tú y tu pareja debéis ser capaces, por lo menos, de tener una charla sobre el tema. Sin embargo, la idea de decirle «relaciones sexuales» a Beck me parecía igual que desnudarme mientras me miraba.

—No estaba cotilleando —continué, con un rubor a la altura del suyo—. O puede que sí, pero, sobre todo, me preguntaba porque quería asegurarse de que sé protegerme. —Me pasé una mano por la cara ardiendo—. Madre mía, ¿por qué tengo tanta vergüenza ahora mismo?

Beck se rio y me pegó contra su pecho y me rodeó con los brazos.

—Ojalá no la tuvieras, ya tengo yo bastante por los dos.

—¿Tú hablas con tu madre de estas cosas?

Se rio por la nariz.

—Ni de coña, ¿te imaginas?

No me lo imaginaba. A Bernie solía faltarle la sutileza que tenía de forma innata mi madre, que había tratado con bastante naturalidad el tema del sexo. Aunque estaba claro que esperaba que no me acostase con Beck pronto —le daba fuerte a las conversaciones sobre el embarazo y las complicaciones emocionales—, también se había ofrecido a llevarme al médico para que me recetase algún método anticonceptivo.

Enterré la cara en la camiseta de Beck y se lo dije farfullando:

—Tomo la píldora desde el mes pasado. Solo para que lo sepas.

Él me acarició el pelo.

—Vale.

Me eché atrás para buscar su mirada, que transmitía una mezcla de ternura y diversión.

—¿Vale? —repetí.

—Sí, me alegro de que me lo hayas dicho, pero no hace falta que cambie nada.

—¿Tú quieres que las cosas cambien?

Le brillaron los ojos cuando se inclinó para besarme, un beso casto y dulce que, aun así, me provocó un aleteo en el estómago.

—Claro, pero no hasta que tú estés lista.

—¿Lo has hecho alguna vez? ¿Antes de que estuviéramos juntos?

—No.

—¿En serio?

—En serio. —Se incorporó un poco indignado—. Siempre he querido hacerlo con alguien a quien quiera y he estado enamorado de ti toda la vida.

Sonreí.

—Entonces, cuando te pida que te bajes los pantalones, ¿lo harás?

Volvió a reír y me acercó a él para susurrarme al oído:

—Sin dudar.

FRÁGIL

Diecisiete años, Tennessee

Estos últimos días, he pensado en poco más que en cómo decirles lo de mi admisión en la UMV a mis padres. No me han preguntado por las notificaciones porque, hasta donde ellos saben, no debería tener noticias hasta febrero.

Hasta ahora.

Una mañana de sábado neblinosa, me levanto pronto, dejo salir a Comandante al jardín trasero y me centro en medir azúcar moreno, canela y nueces pecanas. No soy la mejor repostera, la cocina es el terreno de mi madre, pero espero que un bizcocho caliente suavice el golpe de lo que sospecho que será una admisión universitaria poco grata.

Al poco de meter la bandeja en el horno, la casa se llena de un aroma dulce y mantequilloso. Dejo preparándose una jarra de café, le abro la puerta a Comandante para que vuelva a entrar en casa y le doy el desayuno. Él se lanza de cabeza a su cuenco. Encajo unas cuantas piezas en el puzle a medio terminar de la mesa del comedor, planto la oreja por si hay señales de vida en la habitación de mis padres y, sí, se oye agua corriendo y murmullos.

Suena el timbre del horno. Cuando dejo la bandeja en

una rejilla para que se enfríe, unos pasos bajan por las escaleras. Mi padre lleva pantalones de chándal y una camiseta de Star Wars. Mi madre lleva un pijama de franela.

Sonríe, aunque hay cierta cautela en su forma de levantar las cejas cuando ve el bizcocho.

—Qué pronto te has levantado —comenta mi padre con un optimismo prudente.

—He preparado el desayuno.

Mi madre mira el *crumble* que hay por encima del bizcocho.

—Huele bien. Qué sorpresa tan agradable.

Mi padre saca tazas del armario mientras mi madre va a por la leche cremosa para el café. Tamborileando con los dedos sobre la encimera, los observo servirse el café y espero que todo esto vaya mejor de lo que preveo.

Nos sentamos a la mesa con trozos de bizcocho delante.

Me lanzo antes de perder el valor:

—Tengo noticias de la UMV.

El tenedor cargado de bizcocho de mi madre se detiene a medio camino de su boca y se queda en el aire mientras ella me mira con una inquietud evidente. Mi padre, que solo ha dado un bocado, parece estar masticando serrín. Traga con dificultad.

—¿Y?

—Me han aceptado.

Había soñado despierta con este momento, antes de que muriera Beck, antes de entender lo rápido que se pueden torcer los planes y frustrar las expectativas. Daría la noticia y me levantaría la sudadera para enseñar una camiseta de los Eagles de la UMV. Mis padres ahogarían un grito, asombrados y contentos. Me abrazarían y me dirían que en la UMV tenían suerte de que hubiera decidido hacer la solicitud allí y que «¡qué vida me esperaba!». Luego iríamos a cenar con los Byrne, que estarían igual de contentos. Lo veía todo con los ojos llenos de estrellitas: mi futuro presentándose ante mí.

La realidad no se parece en nada a eso.

Mi padre se cruza de brazos.

Mi madre junta las manos.

Comandante viene a la mesa, lo cual le hemos enseñado que no debe hacer, y apoya la barbilla en mi regazo. Yo le acaricio la cabeza esperando a que alguien diga algo.

Mi padre rompe el silencio lóbrego.

—Bueno, no me sorprende.

Mi madre asiente.

—Eres el tipo de estudiante que buscan en la UMV.

Encogiéndose de hombros, mi padre añade:

—Eres el tipo de estudiante que buscan casi todas las universidades.

—¿Sabes algo de alguna de las otras solicitudes? —pregunta mi madre.

No he hecho otras solicitudes.

—Todavía no.

Limpio unos gránulos de azúcar de la mesa. Durante meses, me he tragado la culpa de haberles mentido, pero ahora esa culpa ha sido eclipsada por el dolor. La falta total de entusiasmo, de orgullo, por parte de mis padres es un golpe horrible. Entrar en una universidad no es coser y cantar, y menos en una de las mejores universidades de Virginia. Y, aun así, mis padres me miran como si les estuviese pidiendo que me sacaran de la cárcel.

¿Es demasiado pedir que me digan «bien hecho»? ¿«Enhorabuena»?

—La UMV es una buena universidad —les digo en voz baja.

—Por supuesto —responde mi madre.

—Pero ¿es la universidad adecuada para ti? —pregunta mi padre de forma retórica.

—Nos prometiste que tendrías la mente abierta —dice ella.

Él asiente.

—Que valorarías todas las opciones.

Se me revuelve el estómago.

Se pondrá furioso si se entera de que no tengo otras opciones.

Pero… ¿y si tiene algo de razón?

Tendría que haber solicitado la admisión anticipada en la UMV ahorrándome la parte vinculante. Podría haber mandado solicitudes a la Universidad George Mason y a la Universidad de Tennessee y a la Austin Peay y a Ole Miss y a la Seattle Pacific. No hubiera perdido nada escribiendo a esas otras universidades. En lugar de eso, me he obstinado y he ignorado los consejos de mis padres —que ni siquiera eran malos consejos— y ahora tengo que ir a la UMV, quiera o no.

Debería decírselo. Debería confesar ahora mismo, responsabilizarme de mis decisiones.

«Estoy obligada a ir a la UMV. No mandé solicitudes a ninguna otra universidad. Tengo casi dieciocho años. Es mi decisión».

Y parecería una niña malcriada. Una niña malcriada, irracional y egoísta.

Pero quiero ir a la UMV.

La presión aumenta en mi pecho como un globo que se expande detrás de las costillas. Me siento atrapada en esta casa, en mi vida.

—Lia, respira, cariño —dice mi madre.

Hace demasiado calor en la cocina por el horno y el ambiente empalagoso me nubla la mente.

—Todo irá bien —me dice mi padre en un tono que parece dirigido a una niña pequeña a la que se le ha caído el helado.

Estoy a punto de estallar y pagarlo con él. Con ellos.

—Me voy arriba —digo echando atrás la silla de golpe.

Mis padres se miran con una expresión enturbiada por la preocupación.

¿Ahora les preocupa lo que siento?

—¿Y si terminas de desayunar primero? —sugiere mi padre.

Niego con la cabeza.

—Ya no tengo hambre.

Tras veintidós años de noble
y leal servicio,

_____

EL CORONEL CONNOR F. BYRNE

_____

Se retira del Ejército de Estados Unidos.
Por favor, acompáñennos en la celebración
y deséenle con nosotros
lo mejor en sus proyectos futuros.

La ceremonia tendrá lugar
EL LUNES, 18 DE MARZO
a las ocho de la mañana.

Finca Mount Vernon de George Washington
3200 Autopista Mount Vernon Memorial
Mount Vernon, Virginia 22121

A continuación, recepción en
el Café Americana.

Por favor, confirmen la asistencia
antes del 1 de marzo.

BERNADETTE.C.BYRNE@MAIL.COM

UN TROZO DE TARTA

Diecisiete años, Tennessee

Encuentro la invitación en la encimera de la cocina cuando vuelvo a casa del instituto. El sobre, ya abierto, está dirigido a mis padres y a mí con la letra redonda de Bernie. Una formalidad. Mi madre ha estado ayudando a planear la ceremonia y a mi padre le han pedido que hable en ella.

Una celebración para Connor. Muy merecida. Me alegro por él tanto como deben alegrarse mis padres, pero me escuece cuando pienso en la mierda de recibimiento que tuvo mi admisión en la UMV.

¿Eso no tendría que haber sido también una celebración?

Me hago con la invitación, impresa en cartulina de color crema, y me la llevo a mi habitación, donde la meto dentro de la libreta.

Después de cenar, les cuento a mis padres una bola sobre irme a estudiar a casa de Paloma, aunque, en realidad, Isaiah me ha invitado a ir a tomar el postre en la suya. No es que mis padres vayan a decirme que no puedo ir, pero hay un murmullo al fondo de mi consciencia que no deja de hablarme de lealtad. No estoy haciendo nada malo —quiero ir a casa de Isaiah—, pero me inquieta visitar a un chico que no sea Beck.

También inquietaría a mis padres.

Sale luz de las ventanas de la casa, que es modesta, cálida y acogedora, como Isaiah. Me quedo sentada en el coche un momento, reuniendo herramientas emocionales como un niño recogería flores de un jardín: los crisantemos para la verdad, las bocas de dragón para la amabilidad, los geranios para la amistad y el azafrán para la jovialidad. Mirándome en el retrovisor, me ahueco el pelo, que me he alisado con el secador. Me he puesto más maquillaje del que llevo al instituto: una segunda capa de rímel y brillo de labios con color en lugar de cacao de labios.

Quizá quiero sentirme guapa.

Quizá quiero sentirme segura.

Quizá quiero un escudo, una máscara, un disfraz.

O todas esas cosas a la vez.

O ninguna.

¿Quién es esta chica, sentada delante de la casa de un chico, acicalándose?

Salgo del coche y subo por el camino pasando por encima de una nueva galería de ilustraciones con tizas: estrellas de mar, delfines, tortugas marinas, tiburones y un pulpo con sus tentáculos dibujado en granate. Ya en el porche, llamo al timbre. Cuando se abre la puerta, exhalo.

—Parece que te lleven a fusilar —dice Isaiah, haciéndome un gesto para que pase.

—Ya… Lo siento, estoy… agobiada.

—No pasa nada. Tómate un trozo de tarta. Si después todavía odias la vida, te vas a casa.

La cocina de Marjorie se parece mucho a la nuestra, con los armarios blancos, los electrodomésticos plateados y las plantas enredaderas en el alféizar de la ventana encima del fregadero. Hay una tarta de chocolate de varias capas con un glaseado suntuoso en la isla de la cocina como si fuera un centro de mesa.

Naya, que está encaramada a un taburete delante de la encimera, aparenta más de los nueve años que tiene y no parece especialmente contenta de formar parte de las presentaciones de esta noche. Tiene la piel ocre y el pelo oscuro, recogido en una trenza larga. Sus ojos, de un marrón como descolorido por el sol, me observan con una curiosidad cautelosa. Recuerdo a Marjorie de aquella funesta tarde de noviembre. Es mayor que mi madre, pero más joven que mi abuela y lleva todo el pelo en trenzas de cordón que le llegan hasta los hombros. En lugar de un suéter rojo, hoy lleva una chaqueta de punto de color lavanda y las gafas le cuelgan de una cadenita de perlas muy mona.

—Lia —dice rodeando la isla de la cocina para abrazarme—. Nos alegramos mucho de que hayas venido.

Su olor es dulce y veraniego, como algodón de azúcar, y la chaqueta que lleva es suave como el cachemir. Aunque tal vez debería ser incómodo abrazar a una desconocida en una casa en la que no he estado nunca, los huesos ya no me tiemblan y los pensamientos intrusivos se han acallado.

Marjorie, como Isaiah, es un ángel.

Por encima del hombro de ella, la mirada de Isaiah encuentra la mía.

—Le gustan los abrazos prematuros.

—Bueno, pues ya sé de dónde te viene.

Marjorie se aparta con la sonrisa reluciente como la purpurina.

—¿Te abrazó demasiado pronto?

—No demasiado, a los sesenta segundos de conocerme.

Se ríe y vuelve hacia la encimera para cortar la tarta.

—Isaiah nos ha dicho que te han aceptado en la UMV. ¡Todo un logro!

Mis amigos han sido muy majos con lo de la UMV. Me han apoyado mucho. Las chicas llevan animándome desde diciembre y, cuando le conté a Isaiah que me habían admitido formalmente, el otro día al salir de Cerámica, se le iluminaron los ojos como supernovas. Sin embargo, Marjorie es la primera adulta que recibe la noticia con entusiasmo. La gratitud hace que el corazón se me llene de emoción. Podría echarme a llorar si pienso en lo buena que ha sido esta familia a la hora de recibir mi logro mientras que la mía considera que es un error.

La voz me tiembla cuando le digo:

—Gracias.

Ella sonríe.

—Nos ha parecido que una tarta de chocolate era la mejor forma de celebrarlo.

Isaiah debe de notar que estoy en una situación emocional precaria, porque se acerca a su hermana de acogida y le tira de la coleta.

—La ha preparado Naya.

—¿En serio? —le pregunto, agradecida por el cambio de tema—. Pero si parece que la hayan hecho en una pastelería de las caras.

—Ha sido fácil —responde ella, encogiéndose de hombros.

—Puede que a ti te haya resultado fácil —señala Marjorie—, pero para la repostería hace falta leer, hacer cálculos y saber de ciencia. Si usas mal un ingrediente, te quedará una bandeja de sopa de chocolate en lugar de una tarta preciosa. Nuestra Naya es un genio de la cocina.

No lo dudo. Los trozos que Marjorie ha servido en platos tienen una pinta deliciosa.

—¿También has hecho los dibujos con tiza de fuera? —le pregunto.

Naya asiente.

—Isaiah me ayudó.

—Son muy buenos. ¿Sabías que Isaiah y yo vamos juntos al club de arte?

—Lia me da un buen repaso en dibujo —dice él.

—Qué mentira. El retrato que te hice parece que lo dibujara con la izquierda mientras me apuntaban con una pistola.

A Naya se le ilumina la cara.

—¿El retrato que tienes colgado en tu habitación?

Él asiente haciendo una mueca que se parece mucho a mi dibujo. Ella se ríe.

—¡Tiene los ojos y la nariz y la boca donde no es!

Él tuerce la expresión todavía más.

—Me dibujó tal como soy.

La camaradería entre hermanos evita que me quede pensando en que Isaiah colgó mi dibujo y no parece avergonzarse de que me haya enterado.

—Si dibujas personas tan bien como dibujas a las tortugas marinas y a los peces martillo —le digo a Naya—, me vendrían bien unos consejos.

Ella sonríe.

—Puedo ayudarte.

—Más tarde —dice Marjorie—, ahora a comer.

EMPEZAR DE CERO

Diecisiete años, Tennessee

ientras nos comemos el postre, Marjorie me pregunta por el instituto, por la mudanza desde Virginia y por el trabajo de mis padres. Preguntas normales de una mujer normal en una casa normal. Yo contesto como si hubiera hecho montones de veces lo de conocer a la familia de alguien que me interesa. Sin embargo, nunca me había imaginado empezando así, de cero, porque se suponía que nada de esto tenía que haber sido así.

Después de la tarta, Isaiah y Marjorie retiran los platos. Naya cumple su palabra y se pasa unos minutos enseñándome a dibujar un ojo realista usando el espacio negativo para crear la ilusión de que la luz se refleja, antes de irse a la planta de arriba a estudiar ortografía. Mientras Marjorie limpia las encimeras, Isaiah me lanza una mirada inquisitiva: «¿Quieres irte?».

Niego con la cabeza.

Estoy... bien.

Él sonríe y le dice a Marjorie:

—Nos vamos arriba.

—Divertíos. ¿Puerta abierta?

Isaiah me dirige una sonrisa burlona y a mí se me abre

la boca y finjo estar horrorizada porque ¿qué piensa esta mujer que vamos a hacer delante de sus narices?

—Puerta abierta —le asegura él.

Lo sigo por las escaleras y me llama la atención la pared, que está cubierta de fotos enmarcadas. Reconozco a Isaiah, claro, en una serie de seis fotos de veinte por veinticinco. Naya aparece enmarcada una vez, lo cual tiene sentido, puesto que lleva menos tiempo con Marjorie. Hay fotos de unas diez o doce personas más en todas las etapas de la infancia —bebés regordetes, niños pequeños con las mejillas sonrosadas, niños de primaria con remolinos en el flequillo, preadolescentes con aparatos—, de todos los géneros y razas y expresiones y estilos posibles.

—Marjorie lleva mucho tiempo acogiendo a niños —me dice Isaiah mientras miro—. Nos considera a todos sus hijos, sin importar el tiempo que pasemos aquí o la lata que le demos.

—¿Dónde están ahora?

—Algunos volvieron con sus padres. A otros los adoptaron otras familias. Otros ya son adultos y no pueden seguir en el sistema. Marjorie sigue en contacto con la mayoría. Vienen por vacaciones, les manda regalos de cumpleaños, los ayuda cuando lo necesitan... Ya sabes.

No, no lo sé.

Qué privilegio tener un conocimiento tan limitado del sistema de protección de menores.

Isaiah me lleva hasta la puerta del final del pasillo.

—Si tienes preguntas —dice mientras entramos en la habitación—, te las responderé.

Me siento en el suelo apoyando la espalda en la cama. Él se sienta a mi lado y estira las largas piernas encima de la alfombra. Tiene el cuarto ordenado. La colcha es de cuadros verdes y las cortinas, que están cerradas, son a juego. En el escritorio hay un portátil cedido por el instituto, una taza con bolis y lápices de dibujo y un montón de libretas. Y, efectivamente, el retrato que dibujé en el club de arte está colgado con una chincheta en la pared. Cerca hay una estantería llena de libros de no ficción: historias de aventuras de Jon Krakauer, *Cuestión de justicia* de Bryan Stevenson y varias biografías de jugadores de básquet: Jordan, Bryant, Bird.

—Naya me ha robado los libros de Percy Jackson —dice mientras yo observo los lomos.

—Qué lista. —Le doy un empujoncito en el zapato con el mío señalando los garabatos rosas que vi el otro día—. ¿Eso también lo dibujó ella?

—Sí, la niña deja dibujos por donde pasa.

Bajo la voz para preguntarle:

—¿Qué pasará con ella?

Pone mala cara.

—La idea es la reunificación. Marjorie piensa que el juez cerrará su caso el mes que viene.

—¿La reunificación de su familia?

—Sí, que vuelva con su madre, Gloria.

Habla en voz baja. Sospecho que no debería estar contándomelo. No me incumbe y debe de haber normas de confidencialidad, pero me alegro de que me lo cuente. Su hermana de acogida ya me cae bien. Espero que tenga un buen futuro.

—Naya entró en el sistema por negligencia —continúa—. Gloria es madre soltera con un pasado muy loco, pero se estaba esforzando. El problema era que, para ella, esforzarse significaba dejar a Naya sola mientras ella hacía un montón de trabajos de mierda. No digo que esté bien que una niña pequeña se pase las noches sola, pero ¿qué otra cosa puede hacer una mujer en su situación? El Departamento de Protección de Menores intervino y Naya terminó aquí. Pero ahora Gloria está haciéndolo todo bien. Aprovechando los servicios, presentándose en las visitas y en el juzgado… Quiere a Naya y Naya quiere irse a casa. Aunque, a veces, los padres recaen.

—Si eso pasa, ¿Marjorie la adoptará?

—Lo dudo. Empezó en lo de la acogida porque quiere preservar las familias, ayudar a los niños a corto plazo. No le interesa ser madre de forma indefinida.

—Pero tu llevas aquí seis años —le digo preguntándome cómo ha sido para él.

Marjorie es genial, pero Isaiah se ha pasado una parte importante de su vida en el limbo. Hasta yo sé que la acogida tiene que ser temporal, que los niños no tienen que quedarse en acogida durante años.

Se encoge de hombros.

—Mi caso se complicó. Todas las normas tienen excepciones.

—¿A ti te adoptará Marjorie?

—Qué va. Cumplí los dieciocho en octubre, así que no tendría sentido. Pero ella y yo ya lo tenemos hablado. Me quedaré aquí en verano y podré volver cuando quiera.

Lo estoy avasallando y lo sé. Hace un tiempo pensaba que lo mejor sería mantenerlo a cierta distancia, conservar la armadura de indiferencia. Pero, ahora que he entrado en su mundo, no puedo imaginarme echándome atrás.

—Y ¿qué harás después del verano? —le pregunto.

—Voy a viajar.

—Pero ¿y la universidad?

—Puede que algún día. Primero quiero una aventura.

Vuelvo a hundirme contra la cama, sintiendo como si me hubieran dado un golpe y me hubiera quedado sin respiración.

Nunca se me había ocurrido que la universidad pudiera esperar.

—¿Y el básquet? Seguro que tienes a ojeadores detrás.

—Sí, algunos, pero el básquet es un hobby. Una forma de desahogarme. Marjorie me apuntó a un equipo cuando tenía trece años y estaba lleno de rabia y, desde entonces, me encanta, pero no es mi futuro.

—Y ¿cuál es tu futuro?

—Ni idea, me da demasiado miedo pensarlo, pero tengo un plan a corto plazo —dice, con un tono de voz chispeante—. En cuanto termine la temporada de básquet, buscaré un trabajo y ahorraré para comprarme un coche. Marjorie ha recibido una dieta todos los meses desde que he estado con ella. Se supone que es para pagar mis cuidados, pero ella lo ha ido ahorrando todo para mí. Ha hecho lo mismo con cada niño que ha estado con ella, sin importar cuánto tiempo hayan pasado aquí.

—Porque es un ángel —digo dándole un codazo suave.

Sonríe.

—Exacto. Y ya lleva ahorrado más de lo que necesito para vivir un año. Y, cuando acabe el verano, me iré de viaje por carretera. Voy a ver los cuarenta y ocho estados continentales.

—Guau —digo sorprendida por la inmensidad de su objetivo y lo poco convencional que es—. ¿Adónde vas primero?

—No lo sé, voy a ver dónde me lleva la carretera. En plan *Hacia rutas salvajes*.

Frunzo el ceño. *Hacia rutas salvajes* termina en tragedia. Isaiah continúa.

—Después de pasar un año en la carretera, puede que haga Bellas Artes o busque unas prácticas. O puede que intente hacer otra carrera. Lo que me parezca mejor en ese momento.

Vale, pero eso no es un plan. Un plan implica un itinerario. Una estrategia. Unas reservas con tiempo. Debatir los pros y los contras. Hacer listas de tareas pendientes en libretas.

Lo de Isaiah es una idea, abierta y con los límites desdibujados. Optimista pero indefinida.

Y, aun así, no parece intimidado.

El día que lanzamos a canasta en mi barrio me dijo que yo estaba entera.

Él sí que está entero. ¿Irse de aventura por el país él solo? ¿Ver dónde termina? ¿Tener la fe, la seguridad, de hacer lo que le parezca correcto en el momento?

Pensando en cómo toma las decisiones —por instinto, con el corazón— y en cómo me atormento yo con mis planes rígidos para el futuro, me quedo sin palabras.

«¿Habré cometido un error garrafal?».

Esa es una pregunta por la que angustiarme mañana.

Esta noche, quiero intentar vivir el momento. Dejando que me guíen mis instintos por una vez, le doy la mano y entrelazo los dedos con los suyos. Tengo la tarea de controlar nuestro ritmo y esto —cogerle de la mano en la calidez silenciosa de su cuarto— es el rayo de luz que necesito para poder lidiar con la tormenta de incertidumbre que se cierne sobre mí.

Él se me acerca hasta que el brazo le queda rozando el mío. Coge un boli de la mesita de noche y empieza a dibujar en la mano que le he dado. Una flor diminuta en el primer dedo. Una mariposa debajo del meñique. Una pelota de básquet en la parte interior de la muñeca. Me pregunto si habrá empezado a hacer estos esbozos por Naya o si es ella la que lo imita a él.

—Nunca había invitado a nadie a casa —me dice mientras me dibuja un rayo en la palma de la mano—. Ni siquiera a Trev.

—¿Y eso?

La voz le sale grave como un trueno.

—La casa en la que me crie era una pesadilla. Y mis primeras casas de acogida no fueron mucho mejores. Durante mucho tiempo, el colegio fue mi único espacio seguro. Me acostumbré a compartimentar y nunca he dejado de hacerlo.

—Madre mía, Isaiah —le digo con el estómago revuelto—. No me lo puedo ni imaginar.

—Tampoco querría que te lo imaginaras. Lo que quiero decir es que me ha costado años de terapia y un montón de paciencia por parte de Marjorie, pero por fin confío en que mis relaciones son seguras. Esta casa es segura. La vida que he construido es firme. Y quiero que formes parte de ella.

Deja de dibujar y me sonríe con dulzura y yo me siento muy acogida, muy cómoda, muy a gusto con él en su cuarto y en su casa, con la gente que conforma su familia.

¿Tan malo sería salirme del camino lleno de baches por el que llevo un tiempo intentando avanzar?

¿Desviarme hacia Isaiah en lugar de ir hacia un futuro que ya no siento como mío?

¿Tan malo sería permitirme instalarme en este mundo?

Canasta sobre la bocina

Esperó una invitación oficial para ir a verlo jugar.
Llegó cuando estaban sentados en tornos
de arcilla colindantes.
Él estaba haciendo un jarrón precioso.
Ella estaba volviendo a empezar, ya que su anterior intento
se había derrumbado bajo sus manos embarradas.
«Jugamos contra el Rudolph», le dijo él. «El viernes
por la noche. Un rival duro. ¡Vendrás?».
No levantó la vista de su arcilla, pero
la esperanza brillaba, fosforescente, en su voz.
«Vale», respondió ella, aunque animar
a otro chico para que ganase era
un paso más que la alejaba del primero.
Al cabo de dos días, está sentada
en un banco lleno de gente,
apretada entre sus amigas.
El partido tiene un ritmo rápido, emocionante.
Los jugadores son agresivos.
Nunca había visto ese lado del chico.
Está acostumbrada a su gesto contemplativo
y sus manos cubiertas de arcilla.
Su voz tranquila y su mirada penetrante.
En el campo, es dinámico, un líder,
un fuerte destello de luz blanca.
Va un paso por delante de sus compañeros
y a kilómetros de sus oponentes.
Aun así, el partido está igualado.

Las suelas de goma chirrían
en contacto con la madera pulida.
        Los jugadores dan voces, los espectadores gritan.
En cada posesión un equipo se pone por delante.
        La chica y sus amigas están de pie, levantan las manos,
chillan como si la victoria dependiese del ruido que hacen.
Ella grita el nombre del chico porque tiene la pelota.
        Quedan segundos.
        Él se frena en seco justo delante de la línea
de tres puntos.
Los defensas del Rudolph de acercan.
Él lanza.
        Un tiro sobre la bocina.
El tiempo se detiene mientras la pelota
dibuja un arco en el aire.
        Ella cierra los ojos. Es demasiado.
Lo oye: el suspiro del cuero atravesando la red de nailon.
        La afición del Instituto East River estalla.
        Los pies de la chica se levantan del suelo,
la energía del pabellón la propulsa hacia el cielo.
Aplaude, grita, abraza a sus amigas.
Se alegra muchísimo de haber ido.
        En la pista, el equipo lo celebra abrazándose.
        El chico ha vuelto a transformarse,
sonriente, con el triunfo en los ojos.
Se queda mirándola intencionadamente,
fijamente, con intensidad.
        Ella le devuelve la mirada.
        El chico la llena de seguridad,
de autonomía, del deseo de sentir.
        Se le nubla la vista.
Piensa en el día que se conocieron, en el beso.
        «Yo iré a tu lado», le había dicho él.
        Y ella lo cree.

CORAZONES CAPRICHOSOS

Dieciséis años, Virginia

La graduación de Beck fue un soleado sábado por la tarde en el EagleBank Arena en la Universidad George Mason. Mis padres y yo fuimos a la ceremonia con los Byrne y, cuando Beck caminó por el escenario para recoger el diploma, parecía muy adulto, muy realizado. Se le dibujó una sonrisa radiante en la cara cuando oyó nuestra ovación. Yo sonreí y lo saludé con la mano y maldije el final del verano, momento en el que tendría que irse a la UMV.

Después, mientras esperábamos a Beck fuera, mi madre, Bernie, las gemelas y yo nos hicimos unos selfis. Mi padre y Connor nos miraron, seguramente alegrándose de que todavía no los hubiéramos arrastrado a posar. Cuando aparecieron los graduados, hubo más fotos: Beck con Raj, Stephen y Wyatt. Beck con sus padres y con sus hermanas y conmigo. Bernie insistió en pedirle a un desconocido que pasaba que sacase una de todo el grupo.

Nunca había estado tan inmensamente feliz ni tan completamente desconsolada.

El amor es confuso.

Los corazones son caprichosos.

Hacerse mayor es una mierda.

Cuando íbamos por el aparcamiento de camino a la cena, sonó el nombre de Beck. Ahí estaba Taryn, pavoneándose hacia nosotros con su toga y sus sandalias de cuña.

Beck me paró y Bernie, que se llevaba a las gemelas, gritó:

—¡Os vemos en el Bellisimo!

A mí me hubiera apetecido más subirme al coche de mis padres o al de los Byrne que ver a Beck interactuar con Taryn, pero él me apretó la mano y musitó:

—Solo un minuto.

Un minuto bastó para que Taryn atrapase a Beck en un abrazo. Para que le dijese que le había encantado estar en el equipo de atletismo con él y que estaba segura de que haría cosas increíbles. Para que me hiciese un cumplido por el vestido que llevaba, uno azul que se iba ensanchando conforme bajaba y con tirantes que se ataban detrás del cuello. Durante un minuto entero fue de lo más simpática.

Y, entonces, le dijo a Beck:

—Espero que podamos quedar este otoño. La UMV y la Universidad de Richmond están solo a una hora.

Yo puse mala cara. No tenía ni idea de que Taryn fuese a ir a Richmond. De que iba a estar más cerca de mi novio que yo.

—Estará bien ver una cara familiar de vez en cuando —le dijo ella antes de darle un beso en la mejilla e irse corriendo a buscar a sus amigas o a su familia o el agujero del que había salido.

De camino al Bellisimo, Beck me preguntó si estaba bien.

—Mejor imposible —le dije.

Él decidió seguirme el juego.

Durante toda la cena, fingí amabilidad.

Por dentro, había perdido la cabeza.

Después de cenar, la familia se fue a casa. Beck y yo fuimos a la fiesta de graduación que llevaba el mes entero en boca de todo el instituto. Era en las afueras del condado de Fairfax, en casa del tío de uno de los compañeros de clase de Beck, que vivía en una finca y había prometido que les confiscaría las llaves del coche a los graduados y les dejaría acampar en su terreno antes de que abrieran los barriles de cerveza. Yo les dije a mis padres que iba a pasar la noche con Macy, lo cual era cierto: Macy estaría en la fiesta.

Beck y yo conseguimos plantar la tienda sin dirigirnos más de diez palabras, aunque, a nuestro alrededor los coches rugían y las mazas metían piquetas y los graduados chillaban y gritaban. Cuando nos metimos en la tienda para desplegar los sacos de dormir, él me rodeó la cintura con un brazo y me atrajo hacia él.

—Estás cabreada.

—No.

—Sé que sí. —Me rozó el cuello con los labios y sus palabras me hicieron cosquillas en la piel—. Se te da como el culo esconder lo que sientes.

Fiel a mi forma de ser, no conseguí tragarme un suspiro amoroso cuando me pasó los dedos por el pelo y me ladeó la cabeza para dejar mi cuello al descubierto. Su aliento era cálido.

Con voz débil, dije:

—No lo estoy.

Él me dibujó un beso en espiral debajo de la oreja antes de decir:

—¿Estás enfadada porque los dos próximos años tienes que quedarte en el insti sin mí?

—Eso será una mierda —admití intentando no estremecerme mientras su boca recorría mi cuello—. Pero no me cabrea.

—Entonces puede que estés gruñona porque has elegido una ensalada rancia para cenar y te hubiera gustado pedirte un filete como yo.

Sonreí sin querer.

—La ensalada estaba buena.

Me rozó la mandíbula con los labios. Su voz sonó grave y segura.

—Vale… Entonces estás enfadada porque Taryn quiere venir a verme en otoño.

—¡No!

Me besó la boca mentirosa y luego se echó hacia atrás para mirarme a los ojos.

—Lia, yo también estaría cabreado si fuera tú. Estaría celoso e irritable y, joder, muy triste.

Me ablandé y me apoyé en él.

—Pero no tienes por qué sentirte así —continuó—. Lo sabes, ¿verdad?

Asentí. Beck era fiel. Y era sincero. Me quería a mí, no a Taryn, y nunca me había dado ningún motivo para dudarlo. Aun así, en pocos minutos, me había convertido en la reina del drama. No tenía nada de lo que preocuparme, lo sabía. Entonces ¿por qué estábamos escondidos en una tienda cuando podríamos estar de fiesta con nuestros amigos?

—Vamos a divertirnos —le dije.

Aquella noche, divertirnos implicaba música alta, cientos de personas y bebida ilimitada.

—Puede que lo haga con Beck luego —le revelé, lánguida y suelta, a Macy.

Ella soltó un viva y dio un trago de su vaso. Estaba lleno de Boone's Farm de naranja y melocotón, uno de los distintos sabores del licor que nos había conseguido la hermana mayor de Wyatt, que estaba en el último curso en la Universidad de Marymount, mucho mejor que la cerveza de barril que estaba bebiendo la mayoría.

—¿En una tienda?

—Sí, superromántico, ¿no?

—Eh, bueno, si estuvierais en la cima de una montaña o en la playa o algo… Y solos. —Miró el campo, que estaba plagado de vasos de plástico tirados por el suelo e iluminado por lo que ahora sé que era una luna llena de mal agüero.

Las notas de bajo resonaban en varios altavoces que competían. Había gente por todas partes. Yo no tenía ni idea de dónde habían ido Beck y los chicos, pero no me importaba demasiado. Me lo estaba pasando bien con Macy.

—Este lugar es bonito —insistí, y las palabras chocaron unas con otras.

—Y una mierda.

—Pero, Macy, es la graduación.

—Sí, la de Beck, no la tuya.

Di un sorbo de naranja y melocotón. Sabía a néctar, dulce y meloso. Me encantaba.

—Quiero que esta noche sea especial para él.

Macy arqueó una ceja juzgadora.

—Y yo quiero que tu primera vez sea especial para ti.

—Lo será, porque será con Beck.

Ella se rio y chocó el vaso con el mío.

—Entonces podría serlo también en cualquier otro momento, porque será con Beck. Haz lo que quieras, pero yo la primera vez lo haría en una cama. Y ¿en serio quieres que os oiga un campo lleno de gente? —dijo señalando con la mano las hordas de asistentes a la fiesta que llegaban hasta donde alcanzaba la vista—. O peor: que os interrumpan.

—Tranqui, no haremos ruido.

Se rio por la nariz.

—Seguro que no… Si ya estás gritando ahora.

Di otro trago de bebida y sopesé sus preocupaciones, porque era Macy y siempre quería lo mejor para mí. Después, la atraje hacia mí para poder hablar más bajo… aunque tampoco es que estuviera dando voces.

—¿De verdad crees que debería esperar?

—Si me estás preguntando mi opinión, si no estás segura al cien por cien, espera. Tienes todo el verano.

—Y luego toda la vida —dije levantando el vaso como en un brindis.

Fuimos a buscar a los chicos y los encontramos no muy lejos de donde habíamos estado hablando. Raj y Stephen estaban compitiendo por ver quién se bebía antes una lata de cerveza entera, mientras que Wyatt, Beck y un grupo de chicas de su clase los animaban. Taryn estaba allí. Se había cambiado el vestido por unos pantalones cortos y una camiseta de tirantes y llevaba un vaso de plástico en la mano como sus amigas. Macy y yo nos detuvimos en la zona fuera del círculo donde podíamos ir bebiendo nuestro Boone's Farm sin interrumpir la diversión de los chicos.

Macy procedió en ese momento a describir con todo lujo de detalle la primera vez que Wyatt y ella se acostaron. Si no llevara tres cuartos de botella de licor de malta en el cuerpo, se me habrían puesto colorados hasta los dedos de los pies, pero, en mi estado, solté risitas, tomé unas cuantas notas mentales y me volví a mirar a Beck. Estaba rechazando la invitación a participar en la competición de beber cerveza. Llevaba el mismo botellín de Bud Light desde que se había marchado con los chicos. Lo sabía porque antes lo había observado despegar la etiqueta. Estaba bastante segura de que se lo estaba tomando con calma para cuidar de mí y eso me hizo querer desoír el consejo de Macy sobre esperar.

Cuanto estaba amontonando latas vacías con los pies, di un paso hacia él, pero, antes de que pudiese entrar en el círculo, Taryn le saltó encima y le rodeó el cuello con los brazos. Él se tambaleó, sorprendido, y un géiser de cerveza salió de su botella cuando atrapó a Taryn en el aire. La bajó y, cuando ella estuvo en el suelo, Beck dejó caer los brazos a los lados del cuerpo.

Ella no.

Se aferró a él como un perezoso que llevaba unos vaqueros cortados muy cortos y le dijo algo al oído. Él se rio. Ella también, echando la cabeza hacia atrás. Se había vuelto a poner de puntillas, como aquella misma tarde cuando le había dado un beso en la mejilla. Estaba más cerca de él de lo que yo me hubiera acercado nunca al novio de otra, con las caderas en contacto y las mejillas también. Yo estaba dividida entre querer alejarme y echarle lo que me quedaba de bebida en ese pelo increíblemente brillante.

—Puaj —dijo Macy al seguir mi mirada—, la suplente.

Estaban ya inmersos en lo que parecía ser una conversación de verdad. Ella seguía tocándolo. Él seguía sin apartarse. De hecho, se inclinaba hacia ella para oír lo que le decía con un brillo de interés en los ojos. Me había mirado así miles de veces. Nunca se me había ocurrido que podía tener la misma expresión cautivada hablando con otras chicas.

Pensé que podría vomitar.

En lugar de eso, me enderecé y tragué lo que me quedaba de bebida.

—¿Vienes a las tiendas conmigo? —le pregunté a Macy.

—Ni lo dudes —respondió con tono cabreado.

No soportaba que las chicas se fastidiaran unas a otras.

Di media vuelta. Se me acumularon las lágrimas en los ojos y mi nombre rompió el escándalo de la fiesta.

Beck estaba detrás de mí y apartó a Macy para poder cogerme la mano.

—Oye —dijo sin aliento—, ¿adónde vas?

—¿A ti qué más te da? —La voz se me quebró, lo cual fue vergonzoso—. Te lo estás pasando muy bien sin mí.

Miró donde estaba plantada Taryn observándonos. Cuando se volvió de nuevo hacia mí, tenía una expresión arrepentida en la cara.

—Solo estábamos hablando.

—Sí, ya lo he visto.

—Oye —dijo—, no te pongas así.

Yo resoplé.

—¿Cómo te sentirías tú si me vieras encima de un tío?

Miró a Macy.

—¿Cuánto ha bebido?

Ella se encogió de hombros.

—Lo suficiente.

—Tranquilo, que del cabreo se me ha pasado el pedo.

Tambaleándome un poco, me fui corriendo, notando como me gorgoteaba el estómago.

Macy me siguió.

Beck no.

ALGO REAL

Diecisiete años, Tennessee

L as chicas y yo bajamos por las gradas saboreando los últimos sorbos de victoria.

El pulso se me acelera.

En mitad de la celebración, me ha buscado, una cara entre cientos. Su mirada se ha encontrado con la mía y ha sonreído. En ese momento, mi corazón ha hecho algo que no hacía desde hacía meses: se me ha inundado de alegría.

El aire del pabellón es húmedo, está espeso y huele a almizcle y fervor. Tengo tanto calor que seguramente el maquillaje me esté resbalando por la cara, pero me da igual. La piel me hormiguea, lo veo todo brillante y la coleta me va de un lado al otro. Me siento bien. Mejor de lo que me he sentido desde hace más de un año.

Salimos al vestíbulo del pabellón, en cuyas paredes hay montones de trofeos y fotos del atleta del año de hace décadas hasta ahora. En el Instituto Rosebell hay un salón de la fama parecido. Ahí está colgada la foto de último curso de Beck, que le sacaron en otoño hace dos años. El pelo caoba complementa el rojo y dorado de las hojas de los árboles. Sonrisa pilla, espalda ancha, piel pecosa. Es la misma foto que hay colgada en casa de sus padres, enmarcada en madera oscura.

Vacilo en el siguiente paso, como si Beck hubiera tendido una mano fantasma para agarrarme.

Paloma se detiene y se vuelve a mirar el lugar en el que me he parado. Lleva una sonrisa permanente en la cara desde esta tarde, cuando se ha enterado de que la habían aceptado en la USC. Ahora me lanza una mirada inquisitiva.

Yo intento deshacerme de todo: del recuerdo, de la obligación, de la culpa.

Asiento, pero no estoy segura.

¿Está bien estar bien?

Una vez que salgo fuera, me siento más liviana, más despejada. Así es como vivo. Con altos y bajos que vienen y van, recordatorios repentinos de lo que he perdido y lo que he encontrado. El viento invernal nos rodea a mis amigas y a mí y vuelve a encender la emoción que la tristeza ha intentado apagar.

Meagan y Soph marcan el camino, cogidas de la mano, mientras cruzamos el recinto oscuro. Repasamos el partido: «¿Habéis visto cuando…?» y «No me puedo creer que…» y «¡Joder, menudo lanzamiento!».

—¿A la fiesta de Molly? —pregunta Paloma para confirmar el plan de la noche.

—Claro —contesta Meagan—. ¿Quién conduce?

Ella y yo hemos venido con Paloma a Rudolph. Sophia ha venido más tarde por culpa de un entreno de vóley que no ha terminado hasta justo antes del partido de básquet. Esta noche dormimos todas en su casa porque sus padres no esperan despiertos para olernos el aliento al llegar.

—Yo —dice Sophia—, mañana venimos a por tu coche, Paloma.

Cuando nos acercamos al aparcamiento, con su zona para autobuses, Meagan da una vuelta con los brazos abiertos. Sophia se le une en una serie de piruetas que hacen que ambas suelten una carcajada. Paloma se ríe y tira de mí.

—Lo he visto, lo del pabellón —dice en el espacio que queda entre nosotras—. Isaiah. Después de la bocina. Te ha buscado.

Podría hacer ver que no sé de qué me habla, pero después de medio año de amistad me conoce bien.

—¿Tú crees que...?

Me interrumpe sonriendo.

—Lo creo.

Salimos de entre los edificios. Sophia y Meagan van armando escándalo delante y Paloma y yo nos reímos porque, madre mía, entre Isaiah y yo hay algo. Algo más que cerámica y tonteo. Algo más que la pérdida y las dificultades compartidas. Algo nuevo y prometedor. Algo real.

Mi nombre atraviesa la noche.

Me doy la vuelta y arrastro a Paloma conmigo. Recorro el aparcamiento con la mirada buscando la fuente del grito. Hay un autobús escolar parado que suelta nubes de humo. Se ven los jugadores del East River a través de las ventanas abiertas y están haciendo mucho ruido.

Isaiah no está en el bus. Está a unos pasos de él con las manos en las caderas, la frente alta, la espalda erguida y los ojos puestos en mí. Sonríe y me llama.

—Ven.

Las mariposas se despiertan en mi barriga.

Paloma me empuja hacia delante.

Meagan frunce los labios haciendo como que da un beso al aire.

Sophia sonríe.

—Te esperamos en el coche.

El corazón se me colma de amor por las tres.

Me acerco dando saltitos a Isaiah.

CRESCENDO

Diecisiete años, Tennessee

Se me acerca a grandes pasos y en un momento ha recorrido la acera oscura. Cuando estamos a pocos pasos, abre los brazos.

Esta noche, soy una chica impulsiva, que vive el momento, que se está enamorando de un chico... De otro chico. Me lanzo a sus brazos y le rodeo el cuello con los míos, dejando atrás la puta carga que he ido arrastrando.

Él me atrapa riendo, con el pelo empapado de la ducha y oliendo a enebro y menta.

—Has estado genial —le digo.

Sonríe.

—Me alegro de que hayas venido.

—Te dije que vendría.

—Sí. Pero no todo el mundo cumple sus promesas.

Le cojo la cara entre las manos. Y, con suavidad intencionada, le digo:

—Yo sí.

Tiene la mirada fija en la mía. Me inclino hacia delante para ver los muchos tonos de marrón que hay en sus ojos sin fondo.

Me muero de ganas de besarlo y creo que... tal vez...

No, él me atrae hacia sí, me abraza con fuerza, reconfortándome de una forma que no sabía que necesitaba.

La noche se ha quedado en un silencio extraño.

Cuando me echo atrás, veo a los jugadores del equipo pegados a las ventanas del bus. Están boquiabiertos, todos y cada uno de ellos, y Trevor luce una enorme sonrisa de satisfacción.

Estallan en una ovación.

Isaiah se vuelve y, con una risa grave, dice:

—Serán idiotas.

Yo sonrío.

—Te están animando.

—Quieren un espectáculo —contesta él, con cara de paciencia. Me suelta y, por desgracia, yo también a él. Cuando mis pies vuelven a tierra firme, me coge la mano—. ¿Vas a la fiesta de Molly?

—Sí, ¿y tú?

—Ahora sí.

En casa de Molly, una casa de la época victoriana al lado del río, hay botellas de bebida en fila en la encimera de la cocina. Ella ha comprado latas de refresco y bolsas de patatas y galletitas saladas. Cuando llegamos las chicas y yo, Molly está en la cocina repartiendo vasos como toda una anfitriona. Me abraza. Ahora somos amigas porque Isaiah y Trev son amigos, y me alegro. Paloma, Meg y yo terminamos bebiendo cerveza de jengibre con un chorro generoso de vodka de vainilla. Sophia, que esta noche es la conductora, se bebe su refresco sin nada de alcohol cuando brindamos por Paloma y su admisión en la USC.

Voy por la mitad del segundo vaso, cotilleando con las chicas en la sala de estar, cuando hay una erupción de vítores y aplausos cerca de la entrada de la casa.

—Ha llegado el equipo —dice Meagan, con voz de locutor. Choca su vaso con el mío—. ¿Preparada?

Yo estoy algo achispada, algo nerviosa, pero gracias al subidón de la victoria del equipo que todavía persiste y a un poquito de valor en forma de alcohol, me resulta fácil sentirme segura de mí misma.

—Mucho.

—Aquí nos tienes —dice Paloma, como si estos últimos seis meses no me lo hubieran dejado clarísimo.

Las envuelvo a las cuatro en un abrazo con sabor a vodka de vainilla.

—Voy a buscarlo.

Isaiah está en la cocina con algunos chicos del equipo, incluido Trev. Se están pasando refrescos y engullendo galletitas y armando jaleo. Yo me quedo algo apartada dando sorbos de mi vaso y observando a Isaiah reír con sus amigos. Son todos guapos, todos alegres y encantadores, pero él es una luz entre ellos, una luna llena en un cielo lleno de estrellas.

Trevor me ve. Le da un codazo en el costado a Isaiah.

Isaiah se vuelve, abandona su Coca-Cola y cruza la cocina.

Yo también dejo el vaso a un lado y voy a sus brazos. Uno las manos en la parte baja de su espalda y apoyo la cabeza en su esternón. Él me abraza como el día que nos conocimos, como antes en el aparcamiento: como si dejarme ir fuese impensable.

La cocina se despeja, seguramente porque Isaiah y yo nos estamos abrazando como dos raritos.

Él se echa atrás para mirarme a los ojos.

—Te he estado esperando —le digo, porque no puedo seguir fingiendo, ya no.

Él sonríe. Coge mi vaso. Mira dentro.

—Hay que llenarte el vaso.

Lo sigo hasta la barra improvisada. Busco una parte de la encimera que esté seca y me siento de un salto mientras él olfatea los restos de bebida del vaso.

—¿Cerveza de jengibre?

—Ajá —contesto, y apunto al Smirnoff que Meagan ha usado para hacer el combinado—. Y esto.

—Qué clase —bromea, y abre una lata de refresco.

Encuentra hielo en el congelador y me prepara la bebida siendo algo menos generoso con el vodka que Meg. Tras abrir tres cajones diferentes, encuentra la cubertería. Usa una cuchara sopera para remover el cóctel y me pasa el vaso.

Yo doy un sorbo. Entra muy bien, como si fuera jarabe.

—¿Tú no bebes nada?

Señala la Coca-Cola que ha abandonado hace unos minutos.

—Nada de alcohol durante la temporada.

—Eres muy responsable.

Por primera vez, estamos a la misma altura gracias a mi asiento en la encimera. Me gusta mirarlo directamente a los ojos.

Se me acerca.

—No tengo otra.

—Yo antes lo era.

—¿Y ya no?

Levanto el vaso y me encojo de hombros.

—Menos. La antigua Lia no habría perdido una hora del día yendo a Cerámica, eso seguro.

—Me gusta la Lia de ahora —contesta él muy serio.

—Creo que a mí también empieza a gustarme.

Dirige su atención a mi boca y frunce el ceño. Los ojos se le cierran en una serie de parpadeos rápidos como si estuviera intentando aclarar sus pensamientos.

—¿Qué te pasa por la cabeza?

Apoya una mano en mi rodilla. El calor de su palma se cuela a través de la tela de los vaqueros.

—Estoy pensando en besarte. —Suelta una risa reticente—. Pienso mucho en ello.

—¿Y por qué no lo haces?

Él duda, aparta la mano y se cruza de brazos.

—No sé si estás lista.

—Podrías preguntármelo.

Niega con la cabeza.

—No sé si hace falta. Lo echas de menos. No puede ser de otra forma. Pero no puedo besarte y preguntarme si te estás acordando de él. Si me estás comparando con él. Si te gustaría que fuera él.

—Nunca haría eso.

—¿Te llamaba Amelia?

—A veces.

Observa mi mano derecha, con su anillo de oro blanco y dos piedras brillantes. Con cuidado, como si pudiera quemarlo, lo toca.

—¿Te lo dio él?

—Sí.

—¿Alguna vez te lo quitas?

—Me lo quité, cuando… —Las palabras se atascan en el nudo que tengo en la garganta. Trago, sin apartar la mirada de la suya. Es imperativo que me explique, que le haga entender cómo ha evolucionado el simbolismo del anillo—. Dejé de llevarlo mucho tiempo. Verlo era demasiado duro. Me recordaba lo que había perdido. Pero volví a ponérmelo en noviembre.

—Porque lo quieres.

—Porque quiero volver a creer en un futuro lleno de posibilidades.

En voz baja, dice:

—Y entonces, me conociste a mí.

«Aparecerá cuando menos te lo esperes».

—Y entonces —repito pensativa— te conocí a ti.

Le cojo el dobladillo de la sudadera y tiro de él hasta que está colocado entre mis rodillas. Podría inclinarme, poner la boca sobre la suya, pero, si quiere afrontar esto, si quiere estar seguro, yo también lo quiero.

Susurro:

—Yo también pienso en besarte.

Parpadea y ladea la cabeza como hace Comandante cuando intenta descifrar el significado de lo que le digo.

—¿Desde cuándo?

—Desde el primer día que fui al club de arte. Cuando dibujé tu cara. —Levanto la mano y le paso la punta del dedo por el puente de la nariz—. Supe que quería otra oportunidad. Quería besarte bien, por los motivos correctos. No estaba lista, pero pensaba en ello. Mucho. Y la verdad es que me daba mucho miedo, pero también me daba esperanza. —Le aparto el pelo de la frente revelando la cicatriz, que contrasta mucho con el tono aceitunado de su piel—. Todas las tardes en Cerámica, aquel día en la pista de básquet, la otra noche en tu casa... No me digas que no se nota que me gustas.

La boca se le curva en una sonrisa.

—Puede que se note.

—Puede que se note, ¿pero...?

—Pero yo no suelo tener esa suerte.

Sonrío.

—Si llamarle la atención a una chica que a veces se siente triste de cojones, aunque su vida empieza a ir rodada es tener suerte, pues, sí. Eres de lo más afortunado.

Descruza los brazos para cogerme la cara entre las manos.

—Dime qué quieres.

Mi respuesta llega sin contemplación: me inclino hacia delante y lo beso.

Él responde y no se parece en nada aquella primera vez en noviembre. Esta noche somos suaves y dulces, vamos con cuidado con la fragilidad de la burbuja de jabón que es este momento... hasta que la mano de Isaiah pasa de mi cara a mi cuello y lo que ha empezado con cuidado va creciendo poco a poco, y se convierte en caras sonrojadas y respiraciones aceleradas.

Si querer a Beck era como una nevada serena, enamorarse de Isaiah es una tormenta de nieve: intenso, desorientador, emocionante. Me estremezco y me acurruco contra él, decidida a sobrevivir a la ventisca.

Bola de billar mágica

¿Me odiaría Beck si lo supiera?
RESPUESTA CONFUSA, VUELVE A INTENTARLO.

¿Mis padres se pondrán hechos una furia si se enteran?
SIN LUGAR A DUDAS.

¿Le romperé el corazón a Bernie?
PUEDES CONTAR CON ELLO.

¿Estoy haciendo lo correcto?
NO SE PUEDE PREDECIR AHORA.

¿Soy una persona horrible?
MIS FUENTES DICEN QUE NO.

¿Debería dejar de creer en el destino?
MEJOR NO DECÍRTELO AHORA.

SINSENTIDO

Dieciséis años, Virginia

La mañana después de la fiesta de graduación de Beck, me desperté en una tienda de campaña, en un campo, angustiada por la vergüenza y también con angustia de verdad. Tenía los recuerdos borrosos, la cabeza me palpitaba y la garganta me convulsionaba por las ganas de vomitar. Gateé, mareada, para abrir la cremallera de la puerta y saqué la cabeza antes de arrojar un líquido que sabía a melocotón rancio.

Una mano me apretó el hombro y luego me recogió el pelo que me caía alrededor de la cara sudorosa.

«Macy, menos mal».

—Joder, Amelia —dijo una voz grogui—. ¿Estás bien?

No era Macy.

Era Beck.

—No —dije apenada, llorando encima del vómito—. Me voy a morir. Puede que ya esté muerta.

Se rio y se arrodilló a mi lado. Con adoración dijo:

—Bebé.

—Creo que voy a vomitar otra vez.

Me cogió la goma que llevaba en la muñeca para poder recogerme el pelo en una coleta y luego me acarició la espalda mientras yo vaciaba el contenido de mi estómago como la principiante bebiendo Boone's Farm que era. Cuando terminé, me pasó unos pañuelos que encontró en mi bolso y me hizo beber agua hasta que dejé de estar verde.

Sintiéndome infinitesimalmente mejor, caí rendida encima de mi saco de dormir, sudorosa y maloliente. Me llevé un brazo encima de la cara para protegerme de la luz. Beck se tumbó a mi lado y me acarició la palma de la mano con los dedos hasta que recuperé el aliento.

—¿Has dormido aquí toda la noche? —le pregunté con los ojos cerrados.

—Sí, vine como un cuarto de hora después de que te fueras.

Me costaba creer que hubieran pasado solo quince minutos desde mi pataleta hasta que me quedé frita. Me parecía que había pasado toda una vida desde la noche anterior.

—Pensé que eras Macy —le dije—. No creía que fueras a querer acercarte a mí después de cómo me había portado.

—Lia, no voy a tenerte en cuenta un arrebato estando borracha. Estabas… lidiando con algo.

Abrí los ojos, no sin esfuerzo, y ladeé la cabeza para poder ver su cara pecosa.

—Sé que no te gusta Taryn… en ese sentido. Es que soy insegura. Y un poco gilipollas.

—No eres gilipollas.

—Pues Taryn pensará que estoy loca.

—¿Qué más da lo que piense Taryn?

La verdad era que a mí, en realidad, me daba igual.

—¿Qué piensas tú?

Sus dedos recorrieron los míos, la palma de mi mano y mi muñeca.

—Pienso que no me gusta pelearme contigo. Podrías haber afrontado mejor lo de anoche; no tienes motivos para sentirte insegura conmigo. —Había tensión en su mandíbula y dudas en sus ojos cuando me preguntó—: Lia, ¿no confías en mí?

—Siempre.

—¿Confías en nosotros?

Sopesé la pregunta. Si confiaba en él, pero no en nosotros, ¿cuál era el problema?

El problema era yo.

Tardé un segundo en reunir el valor para expresar aquella nueva revelación.

—No sé quién soy sin ti. Hemos sido Beckett y Amelia desde que nacimos. Hemos pasado dos años de instituto juntos, pero ahora tú te vas y yo tengo que aprender a vivir sola y... me siento muy perdida.

—¿Y crees que yo no? —me preguntó en voz baja.

—Puede que sí, pero tú eres el que se va.

—Y tú te quedas atrás... Como si me estuvieran movilizando. —Se le nubló la expresión y, con una tristeza enorme, dijo—: Podríamos darnos un tiempo.

Me ahogué a media inhalación.

—¿Quieres decir... romper?

—Sí, supongo. Hasta que tengamos las cosas claras. No sé... Igual tener más espacio haría que esto fuera más fácil para ti.

—¿Eso es lo que quieres? ¿Qué lo dejemos?

—No, joder, pero, si es lo que tú necesitas, me las apañaré.

Su propuesta era un sinsentido, una locura absoluta. Pensar en estar sin él física y emocionalmente me resultaba intolerable. Nunca elegiría una vida sin él.

—No quiero que nos demos un tiempo —le dije—, es lo contrario de lo que quiero.

Bajó los hombros y relajó la cara hasta que quedó su buen humor habitual.

—Entonces te colaré en la UMV conmigo. ¿Qué te parece?

—Ojalá.

Se me acercó y me dio un beso en la cabeza. Cuando se apartó, me dijo:

—Hueles a vómito.

Me reí, lo cual hizo que la tienda me diera vueltas. Cerré los ojos con fuerza y, en la oscuridad, solté otra confesión:

—Anoche pensaba acostarme contigo.

Soltó una risa canina.

—¿En serio?

—Sí, en serio. Hasta... ya sabes.

—Hasta que la cagué.

—Más bien hasta que me puse pedo.

Volvió a acariciarme la mano con los dedos con suavidad.

—Nuestra primera vez no debería ser en una tienda de campaña.

—¡Eso fue lo que me dijo Macy!

Él se rio y se rio, y luego me llevó al 4Runner y me dejó sentada en el asiento del copiloto con todas las rejillas del aire acondicionado apuntándome a la cara mientras desmontaba la tienda, limpiaba nuestra zona y cargaba el coche.

Incluso sufriendo la resaca, estaba muy feliz, me sentía muy afortunada por existir en el mundo con Beck.

UNA CONVERSACIÓN

PALOMA: Tías, la USC ha mandado a Liam al proceso de admisión ordinario ☹

MEAGAN: Joder.

LIA: Madre mía, lo siento.

SOPHIA: Pero no es un NO.

MEAGAN: Tampoco es un sí.

LIA: ¿Qué plan B tiene?

PALOMA: Universidades en las que había pedido plaza por si acaso y que todavía no le han dicho nada.

SOPHIA: ¿Y qué plan B tienes tú?

MEAGAN: A ella no le hace falta un plan B, ella ha entrado.

SOPHIA: Ya, pero… ¿irías a algún sitio que no fuera la USC?

PALOMA: Qué va, tía. Soy una Trojan de pies a cabeza.

SOPHIA: Seguro que a él lo admiten en el proceso ordinario.

LIA: Seguro. Pero, espera, ¿en serio irías a la USC sin Liam?

PALOMA: Eh… sí. Me pondría muy triste, pero no pienso abandonar mis sueños por un chico.

LIA: Meg, ¿tú irías a Austin Peay sin Soph?

SOPHIA: Eso, Meg, ¿irías?

MEAGAN: Me acojo a mi derecho a permanecer en silencio.

SOPHIA: Yo querría que fueras. No querría ser un lastre.

MEAGAN: Yo igual. Y tú, ¿Lia? ¿Si las cosas hubieran sido distintas?

LIA: ¿Que si hubiera elegido una uni que no fuera la de Beck?

PALOMA: Sí, ¿lo pensaste alguna vez?

LIA: Sí, hasta que empezamos a salir.

MEAGAN: ¿Te pidió que fueras a la UMV?

LIA: Sí, y yo quería ir. La verdad es que pensaba que no podría sobrevivir lejos de él, pero ahora…

SOPHIA: ¿Ahora qué?

LIA: Ahora sé que puedo.

MURALLAS

Diecisiete años, Tennessee

El domingo por la noche quedo con Isaiah en el Over Easy, un restaurante del centro. Es pequeño y *kitsch*, con el suelo a cuadros blancos y negros y portadas de discos adornando las paredes. Huele a fritanga y a carne a la brasa y, aunque he cenado lasaña con mis padres después de hablar por mensaje con las chicas, el estómago me ruge cuando me siento a la mesa delante de él.

Pedimos refrescos y trozos de tarta de arándanos y de *chess pie*. Cuando le digo que mi amiga de Virginia, Macy, no supo lo que era el *chess pie* hasta después de conocernos a Beck y a mí, los hijos de dos mujeres de Mississippi y orgullosas de serlo, se ríe.

—¿Tu madre...? —empiezo a decir antes de callarme de pronto.

No sé por qué, dudo que su madre sea de las que se ponen el delantal y se ponen a cocinar.

Él termina la pregunta por mí:

—¿Si mi madre preparaba tartas?

Jugueteo con el salero.

—O algo.

—No, ¿y tu madre?

Me encojo de hombros no queriendo presumir de repostería casera.

—Sí —concluye Isaiah—. No te sientas mal, Lia. Marjorie cocina a todas horas. Y Naya también, pero, cuando era pequeño… Tuve una infancia diferente de la tuya.

—¿Cómo crees que fue la mía?

Me mira como si le hubiese hecho una pregunta complicada.

Le doy una patadita en el pie.

—En serio, si tuvieses que suponer tres cosas sobre cómo me crie, ¿cuáles serían?

Al cabo de unos segundos, las cuenta con los dedos:

—Nunca tuviste que preocuparte por si ibas a tener cena. Siempre has tenido regalos debajo del árbol en Navidad. Y tus padres te abrazaban, y todavía te abrazan.

Me arrepiento de haber preguntado.

Mucho.

Porque si tuvimos infancias diferentes, como acaba de decir, eso significa que él sí que tuvo que preocuparse por si iba a poder cenar, que no tuvo regalos de Navidad y que sus padres no lo abrazaban.

—Tu infancia fue como debería ser la de cualquier niño —me dice cuando la camarera nos ha traído los refrescos—. No te preguntes si te merecías esas cosas.

Asiento, aunque no puedo evitar hacerme la pregunta.

—Puedes hablar de ello —le digo—. Del pasado. De tus padres. De lo que sea. De todo.

—Y hablo. Con un profesional de la salud mental.

Sonrío.

—Quiero decir que puedes hablar conmigo.

—Sí, pero no pienso echarte encima mis traumas para que tengas que cargar tú con ellos.

Bajo la vista hasta la mesa, pulida por décadas de comensales que se han sentado aquí. Esta conversación se ha vuelto profunda muy deprisa y valoro bien mis palabras antes de levantar la mirada a sus ojos.

—Puedo cargar con muchas cosas.

Me busca la mano y la coge entre las suyas.

—Lo sé, pero hay otra cosa: si te cuento cómo fue mi infancia, por qué terminé en casas de acogida, tu forma de verme... cambiará.

—No, en absoluto.

—Lia, terminaré dándote pena.

—Ya me das pena. —Se encoge como si le hubiera hecho daño y me siento fatal, pero no puedo no terminar de decir lo que pienso—. No me hacen falta detalles para no soportar que tus padres no pudieran darte lo que necesitabas. Ya deseo con todo mi corazón que las cosas hubieran sido distintas. Saber qué pasó no va a cambiar eso.

Observa mi expresión pensativo y pregunta:

—¿Por qué es tan fácil confiar en ti?

«En ti encontrará una confidente. En tu corazón, la fe empezará a recomponerse».

La emoción crece en mi pecho. Una ola que avanza hacia la costa, que gana velocidad, altura e intensidad, que se riza y llega a lo más alto, un rocío fino y salado hace que el aire se llene de arcoíris.

—Yo podría preguntarte lo mismo —respondo—. Pero te pregunto esto: ¿Por qué les quitaron la custodia a tus padres?

Suelta un suspiro que suena a rendición.

—Hubo muchos motivos. Eran drogadictos. Nuestra casa era un vertedero. La comida era una moneda de cambio. La higiene brillaba por su ausencia. Faltaba muchísimo al colegio. Nunca traía lo que tenía que traer: material escolar, permisos de mis padres, comida. Me crie solo mientras mis padres se metían veneno en las venas.

Hace una pausa para observar nuestras manos unidas. Cuando su mirada encuentra la mía de nuevo, está vacía.

Me preocupa que haya vuelto a casa de sus padres, a la mente del niño que era, sufriendo, pero sobreviviendo.

—Me odiaban —dice—. Era un obstáculo entre ellos y la siguiente dosis. Si me daban algo, el desayuno, zapatos o la hora, y no les mostraba suficiente gratitud, lo pagaba con creces.

—¿Qué quiere decir eso? —pregunto con un hilo de voz.

Se señala la cara con un gesto vago de la mano.

—No me destrocé la nariz por patoso.

«Torcida como un camino agreste».

Tengo el corazón en un puño y late con demasiada fuerza y demasiado deprisa. Me duele pensar en un Isaiah pequeño, hambriento de comida, de atención, de afecto. Herido por manos que deberían cuidar.

—Los profesores están en la obligación de informar —dice—. Tienen que llamar a Servicios Sociales cuando el abuso es tan evidente como que un niño vaya a clase con el hombro dislocado. Pero Protección de Menores no me sacó de allí enseguida. Hay un proceso, un intento de preservar la familia y un huevo de burocracia. Una trabajadora social venía a ver cómo iba todo cada pocas semanas. Mis padres dejaron de consumir y montaron un teatrillo convincente. Archivaron el expediente a los seis meses. Al cabo de poco ya estaban volviendo a meterse. Y, cuando yo tenía ocho años, mi madre volvió a quedarse embarazada. Fue niña.

El miedo me recorre el cuerpo.

La camarera se acerca con la tarta. Nos soltamos las manos y ella coloca los platos en el centro de la mesa, junto con tenedores y servilletas.

—Buen provecho —dice alegre.

Yo ya no tengo hambre.

Isaiah no da señales de haber visto la tarta ni a la camarera. Hay cierta rigidez en su postura y su expresión sigue siendo terroríficamente apagada.

Esta exhumación de su pasado tiene su precio.

—Se llamaba Emily —continúa—. Tenía cólicos. Esa es una palabra que aprendí después, de Marjorie. Significa que no dejaba de llorar. Mis padres solían estar demasiado colocados para encargarse de ella, así que yo intentaba calmarla… Cubrir sus necesidades o como se llame… Pero nunca se tranquilizaba. Una noche, dormí como ocho horas seguidas, lo cual no había pasado desde que ella había nacido. Me desperté presa del pánico, seguro de que algo iba mal. La encontré en la cuna, muy callada. Muy quieta. Parecía una muñequita.

Trago saliva, angustiada, con las mejillas consumidas por el calor.

—¿Tus padres…?

—La zarandearon hasta que dejó de llorar. Luego se pusieron hasta el culo y se quedaron KO. Todavía no sé si no se dieron cuenta de que ella se había ido o si les dio igual.

Me levanto de mi asiento y me cuelo en el suyo. Sus manos encuentran mi pierna y yo entrelazo el brazo con el suyo y apoyo la cabeza en su hombro mientras él respira despacio. Tiene una fortaleza imposible, pero detrás de las murallas que levantó su infancia, es todo suavidad, un chico que no quería más que proteger a su hermana pequeña.

—¿Cuándo fue la última vez que los viste?

—Cuando tenía diez años, en el juzgado. Fui un testigo de la acusación. Se pasarán décadas en la cárcel. Lo más jodido es que, durante mucho tiempo, me sentí culpable por haberlos entregado.

—Eso no es jodido, Isaiah, es humano. —Me giro para poder mirarlo a los ojos—. Fuiste un buen hermano para Emily y eres un buen hermano para Naya. Tienes que ser consciente de ello.

Sonríe, pero la pena en sus ojos me hace saber que no está convencido.

—Lo digo en serio —insisto con vehemencia—. Lo que

pasó pudo convertirte en alguien frío y, en cambio, eres... luz.

Levanta una mano para colocarme un mechón de pelo detrás de la oreja.

—Eso es lo más bonito que me ha dicho nunca nadie.

Entonces atrae hacia nosotros nuestros postres olvidados y compartimos tarta como si fuéramos dos personas que no saben nada del dolor.

ETIQUETAS

Diecisiete años, Tennessee

—Besa bien —dice Meagan cuando entro en la biblioteca el lunes por la mañana—. ¿A que sí?

Yo ocupo el asiento que hay delante de ella y, tras encogerme de hombros de forma evasiva, empiezo a sacar todos los libros de la mochila para no tener que contestar a su pregunta.

—Venga —dice Soph—, suéltalo.

—Chicas, no tiene por qué contar nada —las riñe Paloma antes de girarse hacia mí con una sonrisita—, ¡a no ser que quiera!

Sonrío.

—Besa MUY bien.

Sus carcajadas bastan para invocar a la bibliotecaria, que nos chista poniendo cara de paciencia benevolente. Esta vez en voz más baja, Sophia dice:

—Pareces feliz.

—Me siento feliz.

Paloma me aprieta la mano.

—¿Les has hablado de él a tus padres?

—Todavía no.

Antes no les escondía cosas a mis padres, pero ahora tengo una lista de secretos que no deja de crecer... No me hace sentir muy bien.

—Querían a Beck y son superleales a sus padres. No sé si lo entenderán.

—Solo hay una forma de descubrirlo —señala Meagan.

—Ya. Se lo diré, tarde o temprano. Que, a ver, Isaiah y yo ni siquiera hemos definido nuestra relación todavía. No quiero alterar a mis padres con algo que puede que no sea nada serio.

—Isaiah y tú no tenéis algo «nada serio» —dice Sophia.

—Pero no sé si estamos juntos.

—Estáis juntos —asegura Meagan con convicción.

Me encojo de hombros.

—De momento, quiero guardármelo para mí.

—Pues eso es lo que tienes que hacer —sentencia Paloma con un asentimiento resuelto.

Más tarde, en Cerámica, me siento en mi taburete de siempre. Hoy empiezo un proyecto nuevo, la casa a base de planchas que aparece a continuación en la programación de la señorita Robbins. He cogido un trozo de arcilla, un rodillo y guías, pero todavía no he empezado porque estoy ocupada dándole apoyo moral a Paloma mientras le escribe a Liam, que está siendo un capullo integral (las palabras son suyas, no mías).

—Sigue cabreado porque lo han puesto en lista de espera —me dice.

—Lo entiendo.

—Yo también, pero quiere que yo esté llorando con él. ¿No tengo derecho a celebrar que a mí sí que me han admitido?

—Claro que sí. ¿Todavía va a venir para las vacaciones de primavera?

—Ese es el plan, pero ahora mismo parece que todo pende de un hilo, ¿sabes?

Le dedico una sonrisa comprensiva.

—Sí.

Le vibra el teléfono con otro mensaje. Mira con furia el móvil mientras lo lee.

—Te juro —murmura— que estoy saliendo con un niño pequeño. —Me mira y su exasperación es palpable—. Si estuviera aquí, si pudiéramos tener una conversación de verdad, todo sería mucho más sencillo.

Tiendo la mano para pasarle la coleta por encima del hombro.

—Las relaciones a distancia son difíciles.

Mueve los pulgares con furia por la pantalla del móvil.

—Liam es difícil.

—Liam no sabe la suerte que tiene —dice una voz.

Me vuelvo y me encuentro a Isaiah. Los olores combinados de enebro y menta se instalan a mi alrededor y siento la anticipación esparciéndose por mi piel como si fueran chispas.

—Hola —dice.

—Hola —contesto, un saludo con el que se le ilumina la cara.

Me toca el cuello con una mano cálida y se agacha para besarme como si fuera lo más natural del mundo.

Paloma carraspea.

Deja caer el móvil dentro de su cartera y levanta las cejas sin dejar de mirarme.

—Nada serio, ¿eh?

Cuando suena la campana, ella se levanta de la mesa para ir a por la casa hecha de planchas que empezó la semana pasada.

Isaiah se sienta en el taburete que hay al lado del mío. Toca con un dedo mi arcilla informe y pregunta:

—¿Nada serio?

—En el descanso las chicas querían saber qué había entre nosotros.

Curva la boca en una sonrisa insegura.

—¿Y les has dicho que nada serio?

—Les he dicho que no lo habíamos hablado.

Coge con fuerza la base de mi taburete y tira hacia él.

En voz baja, me pregunta:

—¿Eso es lo que lo nuestro es para ti? ¿Nada serio?

Estar con él es como ir con el corazón en la mano. Me hace más feliz de lo que he estado en más de un año. Hace que me pregunte si tal vez sería capaz de hacerlo, de empezar de nuevo. Pero estoy aterrorizada, petrificada, ante lo desconocido. ¿Cómo reaccionarán mis padres? ¿Cómo responderán Connor y Bernie? ¿Cómo sobrevivirá lo nuestro más allá del tiempo que nos queda en el instituto?

¿Es admitir la seriedad de lo que siento por Isaiah darle el último adiós a Beck?

—No me va mucho lo de no tener nada serio —le digo.

—A mí tampoco —dice relajando los hombros—. ¿Crees que necesitamos… una etiqueta?

Estoy avanzando por terreno desconocido. A Beck y a mí nunca nos hizo falta una conversación así. Lo nuestro era algo que se daba por hecho. Era algo recíproco. Con Isaiah, abundan los signos de interrogación. Aunque me gusta que pregunte. Agradezco que dé tanto como pide.

—No me disgusta la idea de una etiqueta.

Saca un boli de la mochila. Tiende la mano abierta con la palma hacia arriba y me mira a los ojos. Pongo la mano sobre la suya y él empieza a dibujar.

—A ver, yo estoy por ti… y a ti te gusto un poco.

—Me gustas más que un poco.

Centrado en el insecto alado que me está dibujando en la muñeca, sonríe.

—¿Y si digo que eres mi novia?

—Pues yo diré que eres mi novio.

Levanta la vista y compartimos una sonrisa hasta que, detrás de él, veo que Paloma vuelve hacia la mesa.

—Estamos a punto de tener compañía —le digo—, así que, a no ser que quieras formar parte de una actualización del estado de nuestra relación, deberías ir a por tu proyecto.

Asiente y añade una antena rizada a su boceto de una libélula. Tapa el boli, se levanta y me pasa la mano por los hombros cuando se aleja de la mesa.

—¿Y bien? —pregunta Paloma dejándose caer en su taburete.

—Teníais razón —le digo mientras ella levanta el plástico de su arcilla—, es algo serio.

Sonríe con satisfacción.

—Tía, llevo compartiendo espacio con vosotros dos demasiado tiempo para no tenerlo claro.

Encuentros

Cuando empezó el semestre,
el almacén del esmalte era funcional,
oscuro, polvoriento. Ahora es un mundo
maravilloso de tentaciones.
Una patadita al pie de ella, un gesto
con la cabeza, un guiño juguetón.
Lo único que tiene que hacer ella es mirarlo.
Él se levanta primero, y se pasea tranquilamente
hacia allí, dirigiéndole una sonrisa inocente
a la profesora por el camino.
Casi podría juntar las manos detrás
de la espalda y ponerse a silbar,
piensa ella, aguantándose la risa cuando
se levanta para ir a su encuentro.
Nunca son más de unos minutos.
La forma en la que él despierta sus sentidos,
la intensidad con la que ella lo desea
—incluso cuando ya lo tiene—
la deja sin respiración.
Él vale el riesgo de que la pillen.
Él le coge las manos y la besa en la boca.
La enciende como una hoguera.
Ella lo empuja hacia atrás, hasta que están
escondidos por la puerta entrecerrada,
y entonces enciende un fuego en él.
Él le peina el pelo hacia atrás y dice:
«Creo que podría estar así para siempre».

ARENA QUE SE AGOTA

Dieciséis años, Virginia

Visualizaba mi último verano con Beck como granos de arena cayendo por un embudo de cristal.

A finales de junio, mis padres y yo fuimos a Rehoboth Beach con los Byrne, donde alquilamos una casa a la orilla del mar. Beck y yo nos pasamos los días jugando en las olas con sus hermanas y las noches paseando por la playa. Comimos sándwiches de crema de cacahuete y miel bajo el sol de mediodía y patas de cangrejo recién pescado para cenar y helado artesano de postre. Volvimos a Rosebell bronceados y felices.

Un día a principios de julio, nos levantamos supertemprano y fuimos en coche a Williamsburg. Estábamos los primeros de la cola cuando abrieron los Busch Gardens. Subimos a nuestras montañas rusas favoritas, acariciamos a los caballos *clydesdale* y nos compramos *bratwurst* y churros. Nos quedamos hasta que cerró el parque. En el 4Runner, de vuelta a casa, me aferré a la mano de Beck y empecé a preocuparme por el tiempo que se agotaba.

El verano pasaba a toda velocidad y nosotros nos esforzamos por terminar la lista de «Cosas que hacer en Washington antes de que Beck se vaya a la UMV». Paseamos por

Embassy Row, comimos tartaletas del Ted's Bulletin —una versión casera de las tartaletas industriales Pop Tart— e hicimos una excursión a la isla de Theodore Roosevelt. Nos llevamos a Norah y Mae a parques de toda la ciudad. Jugamos a juegos de mesa con nuestros padres. Fuimos a fiestas con Raj, Stephen, Wyatt y Macy. Fuimos a cenar a restaurantes elegantes e hicimos maratones de cine en pijama.

Y, entonces, un sábado húmedo de agosto, nos quedamos sin tiempo.

Cogí el coche para ir a casa de los Byrne a despedirme. Connor había subido la camioneta marcha atrás por el camino y ahora estaba cargada con cajas de cartón, un par de maletas y varios cajones de plástico. Yo sabía qué había dentro de cada una porque había ayudado a Beck a hacer las maletas. Estaba todo ahí: su ropa, sus zapatillas, sus bandas elásticas para entrenar y una barra para hacer dominadas que se coloca en el marco de la puerta. Había toallas de ducha por estrenar y ropa de cama nueva elegida por Bernie, porque a su hijo le importaba una mierda cómo fuera su colcha. Eligió una decena de novelas para llevarse, sus favoritas, las cuales yo dudaba que fuera a tener tiempo de leer. Había libretas, bolis, una calculadora gráfica. Un portátil nuevo. Fotos enmarcadas de su familia, de nosotros dos. Estaba todo doblado, envuelto y empaquetado; toda una vida metida en la caja de una camioneta.

Tuve que apartar la vista. Ver las pertenencias de Beck listas para el viaje de más de ciento sesenta kilómetros hacia el suroeste, donde las descargarían en una habitación, donde se quedarían —con Beck—, me hacía querer llorar a mares.

En lugar de eso, entré en la casa. Oí a Connor, a Bernie y a las gemelas en la cocina hablando sobre la comida que se llevaban para el viaje. Los cinco miembros de la familia se iban en coche a Charlottesville. Beck y su padre, en la camioneta. Bernie y las niñas, en el Subaru. El 4Runner se quedaría, porque, según Beck, aparcar por el campus era una pesadilla. Me habían invitado al viaje y, aunque tenía ganas de ir, a la familia de Beck aquello le estaba costando tanto como a mí. No me parecía bien entrometerme en su despedida. Además, estaba bastante segura de que, si ponía un pie en la residencia de Beck, tendrían que sacarme de allí a rastras entre gritos y pataleos.

Mientras Norah berreaba algo sobre pasas, Mae se peleaba porque la dejaran llevarse las galletitas saladas en forma de pez y sus padres hacían un esfuerzo poco entusiasta por mediar entre ellas, yo bajé al sótano.

Beck estaba sentado en la cama con el móvil en la mano.

—Iba a escribirte —me dijo levantando la vista hacia mí y sonriéndome—. Estamos a punto de salir.

Me eché a llorar.

Él se levantó de un salto y me tomó entre sus brazos.

—Joder, Amelia, no quiero que estés triste.

Dejé que me abrazara hasta quedarme ronca de tanto llorar. Entonces, me aparté y usé un tirante de mi camiseta para secarme los restos de rímel de debajo de los ojos. Respiré hondo y me recompuse porque no pensaba permitir que se fuera a Charlottesville pensando que me había dejado destrozada.

—Estoy bien —dije—. Estoy bien. Estoy genial.

—Mentirosa.

—En serio, Beck. Estoy muy contenta de que te vayas a vivir tu sueño.

—Nuestro sueño. —Me dio un beso en la coronilla—. Y, por si no lo he dejado claro, voy a echarte de menos cada segundo que esté lejos.

—¡Beck! —lo llamó Connor desde la planta de arriba—. ¡Hora de ponernos en marcha!

Fuera, Bernie se secaba los ojos mientras sentaba a las gemelas a sus sillitas. Connor, poco sentimental como siempre, tiraba las llaves al aire y las cogía.

Cuando terminó, Bernie dejó a Noray y a Mae en el SUV aparcado y se acercó para rodearme con un brazo y a Beck con el otro. Seguía llorando.

—Mamá, por favor —dijo Beck—, nos vemos en un par de horas.

—Algún día lo entenderás, cuando estés viendo a tus hijitos alzar el vuelo.

La mirada de Beck encontró la mía. Yo también me lo estaba imaginando: él y yo, al cabo de unas décadas, delante de una casa muy parecida a la de los Byrne, ayudando a nuestros propios polluelos a abandonar el nido. Me mordí el labio intentando hacerme la dura en el día que estaba segura que sería el peor de mi vida.

Beck dijo:

—No le alarguemos a Lia este mal rato.

Su madre asintió y me dio un abrazo fortísimo.

—Lo superaremos, amiga.

Me apretó el hombro antes de subirse al Subaru. Connor ya estaba en la camioneta con el motor rugiendo. Beck me tomó entre sus brazos; yo lo abracé como si no fuera a tener otra oportunidad de hacerlo, esperando con todo mi ser que el tiempo que íbamos a estar separados pasase volando.

Cuando nos separamos, sorbió por la nariz y dijo:

—Joder, ha llegado la hora.

—Beckett, no te me pongas blandengue.

—Nunca. ¿Nos vemos pronto?

—Muy pronto.

Y subió a la camioneta con su padre, se alejó por el camino y salió de mi mundo.

FARSANTE

Diecisiete años, Tennessee

El sábado por la tarde, mis padres tienen una cita, la primera desde hace mucho tiempo.

—Cine y luego cena —me dice mi padre mientras se pone las Samba—. ¿Estás segura de que no quieres venir?

—Segurísima —contesto.

Aunque no fuesen a ver una comedia romántica y a cenar a un bistró lleno de mesas para dos, ni loca iría de sujetavelas a su cita.

Y, además, yo tengo mi propia cita.

Mi madre baja alegre por las escaleras. Lleva un vestido de flores, unas Vejas y una chaqueta vaquera desgastada que ha cogido de mi armario. Con el pelo rubio arena suelto, parece despejada y feliz.

—Por Dios, Cam —dice mirando las deportivas viejísimas de mi padre—. ¿Eso vas a ponerte?

Me mira.

—A ti te gustan, ¿a que sí, Millie?

—Me encantan —respondo, y echo un vistazo al reloj.

Si no se van pronto, llegaré tarde.

—En el próximo traslado permanente, van directas al montón de donativos.

—¡Ni hablar! —protesta mi padre, fingiendo estar horrorizado.

Ella se encoge de hombros de forma teatral.

—Las mudanzas son caóticas. Las cosas a veces se pierden.

—Todas mis camisetas de la fraternidad —se lamenta él como si hubiera perdido un tesoro realmente valioso—: desaparecidas.

—Ea, ea —lo consuelo dándole unas palmaditas en el hombro y empujándolo hacia la puerta—. Vais a perderos la peli si no salís ya. ¡Pasadlo bien!

Desde el porche, observo cómo se suben al Volvo. Mi padre le dice algo a mi madre. Ella sonríe agachando la cabeza, por lo que debe de haber sido un halago. Se alejan con unos aires que me recuerdan a cómo eran antes de que nos fuésemos de Virginia, antes de la muerte de Beck, antes de que la vida se embarrase con preocupaciones.

Me trago el sabor amargo de la culpa.

No estarían tan alegres si supieran los secretos que guardo.

Lleno los cuencos de comida y agua de Comandante, me pongo una sudadera con capucha y cacao en los labios y salgo hacia la pista de básquet.

Isaiah está ahí, con Trevor y Molly. Están lanzando tiros locos a canasta, haciendo el tonto. Cuando Trevor mete un triple desde lejos, Molly corre hacia él dando saltos y le besa la mejilla. Entonces Isaiah me ve y su expresión, que hace un segundo era de enojo por el tiro afortunado de Trevor, se transforma. Se me acerca corriendo, me da la mano y me hace dar una vuelta sobre mí misma.

—Eh... ¿por qué estás tan buena con ropa de deporte? —pregunta.

Me río. Llevo unas mallas de correr de color carbón y unas Nike negras con una sudadera azul claro con capucha. Me bajo la cremallera para enseñarle lo que me he puesto debajo: la camiseta del equipo de básquet del East River que me compré de la tienda del instituto.

—He pensado que, si tenía que estar con una estrella del básquet, debía estar a la altura.

La palma de su mano encuentra mi mejilla y su boca, la mía. Nos besamos, una bienvenida que me llena de calidez. Cuando termina, me acaricia la mandíbula y el cuello hasta que sus dedos encuentran el cuello de la camiseta. En un tono muy grave, dice:

—Eres un amor.

Una oleada de emoción se expande por mi cuerpo. Es la primera vez que ha dicho esa palabra. Ha sido solo un comentario de pasada porque me he puesto una camiseta, pero podría haber elegido otras mil formas de decirme que le había gustado. Su elección y este momento me parecen decisivos y pienso que esta noche les daré vueltas antes de dormirme y mañana por la mañana me despertaré recordándolos.

¿Es posible que se esté enamorando? Cuando nuestras miradas se encuentran, sus ojos bailan. Cuando me habla, tiene la voz melosa. Cuando nos tocamos, su cuerpo se relaja como me imagino que hace cuando se hunde en la cama al final de un largo día. ¿No es eso el amor? ¿La comodidad personificada en otro?

A veces, pienso que puede que yo también me esté enamorando.

Pero, cuando esa idea entra en mi cabeza, la palabra «farsante» la sigue de cerca y me preocupa no estar siendo justa con él, estar ofreciéndole solo parte de un todo.

No estoy segura de ser capaz de querer a nadie como quise a Beck.

Me pongo de puntillas y vuelvo a besarlo. Él responde y me atrae hacia él. El corazón se me cubre de tristeza, pero luego se me ensancha a más no poder.

Amor.

Puede... Tal vez. ¿Y si...?

—¡Isaiah! —grita Trevor—. ¿Jugamos o no?

Isaiah se echa atrás y mira al cielo con exasperación.

—Jugamos.

Pasamos un rato en la pista. Los chicos echan carreras enérgicas y nos pasan la pelota a Molly y a mí cuando prestamos la atención suficiente para recibirla. Después de fallar un tiro por poco, Molly se vuelve hacia Trevor y se le sube a la espalda de un salto. Él le coge las piernas riendo.

—Me has prometido que nos compraríamos un yogur helado cuando terminásemos aquí —le dice ella—. Que debería ser, más o menos...

—Ahora —apunta Trev. Nos mira a Isaiah y a mí—. ¿Queréis venir?

—Id vosotros —responde Isaiah.

Observándolos alejarse por la acera, le pregunto a Isaiah:

—¿No te gusta el yogur helado?

—No está mal, pero preferiría unas galletas.

—Yo también.

Miro la hora. La película de mis padres debe de estar acabando, lo cual significa que se irán a cenar y eso, a su vez, supone que tenemos más de una hora antes de que lleguen a casa.

—¿Quieres pasar por la pastelería Buttercup? Podemos ir a mi casa y coger mi coche.

Se coloca la pelota debajo del brazo, me da la mano y nos ponemos en marcha. Nos acercamos a mi casa cuando un sedán plateado dobla la esquina más adelante. No le presto atención, porque estoy encantada con la risa de Isaiah y la calidez de su mano. El coche va aminorando delante de nosotros. Aun así, tardo un segundo.

Es el Volvo de mi madre. Ella está en el asiento del copiloto y mi padre detrás del volante.

Me da un vuelco el corazón.

Mi padre para el coche al lado de donde estamos Isaiah y yo.

Baja la ventanilla.

Se levanta las gafas de sol con la mirada fría.

Mi madre está boquiabierta.

Le suelto la mano a Isaiah.

—Lia —dice mi padre.

Y yo, como una tonta:

—Pensaba que os ibais a cenar.

—Ya hemos cenado —responde mi madre mirándonos alternativamente a Isaiah y a mí.

Yo me alejo un paso.

—No quedaban entradas para la película, así que hemos cenado pronto. —Mi padre carraspea—. ¿Vas a presentarnos a tu... amigo?

Yo miro a Isaiah, que tiene el rostro impasible.

—Isaiah —carraspeo—. Mis padres, Cam y Hannah.

—Coronel y señora Graham —me corrige mi padre, y siento que voy a vomitar.

Nunca en la vida mi padre ha insinuado que mis amigos tengan que dirigirse a él con tanta formalidad. La primera vez que Paloma, Meagan y Soph vinieron a casa, estuvo amable y relajado, y Beck nunca llamó a mis padres por otra cosa que no fueran sus nombres de pila.

—Encantado de conocerles —dice Isaiah—. Lia y yo estábamos...

—Pasando un rato en el parque —lo interrumpo—. E Isaiah me estaba acompañando a casa.

Su mirada busca la mía. Esperaba confusión o preocupación por su parte, tal vez enfado. Sin embargo, su expresión, desoladamente vacía, es mucho peor.

—Claro —conviene él, con la compostura intacta. Señala la casa—. Y ahora hemos llegado... Has llegado, así que me voy.

Se vuelve hacia mí, pero mira justo por encima de mi

cabeza y la mano que antes estaba aferrada a la mía se cierra y se abre en un gesto nervioso.

«Creo que podría estar así para siempre», me había dicho él hacía unos días.

Hoy, me dice con tibieza:

—Nos vemos.

Y continúa andando por la acera, con la pelota debajo
del brazo, solo.

HERIDO

Diecisiete años, Tennessee

La silueta de Isaiah alejándose le hace cosas horribles en mi corazón. Es peor cuando pienso en lo que viene a continuación. Llamará a Marjorie para que venga a buscarlo. Se refugiará en la seguridad de su habitación. Se sentirá como una mierda.

Por culpa mía.

Cruzo el césped hasta la puerta principal, donde me meto en casa. Comandante llega al recibidor al galope todo amor y olfateos. Lo esquivo dirigiéndome a la sala de estar, donde me siento a la mesa y miro con rabia el puzle que estamos haciendo ahora: un arreglo de plantas suculentas, verdes y jugosas, mientras espero a mis padres.

Espero una pelea.

Quiero una pelea.

He colocado tres piezas del borde en su lugar cuando entran por la puerta.

Mi padre está agitado.

Mi madre evita mirarme.

Dejan las llaves, los móviles y las carteras en el aparador.

Mi padre dice:

—Lia, no estamos enfadados.

No lo creo.

Mis amigas tenían razón. Tendría que haberles contado a mis padres lo de Isaiah. Habría sido difícil, pero esto —hacerle daño a Isaiah, el shock de mis padres— es mucho peor.

—Estamos… sorprendidos —continúa diciendo mi padre—. Y confundidos.

Mi madre toma aire temblorosa.

—¿Quién es?

No me gusta cómo se ciernen sobre mí. Ojalá se sentaran. Ojalá me tratarán como a una igual.

—Lo conozco del instituto —les digo—. Está en mi clase de Cerámica.

—¿Es…? —A mi madre se le quiebra la voz y hace una pausa, con dificultades para mantener la compostura—. Ibais de la mano.

No tengo ni idea de qué decir. Sí, íbamos de la mano.

¿Tan terrible es eso?

Una parte de mí está aliviada porque me hayan descubierto. Otra parte de mí desea haber podido guardarme a Isaiah para mí para siempre. Y otra parte más quiere arder, arder, arder hasta ser un montón de ceniza que se lleve una brisa caprichosa.

¿Quiénes son mis padres para interrogarme por pasear por la calle con un chico? Tenía quince años la primera vez que nos vieron besarnos a Beck y a mí y estuvieron entusiasmados. Llevan meses predicando sobre sanar, sobre seguir adelante, sobre forjar mi propio camino… Y ahora que me ven haciendo justo eso, se comportan como unos hipócritas.

Mi madre se queda cerca del aparador, donde ha exhibido orgullosa el recipiente hecho con churros de arcilla que terminé el mes pasado; está torcido como la torre de Pisa. Mi padre se sienta a la mesa. Junta las manos y se inclina como si yo fuese una soldado subalterna bajo su mando.

—¿Lo tuyo con este chico es serio?

En el tiempo lo que dura una respiración, me planteo mentir. Pero no puedo hacerlo, no puedo hacerle eso a Isaiah después de haber minimizado antes su importancia.

—No puedo decir que no lo sea.

—¿Por qué es la primera vez que sabemos algo de él?

—Por esto —digo con la dureza suficiente para que tanto su mandíbula como la de mi madre se queden abiertas—. Porque me miráis como si hubiera hecho algo horrible… Como si hubiera renegado de mi destino. Sabía que sería justo así.

—Lia… —empieza mi madre, pero yo la interrumpo.

—No estoy haciendo nada malo. Solo… intento darle otra oportunidad a la vida, pero si pensáis que no siento culpa cuando estoy con Isaiah, estáis mal de la cabeza. Si pensáis que he dejado de echar de menos a Beck, os equivocáis. Si pensáis que solo soy capaz de querer una vez, igual no me conocéis en absoluto.

A mi padre se le humedecen los ojos.

Mi madre junta las manos como si estuviera rezando, con el gesto constreñido por la infelicidad.

—Solamente nos preocupa que pueda ser demasiado pronto.

—No es cosa vuestra —salto—. Habéis perdido el derecho a tener una opinión hace cinco minutos, delante de casa. Cómo habéis tratado a Isaiah… Dios. Me siento humillada. Ni me imagino cómo se siente él.

Mi madre da un paso adelante.

—Cariño, lo siento. Lo sentimos.

Mi padre asiente.

—Lo arreglaremos. La próxima vez que lo veamos, lo solucionaremos.

Tengo un flashback de lo herido que parecía Isaiah en la acera.

No estoy segura de que vaya a haber una próxima vez.

Mis padres le han hecho daño, pero la culpable de la peor parte soy yo.

He dejado que se fuera.

CAÍDA LIBRE

Diecisiete años, Tennessee

Espero hasta el domingo por la tarde para escribirle a Isaiah. Es una mierda de Qué haces? porque no tengo ni idea de cómo reconstruir el puente que derribé ayer.

Normalmente contesta rápido, pero pasan casi treinta minutos hasta que recibo su respuesta: Nada.

Hecha polvo, le mando a Paloma un mensaje largo con una sinopsis de la gran cagada de ayer. Mientras que Meagan y Soph viven en una burbuja de felicidad edulcorada, Paloma y Liam riñen mucho. Se desafían el uno al otro tanto por temas importantes como por nimiedades, pero tienen una profunda lealtad. Si alguien puede dar consejos sobre cómo arreglar la brecha que he creado, esa es Paloma.

Me llama al momento.

—Tía, tienes que hablar con él en persona.

—¿Y si no quiere saber nada de mí?

—Entonces no es quien pensabas que era.

—Paloma —digo sorteando la piedra de preocupación que tengo en la garganta—, ¿y si he roto lo que teníamos?

Me da su respuesta con una compasión que solo agrava mi culpa:

—Pues te ayudaré a recoger los trozos.

El lunes en el instituto tengo el estómago revuelto. Mi horario no coincide con el de Isaiah hasta última hora y, para cuando llega la clase de Cerámica, estoy casi temblando de ansiedad. Entra en el taller de la señorita Robbins cuando empieza la clase, dilapidando cualquier oportunidad que pudiera tener de hablar con él antes de que sonase la campana.

Paloma se encoge de hombros empática.

La señorita Robbins nos recuerda las fechas de entrega que se acercan y nos deja libertad para que trabajemos.

—Creo que hoy voy a tornear algo —dice Paloma, levantándose del taburete.

Me mira y señala hacia Isaiah con la cabeza antes de irse hacia los tornos.

Él también se levanta, pero, antes de que pueda alejarse, le agarro la mano.

—¿Me ayudas a elegir un esmalte para el proyecto?

Me mira con los ojos oscuros llenos de sospecha —sabe que es mentira—, pero me sigue de todos modos. Yo entorno la puerta del almacén del esmalte lo justo, como hemos hecho todas las otras veces que hemos entrado aquí juntos.

Su aire apático me asusta.

—La cagué —le digo lanzándome al monólogo que he estado ensayando desde la noche del sábado—. Me comporté como si no importaras y eso estuvo fatal y es todo lo contrario a lo que siento. Esto es nuevo para mí, presentarles un chico a mis padres. Sería raro en la mejor de las circunstancias, pero mi situación… Nuestra situación… es complicada. Me estoy esforzando y es probable que la vuelva a liar, pero estoy aprendiendo. Lo estoy intentando. Y te juro, Isaiah, que nunca volveré a tratarte como a una mierda.

Su expresión es indescifrable.

—¿Llevas todo el fin de semana estresándote por esto? —pregunta.

—S-sí. Esperaba que pudiéramos hablar ayer, pero parecías ausente.

—Lo estaba. —Centra la mirada en mí con tanta intensidad que tengo que luchar contra el impulso de apartar los ojos—. Joder, me trataste fatal.

—Lo sé.

—No voy a fingir que lo entiendo.

—No te pido que lo hagas.

—Aunque agradezco la disculpa.

—Es sincera.

—Ya. Entonces… ¿Ya está? ¿Esta es nuestra primera pelea?

Creo que, tal vez, haya algo de humor en su voz.

—Supongo —contesto arriesgándome a sonreír—. ¿Qué tal si también es la última?

Arrastra los pies hacia delante y apoya la mejilla en mi coronilla y yo suspiro, soltando la ansiedad que ha ido creciendo desde el sábado. Estas últimas semanas me he dejado llevar mucho por nuestra relación. Si decide alejarse de mí —si yo lo sigo alejando—, estaré acabada. Caeré en picado sin paracaídas; una caída libre hacia el suelo implacable.

—No pierdas la esperanza en mí —le susurro al algodón de su sudadera.

Él me besa, un beso breve, un beso con un trasfondo de anhelo. Se retira un poco, como si la distancia fuera más una necesidad que un deseo. Luego me sube las manos por los brazos, anclándome al presente y me dice:

—Lia, aunque quisiera, no podría.

REGALO DEL CIELO

Dieciséis años, Virginia

Octubre, penúltimo año de instituto, mis padres me dejan ir a Charlottesville con Connor, Bernie y las gemelas. Al principio estaban reticentes. Yo tenía dieciséis años, era su única hija, a veces era ingenua, bla, bla, bla. Estoy convencida de que tenían en la cabeza imágenes de gente bebiendo cerveza de barril mientras hacían el pino; el tipo de jaleo en el que ellos se metían en la universidad. Ejem. Les vendí el viaje más como una visita a la UMV que como un fin de semana con mi novio con poca supervisión, lo cual tampoco era mentira del todo.

El otoño había resultado ser aún más difícil de lo que había previsto. Yo estaba ocupada en Rosebell, estudiando como una loca, haciendo de vocal de mi clase en el Key Club, siendo vicepresidenta del club de francés y quedando con Macy, que se había convertido en una segunda mejor amiga en ausencia de Beck. Él estaba agobiado intentando cogerle el ritmo al primer año de universidad. Tenía un horario académico agotador y un horario deportivo todavía peor. Cuando no estaba en clase, estaba en la biblioteca o en el gimnasio o con su compañero de cuarto, James, cuyo horario tenía que ser significativamente menos agotador porque parecía que incluía salir de fiesta todos los días de la semana.

A veces, cuando hablábamos, Beck parecía gruñón y sobrecargado de trabajo. A veces, yo buscaba pelea para llamar su atención. Los días más duros, me preguntaba si había sido un error intentar lo de la distancia.

Salimos de Rosebell el viernes por la tarde, cuando yo terminé las clases y Connor salió de trabajar. Me pasé el trayecto hasta la UMV sentada en la tercera fila de asientos del Subaru de Bernie mientras las gemelas veían películas en sus iPads en la fila del medio, hirviendo de anticipación. Solo había tenido un fin de semana con Beck desde que se fue a la universidad, cuando había vuelto a casa por su cumpleaños compartiendo coche. Quería que el tiempo que pasara en la UMV fuera como aquellos días: feliz.

Estaba bastante segura de que lo sería. Connor, Bernie y las gemelas vendrían con nosotros a un partido de fútbol de los Eagles el sábado, veríamos el campus y cenaríamos con ellos, pero ellos dormirían en un hotel. Yo les había dicho a mis padres que iba a dormir en la residencia de Beck, pero con la novia de James, Trish, en la tercera planta del ala de mujeres, lejos de cualquier pene. En realidad, James pasaría el fin de semana con Trish y yo me quedaría con Beck.

Nos esperaba delante del edificio.

Sus hermanas salieron a toda prisa del SUV y corrieron por la acera para abrazarlo. Bernie y Connor la siguieron. Yo me quedé atrás, estirando las piernas mientras observaba a Beck abrazar a su madre y luego a su padre. Mientras Norah y Mae jugaban a perseguirse por el césped de al lado y sus padres intentaban controlarlas para que no chocaran con los estudiantes que volvían a su residencia, caminé hacia los brazos abiertos de Beck. Enterró la cara en mi pelo e inhaló como lo hizo cuando bailamos aquella primera vez en el baile del instituto, como si intentara memorizar el momento hasta los más ínfimos detalles.

Todas mis preocupaciones dejaron de importar.

Beck y yo volvíamos a estar juntos.

Connor y Bernie nos llevaron a cenar a una pizzería cercana. Beck respondió a todas sus preguntas sobre la UMV y ayudó a sus hermanas con los dibujos de unir los puntos que había impresos en sus cartas. Debajo de la mesa, su mano encontró mi rodilla y luego subió despacio hacia mi cadera. Cuanto más tiempo pasábamos sentados a aquella mesa, más rápido me latía el corazón. Cuando Connor propuso que pidiésemos una pizza dulce de postre, casi salgo disparada y atravieso el techo.

Los Byrne nos llevaron al campus antes de irse al hotel. En cuanto Beck y yo pusimos un pie en el ascensor vacío, nos estábamos besando, y no con delicadeza. Después de tanto tiempo sin vernos, después de tanto rato con su familia, el decoro no estaba presente.

Yo tenía la espalda contra la pared llena de rasguños del ascensor y Beck me murmuraba besos por el cuello. Conseguí recuperar el aliento lo suficiente para susurrar:

—Esta noche, ¿vale?

Él levantó la cabeza para mirarme. Con la voz rasposa, me dijo:

—¿Estás segura?

Le pasé los dedos por el pelo.

—Segurísima.

Con un ding, las puertas del ascensor se abrieron.

Él sonrió, cogió el asa de mi maleta y me dio la mano. Caminamos por el pasillo y yo sentí un aleteo en el estómago a lo largo de todo el camino hasta su cuarto. Forcejeó con la llave y abrió la puerta de golpe. Yo ya tenía muy visto el espacio donde vivía en FaceTime, por lo que la pequeña habitación con sus camas estrechas y su tele exageradamente grande no me sorprendió demasiado.

Sin embargo, sí me sorprendió encontrar a James rebuscando en un cajón.

Beck nos presentó a regañadientes, aunque ya habíamos intercambiado algunas palabras en las llamadas de los últimos meses. James sonrió mientras embutía pantalones de chándal y desodorante en una bolsa de viaje. Debió de notar el nerviosismo de su compañero de habitación, porque dijo:

—Ya me marcho, tío. Tenía que coger un par de cosas antes de irme con Trish.

Beck echaba chispas por los ojos.

—Se suponía que no tenías ni que acercarte a esta habitación durante todo el fin de semana. DATE PRISA.

—¡Ya voy! ¡Ya voy! Solo estaba intentando evitar las interrupciones más tarde.

Yo me aguanté la risa y me senté en el escritorio de Beck, que él había ordenado, creo, con mi visita en mente. Se inclinó para murmurar, exasperado:

—Joder, qué chaval.

—Lia —me dijo James cerrando la cremallera de la bolsa—, un placer.

—Igualmente.

Le dirigió a Beck una sonrisa divertida. Luego volvió a dirigirse a mí, serio:

—Espero que el placer sea una tónica que continúe para ti esta noche.

Beck cogió un par de calcetines enrollados del escritorio de James, que estaba bastante menos ordenado, y se los lanzó a la espalda. James salió por la puerta riendo por lo bajo.

Beck me dijo dónde podía guardar la maleta, luego me llevó al baño compartido del pasillo y se quedó de guardia mientras yo me lavaba la cara y me cepillaba los dientes. De nuevo en la habitación, me dejó para que me cambiase y volvió al baño a ducharse.

Con el pijama que me había comprado a propósito para la visita —unos pantaloncitos negros muy cortos y una camiseta de tirantes a juego con puntilla; mi madre se habría muerto si hubiera visto el conjunto—, exploré el espacio de Beck. Su colcha era de lino gris, gruesa y suave. En el escritorio tenía el portátil, un par de libros de texto y libretas, una taza del Ejército de Estados Unidos llena de bolis y lápices, una foto enmarcada de Norah y Mae disfrazadas de Rapunzel y de dinosaurio, respectivamente, y una foto de nosotros dos en la Cuenca Tidal. En la mininevera había botellas de agua y refrescos con cafeína y los estantes estaban llenos de proteína en polvo y barritas energéticas. James había colgado un montón de pósteres de equipos encima de su cama —los New York Mets, los New York Giants, los New York Nicks—, en cambio Beck se había inclinado por un tapiz blanco y negro.

Entró por la puerta con unos pantalones de chándal y una de las muchas camisetas de la UMV que se había comprado desde que lo habían admitido. Tenía el pelo mojado, que se le rizaba donde le tocaba la nuca, y traía con él un olor familiar, uno que había acabado asociando con él y mis momentos más felices.

Tenía la mano en el picaporte y la puerta seguía abierta cuando su mirada se posó en mí. Por un momento, pareció pedido, como si no estuviera seguro de haber entrado en la habitación correcta. Entonces, su expresión cambió a algo parecido a la incredulidad, como si el hecho de que hubiera una chica en su cama fuera un regalo del cielo demasiado bueno para asimilarlo.

—¿Va todo bien? —le pregunté.

Sacudió la cabeza.

—Creo que sí.

—¿Te importaría cerrar la puerta?

Se le dibujó una sonrisa en la cara. Cerró la puerta de un empujón y luego pasó el pestillo.

—¿James no tiene llave?

—Si James se asoma por esta habitación antes de la noche del domingo… —dijo acercándoseme despacio— lo mato.

Me reí.

—Yo te ayudo.

Me aparté para hacerle sitio en la cama. Él se curvó a mi lado, un paréntesis al lado de la coma que era yo. Hablando en el espacio que quedaba entre nosotros, dijo:

—Has sido muy buena conmigo estos últimos meses. Sé que he sido un novio de mierda. Es que la uni es dura y el lanzamiento es duro y estar lejos de ti es lo puto peor. Pero las cosas serán más fáciles. Mejores. Lo sabes, ¿no?

—Sí. Y no eres un novio de mierda, Beckett. Eres mi persona favorita.

Sonrió y luego me besó con una reverencia que sentí en el alma.

Yo le rodeé el cuello con los brazos y sus manos empezaron a vagar. Mi bonito pijama cayó. Lo siguieron sus pantalones. Sacó un preservativo del cajón de su escritorio porque, aunque habíamos hablado de métodos anticonceptivos y yo confiaba en las píldoras que me habían recetado, era de esas personas que tomaban el doble de precauciones.

Y, luego, estaba ocurriendo: Beck y yo, juntos del único modo que no lo habíamos estado todavía.

Había leído suficientes artículos de revista pragmáticos, suficientes publicaciones de blogs picantes y suficientes novelas románticas emotivas para tener una idea relativamente global del sexo. Macy me había hecho aquel repaso sorprendentemente completo de la primera vez que lo hizo con Wyatt. Había visto películas como *American Pie* y *Lady Bird* y *La vecina de al lado*. Sabía que tenía que rebajar las expectativas, presuponer que habría torpeza e incomodidad e inquietud, olvidar cualquier idea que tuviera de que habría fuegos artificiales. Pero estar con Beck era más que avisos, consejos y procedimientos. Era la forma en la que su mirada buscaba la mía, la forma en la que conectaba conmigo, la forma en la que susurraba su amor. Entrelazó los dedos con los míos. Me besó las sienes, la clavícula, la boca. Y después, sí que hubo fuegos artificiales, porque Beck era atento y decidido, y nunca hacía nada a medias.

Más tarde, estábamos tumbados en su cama escuchando los sonidos de la residencia: la música amortiguada, los golpes de las puertas, algún grito ocasional. Envuelta en sus brazos y con su respiración rítmica sobre mi hombro, le di vueltas a lo que él había admitido antes; que le costaba estar lejos de mí. Su sinceridad me daba confianza, igual que saber que mis dificultades eran las suyas. Nuestro intento de que la relación funcionara a pesar de la distancia y el tiempo era difícil. Él podía ser despistado y yo, egocéntrica y los dos podíamos dar cosas por sentadas y, a veces, ser irracionales.

Y, a pesar de eso, nunca lo había querido tanto.

Me acurruqué contra su pecho y volví a elegirlo una vez más.

DESGASTADO

Diecisiete años, Tennessee

—¿Te parece bien si me paso por tu casa? —me pregunta Isaiah, y la tensión en su voz es evidente incluso a través del teléfono.

Estamos a mitad de semana y es casi medianoche. Yo he estado haciendo deberes en mi habitación, luchando contra la somnolencia, pero ahora me siento de lo más despierta.

Nadie llama tan tarde para dar buenas noticias.

Valoro mis opciones deprisa. Mis padres se han acostado hace un rato, pero no estoy segura de si se habrán dormido ya. Aunque han jurado que arreglarán las cosas con Isaiah en la próxima ocasión que tengan, dudo que quieran que venga a verme a estas horas. Comandante duerme como un tronco en mi cama, pero, si oye una voz que no le resulta familiar en casa, se despertará y se pondrá a ladrar.

—Te veo delante de casa en un par de minutos —le digo a Isaiah.

Llevo pantalones de pijama de franela y una camiseta de tirantes. Meto los pies en unas zapatillas de andar por casa y saco una sudadera de la pila que tengo en un estante del armario. Me he puesto tantas veces esta sudadera

288

sin capucha de Ole Miss que le han salido bolitas en las mangas, pero es calentita y tiene valor sentimental. Me paso un cepillo por el pelo a toda prisa y miro mi reflejo en el espejo que hay apoyado en mi escritorio: he estado mejor.

Cuando me incorporo, una foto de Beck me llama la atención. La hice el último año que estuvo en el instituto. Acababa de salir del entrenamiento de atletismo, con las mejillas sonrosadas por el ejercicio. Sonreía porque acababa de batir su marca personal. Siento el golpe de tristeza al que estoy acostumbrada, pero, en lugar de aumentar, se desvanece, se disipa.

¿Cuántos días hace desde que murió?

Ya no estoy segura.

«Algún día dejarás de contar los días que hace que se marchó».

Me aprieto el pecho con la mano.

Mi corazón está ahí, a salvo dentro de la caja torácica, latiendo a ritmo, pero ¿por qué no me duele?

«No será siempre tan duro», me había dicho Meagan en noviembre.

De puntillas, salgo de mi habitación y bajo las escaleras. Me escapo por la puerta corredera de atrás y rodeo la casa hasta el camino de entrada. Desde el final de la calle, las luces de un coche atraviesan la oscuridad. El Suburban de Marjorie. Mis zapatillas de ir por casa golpean el hormigón cuando bajo por el camino.

Cuando llego al SUV, Isaiah se inclina para abrir la puerta del copiloto. Esta noche, el equipo ha perdido por una canasta. Era en el campo de una escuela privada y adinerada al sur de Nashville. Un partido que, de haberlo ganado, habría propulsado al equipo a los *playoffs* del distrito. Así que supongo que su visita a medianoche tiene algo que ver con la derrota y el final de la temporada.

—Tus padres van a odiarme si te pillan escapándote de

casa porque yo te lo he pedido —me dice cuando subo al Suburban agradeciendo la calefacción.

Tiene marcas oscuras debajo de los ojos y una sombra de barba en la mandíbula. Tiendo la mano para tocarle la mejilla, papel de lija en la palma de la mano.

—No se enterarán. Siento lo del partido.

Encogiéndose de hombros, dice:

—No importa.

—¿No?

—Bueno, sí, pero hay otra cosa. —Suspira tamborileando con los dedos en el volante—. Marjorie y yo hemos hablado hace un rato, cuando Naya se ha ido a dormir. El viernes habrá sesión en los juzgados y parece que está todo claro. No hay motivos para alargar más su caso. Se va a casa.

—Ay, Isaiah… Madre mía, lo siento mucho.

Desde casi todos los puntos de vista, es una buena noticia: una reunificación. El mejor resultado para Naya y para su madre. Pero Isaiah ha sido su hermano mayor durante más de un año. Decirle adiós lo destrozará.

—Me alegro por ellas —dice, y, aunque la voz le falla, lo creo—. No sé por qué me resulta tan sorprendente. La idea siempre ha sido que volviera con su madre. La trabajadora social lo aprueba y Marjorie también, a pesar de que ver marchar a Naya le romperá el corazón.

—Esto es… No sé muy bien qué decir.

Él niega con la cabeza con la mirada baja.

—Voy a echarla mucho de menos.

—Lo sé, pero ¿qué te impide ir a verla?

—Su madre. Que se lleven a tu hijo de casa y que lo tenga que cuidar una desconocida mientras tú pones en orden tu vida tiene un estigma asociado. No me sorprendería que Gloria no quisiera que yo fuera por allí a recordarles a Naya y a ella todo lo que fue mal. No me extrañaría que quisiera empezar de cero.

Me da mucha pena por él. Otra pérdida. Le pongo la mano en el brazo.

—Es una puta mierda.

Se ríe, el sonido es como el de una piedra rebotando en el agua y me golpea el corazón.

—Gracias por haber salido. Marjorie y yo hemos tenido una buena llorera antes y me ha servido, pero, estar contigo… Nunca he tenido una persona así, ¿sabes?

En mi corazón se abre una válvula y deja escapar una calidez que viaja hasta las puntas de mis orejas y los dedos de las manos y de los pies. Sé lo que quiere decir: la persona en la que piensas primero, cuando algo sale de maravilla o terriblemente mal. Una persona que te hace sentir que puede que la vida vaya bien incluso cuando estás en medio de un buen follón.

Yo tenía a una de esas personas. Cuando lo perdí, me negué a creer que podía encontrar otra.

En lugar de eso, las personas me encontraron a mí.

Paloma, Meagan y Sophia.

Isaiah.

—Me alegro de ser tu persona —susurro.

Me dedica una sonrisa desolada y tiende la mano para pasarme los dedos por el pelo.

—Espero que algún día me dejes ser la tuya.

ESTATUAS DE CERA

Diecisiete años, Tennessee

Cuando llego a casa el jueves por la tarde, después de pasarme una hora bebiendo chocolate caliente y comiendo pastas en la pastelería Buttercup con las chicas, me encuentro a mi padre en el jardín delantero pasando el cortacésped. Dentro, mi madre es un torbellino de energía: ordena el salón, dobla la ropa, mete comida de perro en bolsas de plástico con cierre hermético y prepara comidas fáciles de calentar al microondas.

Cogen el avión a Virginia mañana. Comandante se va a pasar un fin de semana largo con el subcomandante de mi padre, que se ha ofrecido a cuidarlo desde que lo conoció en otoño. Yo me quedaré sola desde el viernes por la noche hasta el martes por la tarde y la verdad es que me muero de ganas.

Cuando cae la noche, voy a buscar a mis padres a su habitación para hablar de la cena. Mi padre ha terminado de cortar el césped y está metiendo sus cosas en una maleta de mano. Mi madre bien podría estar preparándose para un viaje transatlántico de varias semanas con toda la ropa, los artículos de aseo personal y los zapatos que tiene organizados en montones por toda la habitación.

—Estoy a punto de pedir pizzas —dice mi padre mientras mete un par de zapatos negros de vestir en la maleta.

Como dará un discurso en la ceremonia de Connor, irá de uniforme. Se plantará delante de su familia, mentores y compañeros y dirá un millón de cosas maravillosas sobre su mejor amigo.

Casi desearía poder ir.

Mi madre me observa. Deja de doblar unos pantalones de vestir y dice:

—Puedes cambiar de opinión, cariño. Todavía podemos comprarte un billete.

—No, pero gracias.

—¿Estás segura? —pregunta mi padre—. Podemos ir a ver la Universidad George Mason y preguntar si pueden hacernos un tour.

Porque cree que estoy esperando a que me notifiquen si me han aceptado.

Se me calienta la cara.

—Me pregunto si tendríamos tiempo de ir en coche a Charlottesville, Cam —dice mi madre—, para que Lia tenga otra oportunidad de ver el campus.

—Podríamos hacer una escapada de un día —responde mi padre con generosidad.

—No me hace falta volver a ver la UMV —intervengo yo y, por un momento, la expresión de mis padres brilla con esperanza. Se la aplasto—. Estaré allí en otoño. Ya he mandado una fianza.

Mi padre arruga la camisa que tiene en las manos.

—¿Que qué?

Esta es mi oportunidad. Se pondrán furiosos y luego se irán de casa unos días. Para cuando vuelvan, se les habrá pasado.

Aunque eso da igual.

Lo hecho, hecho está.

—La solicitud de admisión que hice era vinculante.

Cuando me informaron de que me habían aceptado, había una fecha límite de confirmación, así que mandé la fianza.

—Pero todavía no sabes nada de las otras universidades a las que mandaste solicitudes —contesta mi madre perpleja.

Podría seguir con esa parte de la mentira, no tienen por qué saber que solo mandé solicitud a la UMV. O podría tener un poco de integridad. Decir la verdad sobre las decisiones que me han llevado a que mi futuro esté en la Universidad de la Mancomunidad de Virginia.

Un futuro que ni siquiera estoy segura de querer.

—No hay otras solicitudes. Solo la mandé a la UMV.

A mi padre le desaparece todo el color de la cara.

Mi madre se hunde en la cama.

La espalda de él está erguida como una vara de acero.

Ella se coge las rodillas con las manos.

Como si hubiera hecho algo terrible, cuando me han aceptado en la universidad que quería.

—Lia —dice ella—, ¿cómo has podido?

Mi padre retuerce el gesto, indignado.

—Ya no sé quién eres.

No ha gritado y mi madre no ha llorado.

Tienen la cara pétrea, pálida por el estupor.

Parecen estatuas de cera.

—Vete a tu habitación —dice mi padre. Cuando no me muevo, me mira directamente a los ojos y dice con dureza—. ¡Vete!

VAINILLA

Dieciséis años, Virginia

A lo largo de los años, Beck y yo habíamos discutido sobre cosas de lo más tontas.

Qué película ver.

Qué animal de compañía era el mejor.

Quién estaba más fuerte en proporción a su peso.

Qué atracción de los Busch Gardens era la mejor.

Si Plutón era un planeta.

Si Pluto (el perro de Disney) era de la misma especie que Goofy.

Cuando éramos pequeños, casi nos pegamos discutiendo sobre cuál de nuestros padres se parecía más a un GI Joe, una discusión que a nuestros padres les pareció tronchante.

También hubo discusiones sobre temas serios. Discusiones que lo conformaron a él y a mí, a nosotros. Discusiones que, en sus momentos más intensos, parecían batallas monumentales.

Un par de días antes de que él fuera a venir de la UMV por las vacaciones de Acción de Gracias, me llamó para que lo apoyase en un tema de sabores de helado. James y él estaban a punto de tener una pelea a muerte sobre cuál era el sabor superior.

—¡A Beck le gusta la vainilla! —aulló James—. ¿Lo sabías, Lia? ¡Vainilla!

—Es el único sabor que pide —dije acurrucándome en mi cama—. Sin salsa de chocolate. Sin confeti de colores. En tarrina… ¡Ni siquiera en un barquillo!

Beck se rio sin el menor rubor y James soltó un quejido, como si las preferencias sosas de su compañero de habitación le dolieran físicamente.

—No puedo. ¡Vainilla! Lia, ¿a ti cuál te gusta más?

—Le gusta la vainilla con nueces pecanas y caramelo —dijo Beck sin perder ni un segundo—. En un barquillo.

—Una elección respetable —respondió James—. ¿Por qué es mucho más interesante tu chica que tú?

—Que te den —contestó Beck sin enfadarse. Y, después, dirigiéndose a mí—: ¿Te puedes creer la lata que me está dando?

—Pobrecito el bebé —le dije yo enterrándome bajo la colcha y deseando estar allí para darle su helado aburrido y besarlo hasta que dejase de quejarse tanto.

—¡Vainilla! —chilló James—. ¿Por qué?

—Porque la vainilla siempre está deliciosa —explicó Beck en un tono de «es algo evidente»—. ¿Para qué quieres probar algo nuevo y terminar decepcionado?

James empezó a enumerar sabores de helado como si ni Beck ni yo hubiésemos puesto un pie en una heladería:

—El de moca, el azul que sabe a chicle, el de coco tostado…

Yo no los escuché del todo mientras se picaban, porque me había quedado pillada con lo que había dicho Beck: «¿Para qué quieres probar algo nuevo y terminar decepcionado?».

¿Estaba hablando sobre… mí?

¿Era yo una elección segura, mesurada?

Al final, James se rindió y se fue a una fiesta en una de las casas de su fraternidad. Beck se pasó un par de minutos hablándome del examen que había hecho aquella tarde. Estaba seguro de que lo había petado en el examen, pero el entreno que había hecho a continuación lo había dejado petado a él.

En lugar de contestar, escupí mi propia pregunta:

—¿Soy tu vainilla?

Soltó una risa vacilante.

—¿Mi qué?

—Tu vainilla.

—¿Qué dices?

—Beckett, ¿estás conmigo porque tienes miedo de probar algo nuevo?

Se volvió a reír, aunque parecía más molesto que divertido. Me lo imaginé sentado en la cama pasándose una mano por la cara cuando dijo:

—Creo que es la pregunta más desquiciada que me has hecho en la vida.

—Pero no lo estás negando.

—Porque no pienso dignarme a responder. —Resopló—. ¿Que si eres mi vainilla? Joder, Lia.

La conversación había pasado de superficial a espinosa en tres terribles segundos.

Era culpa mía, lo sabía. Había empezado una discusión sin razón aparente, pero me cabreaba que no me siguiera el juego. Que no me dijera: «Eres lo contrario de la vainilla, eres divertida e interesante». Y, por eso, volví a pincharlo, incapaz de contener la verborrea.

—Soy una opción segura, admítelo. Podrías conseguir una chica de menta con chocolate, pero, en lugar de poner en riesgo tu corazón, te has conformado conmigo, una chica que no decepciona.

Soltó un quejido.

—¿Podrías ser más insultante?

—¿Tú te sientes insultado?

—Pues sí, joder. ¿Eso soy para ti? ¿Un cobarde que se

conforma con algo que no está mal por estar demasiado cagado para buscar otra cosa?

—Igual lo que pasa es que no sé quién eres —respondí combativa.

Él soltó un suspiro profundo.

—Esta noche no puedo hacer esto. Mañana tengo otro examen y luego dos horas en el gimnasio.

—Está bien saber dónde quedo en tu lista de prioridades.

—Coño, Lia. ¿No podrías haber esperado al fin de semana para buscar pelea?

—¡No estoy buscando pe…!

La llamada se cortó.

No pude dormir en toda la noche, muerta de arrepentimiento.

Lo había provocado. Y lo que es peor, no era capaz de saber por qué. Tal vez me había sentido abandonada, con todo lo que tenía él en su burbuja de la UMV. Tal vez me sentía sola y buscaba atención, aunque fuera para mal, como una niña malcriada. Tal vez habían vuelto mis inseguridades personales contra él. Yo no buscaba otras cosas. En lugar de tomar grandes decisiones, decisiones difíciles, dejaba que me guiase una predicción que era más vieja que yo.

Tal vez estaba poniendo a prueba a Beck, poniendo a prueba al destino.

Fuera como fuese, me sentía fatal.

Me pasé la mañana de los nervios, inquieta en la casa vacía. Ya no tenía clase. El Instituto Rosebell tenía una semana de vacaciones antes de Acción de Gracias. Mi padre estaba de viaje; diez días de asignación de servicio temporal en Hawái. Mi madre estaba haciendo horas extras poniendo las notas de los controles de lectura. Macy estaba con Wyatt a todas horas. Como la mañana pasó sin ni siquiera un mensaje de Beck y yo tenía demasiada vergüenza para hablarle, me fui a comer por ahí.

De la cafetería salí llena, pero no mejor.

Cuando llegué a casa, había una caja de cartón esperando en el porche. Estaba dirigida a mí y llena de pegatinas: «¡Perecedero! ¡Manténgalo en el congelador!». Cargué con ella hasta la cocina y saqué las tijeras del cajón. Corté el precinto y vi el nombre del remitente, Scoop and Savor, una heladería artesana de Richmond. Dentro de la caja había un envase aislante con seis tarrinas de medio litro de helado. Las saqué una a una y las amontoné en dos torres en la encimera. Mi sonrisa se ensanchó a medida que iba leyendo los sabores. Miel de lavanda; *brownie* de chocolate; guayaba y pera con praliné de pistacho; galletas, nata y avellanas; nubes de azúcar con caramelo y sal marina y... vainilla.

En el fondo de la caja había una cartulina. Había una nota escrita con una tipografía meticulosa.

Amelia:

¿Y qué más da si eres vainilla? La vainilla es mi sabor favorito.
Siempre te elegiré a ti.

Beck

Yo había empezado la pelea. Había cuestionado su devoción. Había dejado que se pasara toda la noche pensando que dudaba de su compromiso. Le había hecho ir a un examen y soportar un entreno pensando que no estaba segura de él, de lo nuestro.

Él se había gastado una pequeña fortuna mandándome helado a casa por la noche para que me llegase al día siguiente.

Lo llamé.

El teléfono sonó varias veces antes de que, por fin, contestase.

—Hola —respondió con la voz espesa por el sueño.

—Hola. Te he despertado, ¿no?

—Sí, pero no te preocupes. ¿Qué pasa?

—Quería decirte que lo siento. Soy una pesada, Beck. Y tú eres la mejor persona que conozco. Te quiero… muchísimo.

Se rio adormilado.

—¿Te han llegado los helados?

—Me han llegado los helados. ¿Los compartimos este finde?

—¿Por qué crees que pedí el de vainilla?

Sonreí.

—Pareces muy cansado, ¿estás bien?

—Ahora que has llamado, mejor.

—Vuelve a dormir. Llámame luego.

—Vale. Te quiero, Amelia Graham.

—Y yo a ti, Beckett Byrne.

A CONTRACORRIENTE

Diecisiete años, Tennessee

Me han dado órdenes de volver directa a casa del instituto el viernes por la tarde y no estoy muy contenta con ello.

Isaiah no estaba en Cerámica y no ha contestado a los mensajes que le he mandado y no dejo de pensar en la cita de hoy en el juzgado y en Naya. Ojalá pudiera ir a su casa, pero mis padres, que me han dirigido un total de diez palabras desde el anuncio de la noche anterior sobre la UMV, tienen que coger un vuelo y, al parecer, normas que dictar.

—No salgas del pueblo —dice mi padre recogiendo la cartera y las llaves de la cesta que hay en la encimera de la cocina.

—No traigas amigas a casa —añade mi madre.

—No bebas —suma él.

Ella se queda boquiabierta.

—Cam, Lia no bebe.

Él le dirige una mirada reprobadora, en absoluto tan confiado como ha querido estar ella.

—Dinos cómo estás todas las mañanas —me dice mi padre.

—Y todas las noches —añade mi madre.

—Nada de chicos —concluye él.

O sea, que estoy castigada, pero sin supervisión.

Vale.

Fuera, el cielo está cubierto de nubes de tormenta. Cuando mis padres se dirigen a la puerta arrastrando maletas grandes y otras de mano, la casa tiembla con un trueno.

Mi madre se estremece.

—Si pudiéramos posponer este viaje —me dice—, lo pospondríamos.

—Tienes suerte de que no insistamos en que vengas —señala mi padre con la mano en el picaporte.

El único modo de conseguir que me subiera a ese avión sería administrándome antes un tranquilizante fuerte. Es muy loco el poder que creen que tienen, la convicción de que pueden decidir a qué universidad iré, con quién tengo que salir, dónde tengo que pasar las vacaciones de primavera.

Falta menos de una semana para que cumpla los dieciocho.

—Pasadlo bien en Virginia —musito, y me vuelvo hacia las escaleras.

Estoy a medio camino de mi habitación cuando se cierra la puerta de casa. Oigo el pestillo arrastrarse hasta quedar cerrado. Las dudas forman una maraña a mi alrededor.

Tendría que haberme despedido.

Tendría que haberles dicho que los quiero.

Sé perfectamente lo que es perder de pronto a un ser querido.

El día que Beck murió, mi madre vino a casa con pollo con almendras, arroz frito y rollos de huevo. Estaba de muy buen humor. Faltaba un día para Acción de Gracias, había predicción de nieve y mi padre estaba de camino a casa desde Hawái. Ya había aterrizado el primero de los dos aviones que lo llevarían al aeropuerto Reagan el día siguiente a primera hora de la mañana.

Mientras cenábamos, pensé en Beck. Habían pasado horas desde que lo había llamado para darle las gracias por el helado. Me preocupaba la voz que le había oído por teléfono: cansada, como si se estuviera poniendo enfermo. Pero había tenido una semana de clases agotadora y los horarios de entrenamiento eran intensos. Seguramente no había dormido bien aquella noche. Yo, desde luego, no.

Estaba apartando a un lado mis preocupaciones cuando le sonó el teléfono a mi madre.

La llamada fue surrealista, como los momentos de justo antes de dormir, cuando los sonidos están amortiguados, los músculos, relajados y los párpados, pesados. Recuerdo que el miedo atravesó la expresión de mi madre. Que se quedó pálida. Recuerdo que se dejó caer en su silla, sin fuerza en las piernas para mantenerse de pie. Recuerdo las lágrimas que se le agolparon en los ojos mientras escuchaba a Bernie, cuyas palabras eran ininteligibles, pero cuyo tono era histérico.

Mi madre se llevó una mano al pecho y dijo:

—Ahora voy. Diez minutos.

Su mirada encontró la mía. Negó con la cabeza, afligida, y mi pecho se derrumbó.

Beck.

Nada más colgar, se puso de pie y rodeó la mesa. Me levantó a mí y me tomó entre sus brazos.

—Han llevado a Beck al hospital —me dijo—. Bernie y Connor tienen que ir a Charlottesville y yo tengo que quedarme con las gemelas.

—Yo también voy a Charlottesville.

—Tú vienes conmigo. Norah y Mae te necesitan.

—¡Beck me necesita!

—No puedes ir, Lia. Bernie me ha dicho… —Se tapó la boca sofocando un sollozo. Entre lágrimas, acabó—: Es grave.

Si a mí me hubieran ingresado en el hospital, Beck habría movido cielo y tierra para venir a verme.

Me erguí, segura de hacer cambiar de idea a mi madre.

—Razón de más para que vaya. Conduciré yo misma.

—¡Ni hablar!

Me encogí y noté que la garganta se me hinchaba por el pánico.

Me miró a los ojos.

—Lo siento. Lo siento mucho, cariño. Si supiera más, te lo diría. Si tuviera sentido que fueras a Charlottesville, te dejaría ir, pero no puedo dejar que salgas a la carretera a estas horas, con todo lo que está pasando y con el aviso de nieve. Ven conmigo a casa de los Byrne. Estaremos ahí cuidando a las gemelas. Eso es lo mejor que puedes hacer por Beck.

La confusión me ahogaba.

Había hablado con Beck hacía menos de seis horas.

Estaba bien.

«Llámame luego», le había dicho.

Y él me había respondido: «Te quiero, Amelia Graham».

Murió haciendo la actividad más tranquila posible. Durmiendo en la puta cama.

Hoy, mis padres se sentarán en un avión, subirán a miles de metros de altura e irán a toda velocidad hacia la costa este. Si hay un accidente durante el viaje, si se mueren y nuestra última interacción ha estado llena de sarcasmo, nunca me recuperaré.

Estoy a medio segundo de bajar corriendo las escaleras para pedirles perdón, para decirles lo que quiero, que es «lo siento, lo siento todo mucho», cuando oigo cerrarse de un golpe la puerta del coche. Miro por la ventana y veo a mi madre en el asiento del copiloto del Volvo. Mi padre está cargando el equipaje en el maletero. Parece hecho polvo, como si alguien le hubiera pisoteado el corazón con unas botas pesadas. Rodea el coche y entra en el asiento del conductor.

El estómago se me encoge por la culpa.

Las nubes del color del carbón van creciendo, llenando la urbanización de sombras moradas. Un rayo parte el cielo y, menos de cinco segundos más tarde, resuena el trueno.

Mi padre arranca el coche y recula por el camino.

Se han ido.

A Virginia.

Sin mí.

Fuera, la lluvia golpea River Hollow, pero en casa todo está en un silencio que estremece. Solo hace unas pocas horas que se ha ido mi familia, pero ya echo de menos los chasquidos de las garras de Comandante, los pódcast de historia que siempre se pone mi padre y el estrépito de mi madre trasteando en la cocina.

Ella me ha escrito cuando han embarcado. Gracias a una breve tregua de la tormenta, estaban a punto de despegar.

Tendría que estar con ellos.

Decido probar la idea en voz alta.

—Podría haber sobrevivido a un viaje a Virginia —digo, vacilante al principio—. Podría haber abrazado a Bernie, a Connor y a las gemelas. Podría haber estado presente en la ceremonia de Connor. Tendría que haber ido por Beck.

Él lo habría querido. Él habría querido que hiciera muchas cosas: confiar en mi instinto, correr riesgos, seguir mis sueños.

En lugar de eso, me estoy dejando llevar.

«Hasta un pez muerto puede seguir la corriente», le gusta decir a mi padre.

Podría ir a Virginia.

Y no en teoría; podría hacer las maletas ahora mismo, subirme al coche y conducir toda la noche. Podría estar en Rosebell —miro la hora— al amanecer.

Podría luchar por ir a contracorriente.

La tormenta empieza a arreciar de nuevo; madre mía, si se fuera la luz, sería una mierda.

Veo la bola de billar mágica en mi escritorio. La he consultado las veces suficientes para saber qué me ofrecerá una de veinte respuestas: diez afirmativas, cinco negativas y cinco irritantemente vagas. Si le hago la pregunta que no deja de darme vueltas por la cabeza, lo más probable es que reciba algún tipo de sí, pero no quiero que un juguete tome esta decisión.

Sé lo que tengo que hacer.

Voy hacia el armario, ansiosa ahora por salir a la carretera. El aire a mi alrededor se enfría como si hubiera pasado una ráfaga de aire. La piel de gallina se me extiende por los brazos cuando me giro y veo que la lluvia golpea la ventana de mi habitación, pero está cerrada. Todo está como debería. Excepto… Mi tablón de corcho. Un rectángulo del material ha quedado al descubierto, un espacio negativo que ha dejado una foto caída.

La recojo y le doy la vuelta. Me quedo sin respiración ante la piña de caras qué me sonríen. Los Byrne y los Graham, reunidos en mi decimosexto cumpleaños… hace mil vidas. Yo estoy en el centro del grupo, con una sonrisa radiante. Llevo una camisola y una banda en la que dice: «Dulces dieciséis». Beck me da la mano y se ríe de las vueltas que dan sobre sí mismas sus hermanas, borrosas, en primer plano. Nuestros padres hacen de topes, mi madre y mi padre a mi lado y Connor y Bernie al de él.

Los ocho juntos, como quería el destino.

Pero el destino se equivocó. O tal vez no.

Beck y yo compartimos dieciséis maravillosos años. Él me enseñó a vivir con compasión. Con entusiasmo. Me enseñó a encontrar el humor hasta en la más lamentable de las situaciones. Gracias a él, aprendí a florecer donde sea que me planten.

Me quiso de forma incondicional. Pero el destino y la

eternidad no son sinónimos. Yo había malinterpretado la predicción que le habían hecho a mi madre hacía mucho tiempo y ese error me había dejado cicatrices.

Y, a pesar de todo, cada día estoy un poco mejor que el anterior.

«Lo único que puedo decirte es que tu corazón sanará».

Paso un dedo por la cara sonriente de Beck.

Estoy haciendo lo correcto.

RENDICIÓN

Diecisiete años, Tennessee

Atravieso cortinas de lluvia con una maleta en el portaequipajes del Jetta, con los nervios de punta, esperando que Isaiah esté en casa. Tengo que verlo antes de marcharme.

Marjorie abre la puerta luchando por sonreír.

—Isaiah no me ha dicho que te estuviera esperando.

—No me espera —admito—, ¿le parece mal que haya venido?

—En absoluto. —Tiene los ojos rojos, hinchados, y lleva un pañuelo metido en la manga, como mi abuela antes de ponerse una película triste—. Hoy ha sido un día duro —me dice—. Se alegrará de verte. Sube.

Arriba, encuentro la puerta de Isaiah cerrada. Llamo flojito.

—¿Sí? —pregunta con la voz áspera.

—Hola, soy yo.

Solo pasa un segundo hasta que se abre la puerta.

Me lleva hasta la cama, donde me siento a su lado. Se dobla hacia delante, con los codos sobre las rodillas, la cara en las manos, y suelta un suspiro que suena desolado. Va respirando a pesar de la pena, inhalaciones leves y exhalaciones trémulas. Nos quedamos sentados en su cama, protegidos por las paredes de su hogar, hasta que la tormenta se aleja hacia el este y la tensión de su cuerpo se reduce. Vuelve a suspirar, esta vez plácidamente porque —empiezo a darme cuenta— confía en mí para acompañarlo en los momentos más duros.

Se incorpora y se pasa la mano por la cara. Cuando su mirada encuentra la mía dice:

—Hola.

Como si acabase de llegar.

Yo le acaricio la frente con los dedos, la mandíbula, la mejilla caliente, deseando tener un elixir o un hechizo, algo que alivie su dolor. Ahora más que nunca, entiendo el significado de la palabra «agridulce». Que Naya se haya ido a su casa es el resultado ideal para ella y para su madre y, al mismo tiempo, un cruel golpe para su hermano provisional.

—Quiero decir algo profundo —suelto—, pero... no sé si ayudaría.

—No ayudaría. Ha sido una puta mierda verla marchar.

—Eres muy buen hermano.

Me dirige una mirada desolada.

—Ya no.

—Sí —respondo con firmeza—. No hagas eso. No menosprecies la influencia que has tenido sobre ella, ni el efecto que ella ha tenido sobre ti. Perder a alguien no borra la huella que esa persona te ha dejado en el corazón.

Asiente y cierra los ojos.

Creo que lo entiende. No es una frase vacía.

Pero se hace tarde. Tengo un trayecto de diez horas por delante y una tormenta que superar.

—Me voy —le digo.

Abre los ojos de golpe.

—Unos días —me doy prisa por aclarar—. A Virginia. Es algo que tengo que hacer y, si no me pongo en marcha ya, me echaré atrás.

—Espera… ¿te vas en coche? ¿Sola?

—Estaré bien.

—Lia… ¿a tus padres les parece bien?

—No lo saben. Ya están de camino a Dulles. Les dije que no quería ir y ahora he cambiado de idea. Es que… no me entiendo del todo a mí misma, pero, si no voy, me arrepentiré. Lo sé.

Ladea la cabeza mirándome con desaprobación y comprensión a partes iguales. Es evidente que cree que no está bien que me ponga a hacer un viaje en coche yo sola en plena noche, pero su empatía es palpable.

—Entiendo que quieras cerrar un capítulo de tu vida —me dice—. Créeme, lo entiendo. Pero ese cierre está a mil kilómetros de aquí. Es demasiado lejos para ir sola conduciendo. ¿Y si te cansas?

—Me tragaré un Mountain Dew —contesto encogiéndome de hombros.

La verdad es que no he tenido tiempo para plantearme esas dudas.

—¿Y si te pierdes?

—Imposible, tengo el GPS.

—¿Y si se te pincha una rueda?

—La cambiaré. Mi padre me enseñó.

La boca se le curva con una sonrisa, eso no se lo esperaba. Pero todavía no ha terminado.

—No me gusta nada que te vayas tan lejos tú sola. Hay mil cosas que podrían salir mal.

Mi convicción empieza a tambalearse. Quiero ir a Virginia —tengo que ir a Virginia—, pero no pienso dejar a Isaiah preocupándose. No quiero que tenga que llevar la carga de mi bienestar sobre los hombros.

«Por favor, no me pidas que me quede», pienso.

Dice mi nombre, suplicante, y yo me preparo.

—Deja que vaya contigo.

ANTES Y DESPUÉS

Diecisiete años, Tennessee

No pasan ni diez minutos y ya estamos cargando la bolsa de viaje de Isaiah en el maletero del Jetta.

Marjorie se despide de nosotros desde el camino de entrada a la casa, oculta, en parte, por un paraguas.

No estaba encantada con la idea de Isaiah de venir conmigo, pero lo ha escuchado. Luego, se ha ido a la cocina a preparar una bolsa con tentempiés y botellas de agua. Lo ha abrazado en el recibidor y le ha metido un fajo de billetes doblado en el bolsillo de la chaqueta.

—Por si acaso —le ha dicho, y le ha besado la mejilla a él y después a mí.

Yo conduzco el primer tramo. Isaiah está callado, mirando por la ventana cómo pasa a toda velocidad la noche ventosa. No tengo energía para mantener una conversación. No dejo de pensar en la última vez que vine por esta carretera —del este al oeste—, en lo desesperanzada que me sentía, pero lo segura que estaba de los siguientes pasos que iba a dar. Ahora es todo lo contrario, estoy optimista —feliz en muchos momentos—, pero el futuro se me presenta como un agujero negro: enorme, misterioso, aterrador. La música llena el silencio, gracias a una lista de reproducción que Paloma me ha hecho cuando le he contado por mensaje que iba a hacer un viaje repentino y le he pedido perdón por no poder conocer a Liam durante los primeros días de su visita.

Después de pasar Knoxville, paramos a echar gasolina. El aire está helado y la humedad resulta incómoda. Hay algunos personajes turbios rondando los surtidores. Entro en la gasolinera para hacer pis y compro un paquete de gusanos de gominola y otro de chicles de menta. En la caja, paso la tarjeta y miro por la ventana. Me encuentro con que Isaiah está apoyado en el maletero de mi coche, con los brazos cruzados para protegerse del viento, esperando a que se llene el depósito del Jetta. Tiene el pelo oscuro alborotado y la chaqueta desabrochada, por lo que se le ve la sudadera del equipo de básquet del instituto que lleva debajo. Debe de notar que lo estoy observando, porque levanta la frente para mirar dentro de la gasolinera iluminada con luces fluorescentes. Nuestros ojos se encuentran y, a pesar de los acontecimientos del día, sonríe.

Es una persona ejemplar. Un héroe valiente.

El corazón se me llena de emoción.

Tarda un segundo, pero, en ese momento…

… aparece la palabra que describe esa emoción: «amor».

Me meto las chuches en los bolsillos y me doy prisa por salir. Rodeo el coche hasta donde está él, que me dirige una mirada inquisitiva antes de que me abalance sobre él y meta los brazos dentro de su chaqueta para abrazarlo. Se ríe y me abraza, y me enrolla como un burrito con la chaqueta sin separarse de mí ni siquiera cuando la manguera hace clic para indicar que el depósito está lleno.

Me he pasado toda la vida queriendo a Beck. Fue de forma involuntaria, como respirar. Como parpadear. Con Isaiah es diferente. Lo que siento es pensado y consciente, pero no menos especial.

Mi corazón está dejando el antes para hacer un salto de fe hacia el después.

—¿Todo bien? —me pregunta bajito al oído.

Asiento y me aparto con desgana.

Él se pone al volante y me deja tumbar el asiento del copiloto. Le voy dando gominolas mientras conduce por la I-40 y luego por la I-80.

—¿Estás bien? —le pregunto en la transición de una canción a la siguiente.

—Sí, me alegro de estar contigo.

—Pero… ¿y todo lo demás?

Se encoge de hombros.

—Es un obstáculo más, lo superaré.

—Eres un crac, ¿lo sabes?

Me dirige una sonrisa y devuelve la atención a la carretera. Conduce con las manos a las diez y a las dos, como me enseñó mi padre. Es cauteloso, tal vez por el mal tiempo, tal vez porque no conduce todos los días, tal vez porque le importa quien va en el coche. Sea como sea, nunca me he sentido más segura.

—Deberías dormir —me dice cerca de Kingsport.

—Tengo demasiada energía para dormir.

—Este viaje… es bastante importante, ¿no?

En su habitación, le he hablado del paso al retiro de Connor mientras él metía ropa y zapatos y un cepillo de dientes de viaje en la bolsa. No me ha hecho muchas preguntas, pero me ha parecido que entendía que esta visita iba más allá de ir a aplaudirle a un amigo de mis padres que iba a cambiar de profesión.

—Cuando me mudé el verano pasado —le digo—, fue repentino. Bueno, en realidad no, hacía meses que sabía que nos íbamos a Tennessee, pero, cuando echo la vista atrás, estaba viviendo en Virginia y, de pronto, estaba en el coche con mis padres, yendo hacia allí. —Señalo con el pulgar en sentido opuesto al que avanzamos nosotros—. Me salté muchas despedidas importantes. Dejé muchas cosas por decir. Quemé algunos puentes, me parece —admito pensando en Macy—. Me había convencido de que hacía lo correcto cortando lazos deprisa y de forma limpia, de que así era más fácil para todo el mundo. Pero empiezo a darme cuenta de que me fui como me fui porque era lo más fácil para mí. No estaba pensando en nadie más.

—Jode ver las cosas claras a posteriori.

—Sí —digo con un susurro melancólico—, y me está jodiendo pero bien últimamente.

—Porque le das muchas vueltas a todo, revives lo bueno, te obsesionas con lo malo… Nos parecemos mucho en eso. La primera vez que nos besamos no pude pensar en nada más durante semanas.

Me pongo la capucha de la sudadera para esconder el sonrojo.

—¿Quiero saber si eso entra dentro de lo malo o de lo bueno?

Me coge la mano.

—De lo bueno, Lia. De lo puto mejor.

Me siento una traidora haciendo esta pregunta en voz alta, pero tengo que preguntar:

—¿Alguna vez has estado muy seguro de una decisión y, luego, de repente, empiezas a preguntarte si estás cometiendo el mayor error de tu vida?

—No estás segura de querer ir a la UMV —dice Isaiah como si se hubiera pasado los últimos minutos nadando por mi mente—. Y… ¿qué pasa? ¿No quieres decepcionar a tus padres?

Suelto una risa irónica.

—Mis padres estarían encantados si no fuera a la UMV.

—Entonces, ¿qué es lo que te tiene bloqueada?

—Pues que hice una solicitud anticipada vinculante.

—¿Y? No van a meterte en la cárcel por no aparecer el día de orientación.

—Bueno, pero hay consecuencias.

—Sí, y también hay consecuencias de vivir un futuro que no quieres. ¿Qué más?

Trago saliva. Tengo la garganta seca.

—Beck.

Me suelta la mano para agarrar el volante. ¿Porque ha arreciado la lluvia? ¿O porque no quiere tocarme mientras hablo de mi primer amor?

La noche que Beck murió, mi madre y yo nos quedamos en casa de los Byrne con Norah y Mae, que estaban durmiendo cuando llegamos.

Justo después de medianoche, Connor nos llamó para decirnos que Beck se había ido. Fue entonces cuando caí en una especie de conmoción que daba miedo, algo parecido a estar enterrada en vida.

Oscuridad, soledad, desesperanza.

Mi madre me ofreció consuelo de todas las formas que pudo, pero yo estaba inconsolable.

Terminé bajando a la habitación de Beck. Las luces estaban apagadas, y las dejé así. Los ojos se me acostumbraron deprisa. La colcha no tenía arrugas. El escritorio estaba ordenado. Alguien le había quitado el polvo a la mesita de noche. Olía a detergente de la lavadora, a él.

Me dejé caer en la cama y apreté la cara contra la almohada. Tiré de la colcha para taparme hasta la cabeza. Me dolía todo el cuerpo, pero el dolor más atroz lo sentía en la cavidad de dentro de las costillas. Desesperada, intenté imaginarme que estaba conmigo, que me respiraba en el pelo y me susurraba que me quería, que me deseaba, que no podía imaginarse un mundo sin mí. Lloré en silencio con ese llanto torturador, convulso, que acaba con tensión muscular y dolores de cabeza brutales. Por fin, casi al amanecer, terminé agotada y me sumí en un sueño lleno de pesadillas que terminó de forma abrupta con el ruido de pasos bajando por las escaleras.

Me senté de un salto, frotándome los ojos y carraspeando.

La angustia me pesaba en el pecho.

La luz que se colaba por las persianas bajadas anunciaba la mañana, pero yo quería volver a esconderme debajo de la colcha y hundirme en mi sufrimiento.

Unas manitas llamaron a la puerta.

Norah y Mae.

Desenredándome de las sábanas, obligué a mis pies a cruzar la habitación. Al otro lado de la puerta, encontré dos caras idénticas enmarcadas en rizos de un rubio rojizo. Llevaban pijamas a juego y unas sonrisas gemelas. Tragué con fuerza, pensando en cómo decaerían sus expresiones cuando se enterasen de lo de su hermano.

—Aquí estás —dijo Norah como si me hubiesen estado buscando.

—¿Por qué está tu mami durmiendo en el sofá? —me preguntó Mae.

Convierto el gesto en una máscara de calma.

—Debe de estar cansada.

—¿Por qué tienes la voz así? —quiso saber Norah.

Me aclaré la aspereza de la garganta.

—Igual me estoy resfriando.

Mae levantó una ceja escéptica.

—No puedes estar en la habitación de Beck con la puerta cerrada.

Volví hacia la cama y me senté sobre la colcha arrugada.

—Eso es solo si estoy con Beck.

—¿Has dormido aquí? —preguntó Norah.

—Sí. Ya sé que en teoría tampoco puedo, pero, ¿y si nos tumbamos las tres juntas un ratito?

Mae frunció el ceño.

—A Beck no le gusta que entremos en su cuarto cuando no está en casa.

—Creo que no le importará —susurré.

Ellas se miraron, comunicándose de esa forma silenciosa especial en la que lo suelen hacer, y luego subieron a la cama. Se acurrucaron una a cada lado de mí y yo les pasé los dedos por los rizos y me cayeron lágrimas por la cara.

Yo también quería dormirme y no volver a despertarme nunca más.

—Beck fue a la UMV —le digo a Isaiah por encima del sonido de la lluvia y de los limpiaparabrisas—. Me pidió que fuera con él al terminar el instituto. Charlottesville sería el principio de nuestra vida juntos. Aunque él murió, yo pensaba que la UMV era el sitio donde yo tenía que estar. Pensaba que le debía a él llevar a cabo nuestro plan, a pesar de que no siempre había sido el mío. Ahora me doy cuenta... de que la chica que hizo la solicitud a la UMV y solo a la UMV estaba buscando a un fantasma.

Él se queda en silencio, pensativo, asimilando mi confesión. Le estudio el perfil: frente lisa, nariz imperfecta, labios carnosos, mandíbula marcada.

La cara de un luchador.

Al fin, contesta, con unas palabras elegidas con cuidado y pronunciadas con consideración:

—Puede que no estuvieras buscando a un fantasma. Puede que estuvieras buscando a la persona que eras cuando estabas con él.

Aquella Lia, la Lia de antes, ya no está. Está muerta y enterrada, como su primer amor, su mejor amigo.

—Puede —respondo, sin comprometerme.

—¿Y si no vas a la UMV?

—Entonces, no iré a la universidad. —Lo digo como si fuera el peor de los fracasos.

—Vale —responde Isaiah como si preguntara «¿Y qué?»—. No vas a la universidad el semestre que viene. O incluso en todo el año que viene. Digamos que te das un año sabático. ¿Qué harías con él?

—La verdad es que nunca lo he pensado.

Me mira con los ojos resplandecientes en la escasa luz.

—Puede que sea el momento de empezar.

En vez de ir a la uni

1. Hacer un voluntariado.
2. Irme de mochilera al extranjero (¡qué miedo!).
3. Asistir a la escuela vocacional (¿vocación de qué?).
4. Estudiar formación profesional (para qué profesión: ¿esteticista?).
5. Hacer unas prácticas.
6. Trabajar en una tienda.
7. Hacer de «au pair» (vale, igual sí).
8. Escribir... algo.
9. Trabajar de aprendiz (¿es diferente de hacer unas prácticas?).
10. Sacarme la licencia de agente inmobiliaria (lucrativo, ¡no hace falta grado universitario!).
11. Dar clases particulares.
12. Alistarme en el ejército (¿qué diría papá?).
13. Hacerme vidente. (*risa/llanto*)

MEDIA VUELTA

Diecisiete años, Virginia

M e despierto al oír mi nombre.

Abro los ojos y miro por el parabrisas salpicado de bichos del Jetta. El coche está encendido, pero aparcado, y de las rejillas sale aire caliente. Me estiro —me cruje todo— y cierro la libreta, que ha aterrizado del revés en mi regazo cuando el sueño se ha apoderado de mí.

Isaiah nos ha traído a un garaje y ha aparcado marcha atrás en una plaza desde la que se ve la salida a unos veinte metros. Fuera, el cielo de la madrugada está despejado.

—¿Dónde estamos? —le pregunto recogiéndome el pelo en una coleta.

—¿Me prometes que no te vas a enfadar?

—No —respondo, intrigada por su expresión, un poco presumida y muy esperanzada.

De pronto, lo entiendo y me siento como si me hubieran lanzado a una piscina de agua fría.

La Universidad de la Mancomunidad de Virginia.

Isaiah ha hecho una parada técnica en la UMV.

—Podemos irnos —dice, ahora con un rastro de preocupación en la voz—. Estabas durmiendo cuando he salido de la autovía y parecías un ángel, no he tenido ánimos para despertarte. Pero he pensado que, si pudieras andar por el campus, hacerte una idea de cómo es ahora, tal vez podrías averiguar lo que quieres.

Fijo la vista en la salida del aparcamiento.

No sé qué decirle. Ni siquiera estoy segura de poder mirarlo.

Sin mediar palabra, salgo del coche. Estiro las piernas, la columna y los brazos hacia arriba. Y salgo del garaje.

Pronto descubro que hemos aparcado cerca de una librería. La acera está vacía y el aire, húmedo. Y, aunque ya no estoy desorientada, me siento perdida.

Estoy en Charlottesville.

¿Y ahora qué?

«Da un paseo, Amelia».

Estoy plantada en medio del campus. El campo de fútbol está al suroeste, los servicios médicos, al sureste. Casi todos los aularios y auditorios están al norte. Si voy hacia la derecha, iré a la plaza del campus, con su rotonda de mármol y su pintoresco jardín. Si voy hacia la izquierda, llegaré a la antigua residencia de Beck.

Pues a la derecha. Paso al lado de un par de residencias y del edificio de admisiones antes de llegar a la plaza; está tranquila por la hora que es. De pie al borde del césped, me empapo de la UMV: aceras limpias, hierba exuberante, edificios de ladrillo, banderolas rojas y azules colgando de las farolas. Hay un espíritu irrefutablemente erudito en este campus, y eso me encanta.

La última vez que estuve aquí, Beck me hizo una visita guiada mientras hacíamos tiempo para encontrarnos con su familia en el estadio. Nos habíamos parado para sentarnos en el césped, lleno de estudiantes y familias, y antiguos alumnos que habían venido para el partido.

—Dos años más —me dijo pasándome el brazo por los hombros.

Me apoyé en él.

—Qué ganas.

En aquel momento, estaba segurísima del futuro que quería: tardes en la biblioteca, fines de semana comiendo pizza y yendo a fiestas, noches acurrucada con Beck en la cama demasiado pequeña de su residencia.

Dieciocho meses después, estoy viviendo una vida que nunca me habría imaginado.

«No sé quién soy sin ti», le dije la mañana después de su graduación.

Sigo sin saberlo.

Pero empiezo a valorar esta nueva versión de mí: una Lia independiente de Beck.

Empiezo a creer que esa Lia estará bien.

Pienso en James, que se fue al Virginia Tech a hacer segundo curso.

Ahora entiendo por qué no pudo quedarse aquí.

Los pájaros cantan, los estudiantes empiezan a pasar con cuentagotas por las aceras.

La UMV empieza a despertar y yo también.

Salgo del césped para apropiarme de un banco. Solo llevo sentada unos minutos cuando Isaiah se me une. Me tiende un vaso de papel con un protector para el calor.

—¿Moca?

—Gracias —digo aceptando el café—. ¿Y el tuyo?

—Me lo he terminado en la cafetería. Quería darte algo de tiempo.

Doy un sorbo. Está ardiendo y sabe mucho a chocolate, justo como yo lo habría pedido.

Cuando bajo el vaso, me pregunta:

—¿Quieres más?

—¿Café?

—Tiempo —dice sonriendo.

Niego con la cabeza. He tenido el que necesitaba.

Mira el césped con las cejas fruncidas. Él ha dejado un valle de espacio entre nosotros. No puede ser muy divertido para él verme llorar la pérdida de un futuro imposible. ¿Qué lo ha motivado a conducir toda la noche y traerme a Charlottesville? ¿Por qué me compra moca y se sienta a mi lado en una universidad a la que no tiene ningún interés por asistir?

Lo único que sé es que agradezco tenerlo a mi lado.

—La última vez que estuve aquí —le cuento— fue con Beck. Vine a verlo en otoño de su primer año, más o menos un mes antes de que muriese. Cuando volví a Rosebell, no tenía ninguna duda de que la UMV era donde quería estudiar.

—Parece muy buena universidad.

—Lo es, pero no creo que sea la universidad adecuada para mí.

Su mirada busca la mía.

—¿No?

—No he sido capaz de admitirlo ante mí misma hasta esta mañana, pero, ahora que Beck no está, la UMV se ha convertido en… en una carga. Él no hubiera querido que me matriculase sintiéndome así. —Suelto una risa irónica—. Pero ahora que he entrado en razón, es demasiado tarde para dar media vuelta.

Isaiah niega con la cabeza.

—Nunca es demasiado tarde.

—Hice lo que me propusiste. Anoche, en el coche. Pensé en lo que haría si descartase la UMV.

—¿Y…?

—La verdad es que hay muchas opciones.

Se pone de pie y tira de mí.

—Cuéntamelas mientras buscamos un desayuno.

INCONDICIONAL

Diecisiete años, Virginia

El viaje de Charlottesville a Virginia del Norte pasa en un abrir y cerrar de ojos.

Conduzco yo e insisto en que Isaiah duerma un poco. Él tumba el asiento del copiloto y cierra los ojos, pero no estoy segura de si se ha dormido o no. Sea como sea, tengo la música de compañera, una reproducción más de la lista de Paloma y otra de una lista que escuchábamos Macy y yo cuando éramos muy amigas.

En Fredericksburg, paro a repostar, dejo a Isaiah en el coche mientras entro corriendo a la gasolinera a por un par de Mountain Dews. Mientras hago cola, saco el teléfono para enfrentarme a los mensajes que tanto me asustan.

Primero, les hablo a mis padres con un breve Todo bien? en la conversación que compartimos los tres. Me llega un emoticono de un pulgar hacia arriba de mi padre y, a continuación, una foto de mi madre: Norah y Mae en la mesa de la cocina de los Byrne, rodeadas de pinturas de cera, pegamento y purpurina, sonriendo mientras enseñan unas manualidades a medio hacer.

Son monísimas, me muero por verlas.

Agotando lo que me queda de valor, tecleo otro mensaje, uno que llevo preparando mentalmente desde que Isaiah y yo nos pusimos en camino anoche.

> Hola, Macy. Soy lo peor por hablarte ahora, cuando necesito algo, pero necesito algo. Viajo a Virginia del Norte con alguien y esperaba poder quedarnos en tu piso unas noches, si a ti y a Wyatt os parece bien tener compañía. Si no, no pasa nada. Puedo solucionarlo de otra forma. Pero te echo de menos y me encantaría verte. Dime algo.

Repaso mis palabras y me siento como una capulla poniéndome en contacto después de tanto tiempo con esta chica a la que abandoné, pero no tengo otro sitio al que ir. Cuando decidí hacer este viaje, pensé que tendría que aguantarme y quedarme en casa de los Byrne. Sin embargo, Isaiah me pidió venir y supe que tendría que arreglarlo de otro modo. Podría reservar un hotel —tengo una tarjeta de crédito para emergencias—, pero me sentiría fatal haciéndoles pagar a mis padres el alojamiento a Isaiah y a mí.

Estoy terminando en la caja cuando me vibra el móvil. Siento un pinchazo en el corazón al sacarlo del bolsillo: Quedaos el tiempo que necesitéis, amor.

Macy añade su dirección, un bloque de pisos cerca de la Universidad George Mason.

Yo suelto un suspiro de alivio.

Wyatt y ella tienen un felpudo, lo cual me parece muy adulto. Dice: «Volved cuando tengáis una orden de registro», pero, aun así, es un felpudo. Una planta, algún tipo de palmera, crece en una maceta debajo del timbre. Intento imaginarme a mis amigos cuidándola, pero la Macy y el Wyatt que yo conocía eran estudiantes de instituto. A ella le gustaban las bebidas alcohólicas afrutadas, los pantalones de campana y tocar el violín. A él pocas cosas le gustaban más que hacer reír a toda una sala llena de gente. La Macy y el Wyatt que viven aquí son universitarios que pagan facturas y hacen la compra e incluso puede que tengan un armario para la ropa de cama y las toallas. Viven felices para siempre.

Es el tipo de fantasía que yo tenía cuando pensaba en Beck y en mí.

Una música se cuela a través de la puerta: Haim, el grupo favorito de Macy.

Siento un golpe de nostalgia.

Isaiah carraspea.

—¿Llamamos al timbre?

—Sí —contesto, pero no hago ningún ademán de llamar.

Él me dirige una mirada de consuelo y luego aprieta el botón.

La música se corta.

Se acercan unos pasos.

El corazón me martillea las costillas.

El curso anterior, volví al instituto dos semanas después de Acción de Gracias. Dieciséis días después de perder a Beck. Mis padres querían que me quedase en casa hasta pasada la Navidad, prácticamente me rogaron que me tomase más tiempo, pero daba igual si volvía a instituto en diciembre, en enero o en mayo o décadas más tarde. Iba a ser igual de horrible.

Sobreviví a la primera mitad de aquel primer día sin incidentes. Hubo muchas miradas lastimeras. Unas pocas personas valientes me dieron el pésame. Cada uno de mis profesores me hizo saber que no tenía que estresarme por ponerme al día. Todo fue tolerable porque me lo esperaba.

Lo que no me esperaba fue el altar conmemorativo que se había montado en el vestíbulo del gimnasio. Alguien —seguramente, un administrador u orientador— había ampliado la foto del último curso de Beck. Estaba colocada en un caballete, rodeada de flores y peluches y objetos del equipo de atletismo. Unas velas a pilas titilaban y montones de tarjetas y cartas llegaban hasta los vestuarios, adonde yo me dirigía cuando me topé con aquella exposición.

El vestíbulo se fue vaciando y yo me quedé ahí de pie mirando la cara de mi novio: sus ojos verde militar, su sonrisa alegre, su pelo de cobre. Sonó la campana. Llegaba tarde a Educación Física y me daba igual. Con la mirada viajando por los recuerdos que se habían dejado allí, me arrodillé en el vestíbulo, sola en mi duelo…

… hasta que una voz dijo mi nombre.

Macy.

No habíamos hablado desde el funeral. Ella me había mandado mensajes y me había llamado. Pasó por mi casa la semana anterior, el día después de que sacase a escondidas de casa de Beck sus revistas guarras. Yo le dije a mi madre que no podía soportar la compañía, ella me intentó convencer de lo contrario, hasta que me incorporé en la cama y le grité que me dejase sola. Se le llenaron los ojos de lágrimas. Le dijo a Macy que se fuera y luego hizo lo que le pedí. Yo me enterré debajo de las sábanas el resto de la tarde.

Debía de parecer tan rota como me sentía, porque Macy corrió hacia mí y se agachó a mi lado. Señaló el altar.

—La gente ha estado trayendo cosas desde que nos enteramos. Wyatt y yo tendríamos que haberte prevenido. —Me rodeó los hombros con un brazo—. Lo siento.

Yo no quería que lo sintiese.

Quería que me hiciese reír.

Quería que me chinchase.

Quería que me devolviese a Beck, que restaurase la vida tal y como la conocía.

Su compasión me hacía sentir peor.

Me aparté de ella poniéndome en pie.

—Macy, no puedo hacerlo.

Su expresión se contrajo confundida.

No quería que me hablase de Wyatt. No soportaba pensar en lo que ella tenía y yo había perdido. Mis celos eran irracionales e injustos, pero me quemaban por dentro.

—Estar cerca de ti —le dije—. Me cuesta demasiado. Se parece demasiado a cómo era todo antes. Me hace querer creer que todo está bien. Que, en cualquier momento, sonará el teléfono y será él y… no puedo.

—Lia, solo intento ayudar.

—Es que no puedes. No hay nada que puedas hacer para arreglarlo… Para arreglarme a mí.

—No quiero «arreglarte».

—Sí que quieres. Y te estás esforzando demasiado.

Asintió, pero vi que no lo entendía.

—Lo siento —repitió—. Te dejaré espacio. Escríbeme mañana. O la semana que viene. Cuando sea. Me tienes aquí. Y a Wyatt también. Siempre nos tendrás.

«Nos».

Me dio un vuelco el corazón y la boca se me llenó de resentimiento.

—No —respondí con firmeza—. Necesito que salgáis de mi vida. Tú y Wyatt.

Ella se sorprendió, incrédula.

—Lia…

Me volví.

Me alejé.

Ella también había perdido a Beck, pero en lugar de ser un consuelo, de ser buena amiga, la expulsé de mi vida.

Ahora me siento como si tuviera fiebre, igual que me sentí aquel día en el vestíbulo del gimnasio. Isaiah debe de darse cuenta de que tengo las mejillas rojas e hirviendo, porque me da la mano. Me da un breve apretón alentador. Me suelta cuando se abre la puerta.

Macy.

Se ha dejado crecer el pelo más allá de los hombros y

lleva un aro plateado pequeñito en la nariz, pero sigue llevando sus gafas de pasta y esa sonrisa suya de dientes separados.

—Hola, Macy.

Se abalanza hacia delante para abrazarme y ríe mientras dice:

—¡Cuánto tiempo!

Abraza también a Isaiah y, si le sorprende que la persona que le he mencionado sea un chico, no lo demuestra. Mientras nos hace pasar al piso, dice:

—Wyatt volverá pronto.

Nos enseña una sala de estar amueblada de forma ecléctica, una cocina con una mesa para dos y el dormitorio principal, con mesitas de noche desparejadas y cojines decorativos con fundas de pelo artificial. La habitación de invitados es diminuta y solo tiene un futón, pero yo sigo sin poder creerme que estos amigos míos tengan una habitación de invitados. Isaiah y yo dejamos nuestras maletas en un rincón y luego volvemos a la sala de estar, donde Macy, una anfitriona encantadora, nos sirve una tabla de quesos.

Sonrío mientras ella coloca el cheddar y el *pepper jack*, una cuña de brie, varios tipos de galletitas saladas y racimos de uvas en la mesita de centro.

—Macy, no tenías por qué molestarte.

—Claro que sí. Acabáis de conducir un montonazo de horas. Ahora toca comer queso.

A Isaiah no hace falta que se lo diga dos veces. Mientras Macy me pone al día de sus clases —está estudiando Comunicación—, él hace sándwiches de queso con las galletitas y me pasa uno de vez en cuando. Yo los devoro intentando que no caigan migas en el sofá.

No pasa mucho rato hasta que Wyatt entra con un grito alegre y me abraza como si no hubiera pasado ni un día desde la última vez que nos vimos. Ayuda a Isaiah a terminarse la comida e inicia una conversación sobre los equipos de

Washington D. C. Yo no sé por qué me sorprende que se lleven bien; Wyatt es alegre e Isaiah es afable, es normal que se hagan amigos. Sonrío escuchándolos analizar en profundidad los talentos y las debilidades de los Washington Wizards respecto a los de los Memphis Grizzlies.

Macy capta mi atención y señala la cocina con la cabeza. La sigo.

—Me alegro mucho de que estés aquí —me dice una vez que hemos doblado la esquina—. No tienes ni idea de cuánto te he echado de menos.

Yo me doy prisa y suelto la disculpa que tendría que haberle ofrecido antes de mudarme.

—Perdona, Macy, por todo. Por cómo te traté… Por las cosas que te dije aquel día en el insti. Fue todo una puta tontería. Todo. Habrías estado en tu derecho de no querer volver a verme nunca más.

—Estabas pasando por un duelo. Como todos.

—Sí, pero te dejé sola.

—No hay una forma correcta de sanar —dice ella con amabilidad—. Créeme, yo la he cagado muchas veces en esto. Wyatt lo ha pasado muy mal. Todavía lo pasa mal a veces. Beck era incomparable, una estrella brillante. Perderlo… ha sido horrible para mí, así que no me puedo ni imaginar cómo se te habrá partido a ti el alma.

Asiento cogiéndole la mano.

—Pero si tuviera que volver a pasar por ello, sería mucho más buena amiga.

—Lo sé —dice ella, y sonríe—. ¿Y si me lo compensas contándome cada detalle de lo que ha pasado en el tiempo que no hemos hablado? Empezando por cómo conociste al bombón que tengo sentado en la sala de estar.

VÉRTIGO

Diecisiete años, Virginia

El sábado por la noche a última hora, después de cenar *poke* con Macy y Wyatt y de darme una ducha caliente que no ha ayudado demasiado a aliviar las contracturas que tengo tras diez horas de coche, abro la puerta de la habitación de invitados y me encuentro a Isaiah. Él se ha dado una ducha justo antes que yo y ahora está sentado en el borde del futón con unos pantalones de básquet y una camiseta arrugada.

Me mira y sus labios se curvan en una sonrisa.

—No esperaba tener compañía cuando he hecho la maleta —le digo, avergonzada de pronto de mi camiseta de tirantes de canalé y mis pantalones de chándal anchos.

—¿Qué habrías traído si hubieras sabido que iba a venir yo?

Me miro el pijama y me encojo de hombros.

—Esto, seguramente.

Se le ensancha la sonrisa.

—Me alegro.

Me doy la vuelta para dejar la bolsa de aseo en la maleta y me quedo hurgando en ella sin buscar nada en concreto, demasiado nerviosa para darme la vuelta. He pasado la noche con un solo chico y analicé, planifiqué y visualicé cómo sería acostarme con Beck literalmente durante años antes de meterme en su cama. Esta noche, todo —Isaiah, yo y un futón con sábanas con un estampado de cachemir— está mucho menos pensado.

Detrás de mí, el suelo chirría.

Unas pisadas amortiguadas avanzan por la moqueta.

Apenas tocándome la espalda con el pecho, tiende los brazos para cogerme las manos y apartarlas de la maleta. Sube las manos acariciándome los brazos. Yo empiezo a relajarme mientras él me masajea los músculos tensos del cuello, los hombros, las muñecas y los dedos. Cierro los ojos y me apoyo en su esternón. He pasado de estar recelosa a relajada en cuestión de minutos. Cuando me envuelve con los brazos, suelto un suspiro. Podría caer al suelo derretida y, a la vez, subir flotando hacia el cielo. En lugar de eso, me veo pensando en lo penoso que tiene que haber sido este día para él. Justo después de perder a Naya, se ha metido de lleno en el dolor de mi pasado y en la vida que compartía con otra persona.

Me tira de la mano para que me vuelva hacia él y, luego, con una voz suave y adormilada, dice:

—No me importa dormir en el suelo. O fuera, en el sofá.

—No, estaré bien.

—¿Estás segura?

Me esfuerzo por filtrar mis necesidades y esperanzas de la tormenta de emociones que tengo en la cabeza. Poco convincente, respondo:

—Eso creo.

—Me quedaré en mi lado de la cama si quieres.

Levanto la vista hacia él y repaso el contorno de su cara, la línea torcida de su nariz, la incertidumbre de su sonrisa. El contacto visual se alarga.

«Su alma le ofrecerá a la tuya una segunda alma gemela».

Y, en ese momento, mis necesidades y esperanzas se unen, se fusionan en una visión clara. Isaiah y yo empezando de cero. Isaiah y yo escribiendo nuestra propia historia de amor.

Me sube las manos por la espalda y nuestras respiraciones se sincronizan.

Voy hacia el futón y aparto las sábanas y me siento.

—No quiero que te vayas, Isaiah, y no quiero que te quedes en tu lado de la cama.

Susurramos hasta altas horas de la madrugada.

Él me habla de las ciudades que explorará el año que viene. Los monumentos que visitará. Las carreteras por las que viajará: la ruta estatal 1 de California, la ruta 66, la Great River Road...

—Podrías venir —dice acercándome a él.

Pienso en la agencia de *au pairs* sobre la que leí anoche mientras él conducía. Recuerdo lo emocionada que me sentí al pensar en los diferentes lugares que podía elegir. Alemania, Sudáfrica o Australia (¡Australia!). Podría irme un año entero. Podría pasar tiempo con niños mientras ganaba dinero y exploraba el país de mis sueños.

Parece perfecto.

Pero también lo parece un año en la carretera con Isaiah.

—Piénsatelo —musita—. Sería una aventura. Una aventura solo nuestra.

EN BARRENA

Diecisiete años, Virginia

Isaiah, Macy, Wyatt y yo nos pasamos el domingo viendo películas y devorando bolsas de palomitas con mantequilla hechas en el microondas. Pedimos pizza para cenar, luego Wyatt e Isaiah encienden la Xbox y empiezan una partida de *Madden NFL*. Macy se va con un grupo de estudio, de modo que yo le escribo a Paloma y le pregunto por la llegada de Liam a River Hollow. Ella me contesta enseguida y me dice que son la pareja más feliz del mundo. Me alegro mucho por ella. Entonces, con reticencia, les hablo a mis padres y les mando mentiras gordas diciendo que estoy en casa y estoy comiendo bien.

Temo el momento en el que nos topemos mañana en la ceremonia, el momento en el que se den cuenta de que soy lo peor.

Isaiah y yo nos vamos tarde a la cama, teniendo en cuenta lo pronto que me tengo que levantar al día siguiente. Tengo ganas de más de lo que pasó anoche y estamos llegando a ese punto cuando él se aparta y pregunta:

—¿A qué hora tenemos que salir mañana?

Hacia Mount Vernon, quiere decir.

Para la ceremonia de jubilación de Connor.

Piensa… ¿Piensa que va a venir conmigo?

—Yo me tengo que ir a las siete y cuarto.

Compartimos su almohada, nuestras caras están a un suspiro de distancia. Su sorpresa es evidente.

—¿No quieres que esté allí contigo?

Me doy prisa por intentar borrar el dolor de su cara.

—No es eso. No pensaba que quisieras venir. ¿No sería raro?

Se aparta y recoloca las piernas para quedarse sentado.

—No lo sé, Lia. ¿Sería raro?

—Estarán mis padres.

—Y no les caigo bien.

—No te conocen —aclaro.

Hace un ruido de hartazgo.

Yo también me siento, alisándome la camiseta y el pelo, intentando formular un argumento sólido, uno que no aumente su dolor.

Lo mejor que se me ocurre es:

—También estarán los padres de Beck.

—No me digas.

Me inclino hacia delante y le apoyo la palma de la mano en la espalda.

—Quiero que conozcas a mi madre y a mi padre. Y quiero presentarte a Bernie y a Connor.

—¿Seguro?

—Claro, Isaiah. Es solo que… mañana no es el día adecuado.

—No hay un momento mejor. Volvemos a casa el martes. Cuando acabe el instituto, yo me iré un año. Y quién sabe dónde estarás tú.

Aparto la mano y susurro:

—No sé qué quieres que diga.

Se vuelve y su mirada choca contra la mía.

—Quiero que digas que lo has superado a él. Puede que sea un capullo pidiéndotelo, pero, joder… si no lo has superado, ¿qué estamos haciendo? Quiero que digas que importo. Que te importa esto. Que seguiremos adelante juntos. Quiero que digas las cosas por su nombre.

—¿Qué? —le pregunto—. ¿Qué nombre?

—Ya lo sabes. Sabes muy bien que estoy enamorado de ti, pero no quieres reconocerlo… ni quieres permitirte sentirlo. Me mantienes alejado para que tu conciencia no entre en barrena.

—Eso no es justo.

—¿No? —dice abatido—. ¡No me digas!

Yo aprieto los dientes tan llena de frustración que he perdido la capacidad de hablar. ¿Cómo se atreve a decirlo en voz alta —«estoy enamorado de ti»— y luego a insultarme en la frase siguiente? ¿Cómo se atreve a meterme más presión y luego a contestarme «¡No me digas!» de lo más pasota? ¿Cómo se atreve a hacerme sentir querida y, al mismo tiempo, furiosa?

Me imagino que ocurre: tiramos el puzle de nuestra relación, meticulosamente encajado, por un precipicio y aterriza con un golpe devastador, las piezas se esparcen y la imagen del puzle es irreconocible.

Yo también lo quiero, de un modo que me sobrepasa, de un modo que me hace sentir a un beso de volver a perderme.

Me dejé llevar por mi amor por Beck. Él nunca me pidió que cambiase, que me sacrificase; no tuvo que hacerlo. Yo me entregué. Abandoné mis objetivos y me olvidé de mis sueños por voluntad propia, con gusto. Tal vez hubiera valido la pena. Si Beck y yo hubiésemos envejecido juntos, puede que nunca hubiera dudado de mi decisión. Sin embargo, ahora sé demasiado bien que abandonarme a otra relación, a otro chico —incluso a uno tan abnegado y bueno como Isaiah—, sería deshacer dieciocho meses de curarme, de redescubrirme a mí misma.

—¿Recuerdas lo que me prometiste la semana pasada en Cerámica? —me dice con la voz áspera por la emoción.

Le dije que no volvería a tratarlo como a una mierda.

Pero no es lo que estoy haciendo.

Guardándome lo que siento, estoy tratándolo con cuidado. Manteniendo la distancia, estoy siendo considerada. Yendo sola a la ceremonia de Connor, le estoy evitando el estrés, la incomodidad y el dolor.

Estoy intentando hacer lo correcto, tanto para él como para mí. Pero al intentar explicarlo… me preocupa que parezca que estoy poniendo excusas y rehuyendo mostrarme vulnerable.

Vuelve a tumbarse, esta vez hacia el borde de la cama, insatisfecho con mi silencio.

Yo me acurruco en mi lado, invadida por la tristeza.

No puedo llevarlo a Mount Vernon.

UNA CONVERSACIÓN

LIA: Isaiah me odia.

PALOMA: Imposible.

LIA: La he cagado, le he hecho daño.

MEAGAN: Pues arréglalo.

LIA: No sé cómo. No cree que haya superado a Beck.

SOPHIA: Oooh ☹ ¿Dónde está?

LIA: En la cama.

PALOMA: ¿Y dónde estás tú?

LIA: En la cama.

SOPHIA: ¿La misma cama?

MEAGAN: Pues claro, Soph.

LIA: Está durmiendo. Hemos discutido. Me ha dicho cosas fuertes. Cosas que son verdad. Yo le he dicho cosas equivocadas. ¿Qué hago?

PALOMA: Despiértalo, dile cómo te sientes.

SOPHIA: No lo despiertes, deja que duerma todo lo que quiera y que se le pase.

MEAGAN: Despiértalo y sedúcelo para que te perdone.

LIA: Sabía que podía contar contigo para echarme unas risas, Meg.

MEAGAN: Ahora en serio, hablad mañana después de la

ceremonia. A él se le habrá pasado un poco y tú habrás superado algo difícil. Irá mejor.

PALOMA: Meagan viene fuerte con un consejo espectacular.

SOPHIA: Una de los millones de razones por los que la quiero.

PALOMA: Yo igual, la verdad.

MEAGAN: ¿Lia? ¿Sigues viva?

LIA: Sigo aquí. ¿Y si no voy a la universidad?

SOPHIA: En plan… ¿nunca?

LIA: No lo sé. Igual me tomo un año sabático.

PALOMA: Seeeeeeh.

MEAGAN: Hazlo.

SOPHIA: Pero ¿y la UMV?

LIA: He cambiado de opinión.

SOPHIA: Ven a Austin Peay con Meg y conmigo. Empieza en el semestre de primavera.

PALOMA: No, ¡tómate un año entero! ¿Cómo lo pasarías?

LIA: Isaiah me ha pedido que me vaya de viaje con él en coche. A ver el país.

SOPHIA: *desmayada*

MEAGAN: ¿Y te apetece la idea?

LIA: Mucho. Pero tengo mis propias ideas.

PALOMA: ¿En plan?

LIA: Un programa de *au pair*… en Australia.

MEAGAN: Brutal.

SOPHIA: Guau, sería increíble.

PALOMA: ¿Podríamos ir a verte?

LIA: Claro.

SOPHIA: ¿Y qué pasa con Isaiah? ¿Y el viaje?

LIA: Puede que Virginia acabe con nuestra relación.

PALOMA: Ni hablar.

SOPHIA: Imposible. Aunque no por eso tienes que irte de viaje con él.

MEAGAN: Eso, tómate un año para ti, para aclararte.

PALOMA: Sobreviviréis a eso.

LIA: ¿Tú crees?

PALOMA: Lo sé. Isaiah y tú sois la pareja perfecta.

LIA: Hablando de parejas perfectas, ¿las cosas siguen bien con Liam?

PALOMA: Muy bien, ya no está en la lista de espera de la uni.

LIA: ¡¿Qué?! ¡¿Será un Trojan?!

PALOMA: Igual que yo <3

MEAGAN: Está de un enamorado que da asco.

PALOMA: ¡Oye!

MEAGAN: No te preocupes… yo también.

SOPHIA: ¡Oooh!

LIA: Os echo de menos, chicas.

SOPHIA: ¡Y nosotras a ti!

PALOMA: ¡Nos vemos el miércoles por tu cumple! ¿Pastelería Buttercup?

LIA: ¡Claro!

MEAGAN: Cuéntanos cómo va lo de mañana.

PALOMA: Nos tienes aquí, tía.

ALZAR EL VUELO

Diecisiete años, Virginia

Tras una noche de sueño intermitente, me suena la alarma antes del amanecer.

La ceremonia de Connor. A las ocho en punto. En la finca Mount Vernon de George Washington.

Me ducho a toda prisa, me pongo un vestido de lana de color burdeos, unas medias a rombos y unas botas marrón claro antes de secarme el pelo y recogérmelo en una coleta sencilla. Luego me maquillo corriendo con la esperanza de parecer más descansada de lo que me siento.

Estoy recogiendo las llaves, el teléfono y el bolso en la cocina cuando aparece Isaiah con los ojos adormilados en el recibidor.

—¿Cuándo volverás? —me pregunta.

—¿Hacia las once?

Me acerco y le paso una mano por el pelo alborotado. No estoy enfadada como anoche. Tras escribirles a mis amigas, me puse a pensar… Isaiah no quiere colarse en la ceremonia de jubilación de Connor, solo quiere que yo quiera que esté ahí.

Me aliso el vestido y le pregunto:

—¿Estás bien?

Niega con la cabeza.

—Estoy… No lo sé. ¿Me está costando? Pero hoy el día va sobre ti, tu familia y la de él. No voy a jodéroslo.

Nunca ha dicho el nombre de Beck. No estoy muy segura de cómo me siento al respecto.

—Te escribiré en el camino de vuelta.

—Vale. —Con la mirada baja, dice—: Ve con cuidado.

—Isaiah…

Levanta la cabeza, con la mirada fría y la mandíbula apretada.

—Haz lo que has venido a hacer. Luego hablamos.

El aire reluce con el frío del amanecer, pero el cielo está despejado y el sol brilla al este. Un buen día para una celebración.

Conduzco hasta la autopista, donde me frena un atasco. Nerviosa, voy cambiando de carril, intentando ganar terreno, pero, en cuanto consigo coger ritmo, las luces de freno se encienden ante mí. El reloj va avanzando hasta las ocho y, luego, para horror mío, más allá.

Cuando aparco en la finca, soy un manojo de nervios. Hace años que no piso Mount Vernon y, para cuando consigo llegar al centro de visitantes, rodeo a toda prisa el jardín superior y voy hacia el Bowling Green, una gran extensión de césped delante de la majestuosa casa principal, la ceremonia ha empezado.

Mi padre está de pie ante unas cuantas decenas de personas, distinguido con su uniforme de gala, hablando sobre el servicio altruista y noble que ha prestado Connor. Yo me quedo cerca de unos árboles, lo bastante cerca para oír, pero no tanto como para que mi llegada interrumpa. Mientras escucho, encuentro a Bernie y a las gemelas en primera fila, así como a la madre de ella y a los padres de Connor. Mi madre está al otro lado de Bernie. Su pelo parece hilo de oro en la luz matutina.

Me entran ganas de llorar mirando a esas personas a las que quiero tanto.

Mi padre termina su discurso diciendo:

—Es un honor haber servido a esta gran nación contigo, Connor, pero el verdadero privilegio durante el último cuarto de siglo ha sido tu amistad.

El pecho se me llena de gratitud. Durante mucho tiempo, los Byrne han estado entrelazados con los Graham. Qué afortunados somos de tenernos los unos a los otros.

Si Beck estuviera aquí, le daría la mano.

Antes de que le toque hablar, Connor acepta una gran cantidad de medallas y certificados, con una sonrisa a la vez digna y traviesa muy parecida a la de su hijo.

Ay, mi corazón.

Carraspea antes de lanzarse a hacer un resumen de los momentos más destacados de su carrera militar. Habla de sus padres, sus primeros admiradores. Habla de Bernie, su gran amor. Habla de los Graham, su familia elegida. Habla de sus hijas, que tanta felicidad le dan.

Habla de Beck.

—Mi hijo mayor ya no está con nosotros. Esa sigue siendo una realidad con la que me resulta insoportable lidiar. Su muerte es, en gran parte, el motivo de que haya decidido dejar atrás la vida en el ejército. Mi familia me necesita. Necesita toda mi dedicación. —Hace una pausa para dejar que su pena se disipe e inhala tembloroso—. Y también estoy demasiado viejo y decrépito para hacer todas las flexiones de las pruebas de condición física.

Se oyen algunas risas. Algo que comparten Beck y su padre, además del pelo caoba, es un don para la levedad, una mano para elegir el momento oportuno para la broma. Y menos mal, porque estoy al borde de las lágrimas desde que he pisado el césped de George Washington.

—Os agradezco que hayáis venido hoy —continúa Connor—, ya sea enfrentándoos al tráfico de la circunvalación o volando desde la otra punta del país. Seguir teniendo vuestro apoyo confirma la decisión de retirarme. Vuestras caras sonrientes me traen consuelo y muchísima felicidad. Es curioso: cuando has soportado un profundo dolor, las alegrías que llegan después son mucho mayores.

Un chillido sordo resuena por la histórica finca.

Todo el mundo levanta la cabeza: un águila planea sobre nosotros. Las plumas blancas de su cabeza destacan bajo el cielo de cobalto.

Vuelve a chillar y baja en picado, presumiendo, rebosando confianza.

Un escalofrío me recorre la piel.

Beck está con nosotros.

Siempre lo estará.

Vuelvo a bajar la vista hacia la ceremonia y noto que a Connor le ha cambiado la expresión. Parece asombrado, pero ya no está mirando al águila. Tiene la mirada fija en mí. Debe de costarle un momento procesar lo que ve, asimilar que mi presencia es más que un espejismo. Se le dibuja una sonrisa en la cara.

Bernie se vuelve para buscar la fuente de la sorpresa de su marido.

Cuando me ve, se queda boquiabierta.

Igual que mi madre.

Mi padre levanta una mano para hacerse sombra en los ojos, mirando a través de los rayos de sol hacia donde estoy.

Al perfecto unísono, las gemelas chillan:

—¡Lia!

Y, antes de que Bernie pueda cogerlas de las manitas, se precipitan por la hierba hacia mis brazos abiertos.

Norah y Mae se quedan a mi lado mientras la ceremonia de su padre llega a su fin de forma oficial.

El águila no se marcha, bajando en picado y elevándose por el cielo.

Connor tiene invitados a los que saludar, pero mi madre, mi padre y Bernie se dan prisa por venir donde los esperamos las gemelas y yo. Bernie me envuelve en un abrazo antes de empujarme hacia los brazos de mi madre, que me aprieta fuerte y me pasa una mano por el pelo. Y luego le toca a mi padre.

—Se suponía que no tenías que alejarte de casa —dice.

Por un momento, pienso que está enfadado, pero, cuando se aparta, tiene los ojos llenos de cariño.

—¿Cómo has…? —pregunta mi madre.

—Vine en coche el viernes por la noche. Salí después de que despegase vuestro vuelo. Es que… no podía perdérmelo.

Me he saltado las normas. He mentido. Nuestra relación nunca ha sido más complicada. Pero espero clemencia.

Mi madre me rodea los hombros con el brazo.

—Me alegro mucho de que estés aquí.

—Yo también —dice mi padre.

—¿Dónde estás durmiendo? —pregunta Bernie mientras las gemelas corren en círculo a nuestro alrededor.

—Cerca de la UGM, con Macy y Wyatt.

Mi padre me despeina.

—No me puedo creer que hayas venido hasta aquí tu sola con el coche.

Trago esperando que su buena disposición sobreviva a la siguiente noticia.

—En realidad, me ha acompañado Isaiah.

Si está molesto, no lo demuestra. Miro a Bernie intentando discernir si reconoce el nombre, si mi madre le ha hablado sobre esa persona nueva que hay en mi vida. Encuentro dolor en su expresión, pero también aceptación. Tiende los brazos hacia mí y yo me apoyo en ella deseando no haberme pasado un año y medio rehuyendo sus abrazos.

—Me alegra que no hayas estado sola —susurra.

Bernie nunca me ha escondido la verdad.

—¿No estás disgustada?

—Amiga, no. Esperaba que tarde o temprano pasaras página. Lo que Beck y tú teníais era extraordinario. Tu próximo amor también lo será.

Asiento, llorosa de nuevo.

Ella sonríe.

—Lo único que quiero es que seas feliz. Y Beck querría lo mismo. Querría que vivieras, Lia. Querría que amaras.

El águila vuelve a chillar. Es un graznido reverberante que surca la mañana serena.

La observamos ascender sobre la finca con las alas bien abiertas y el pico en dirección al Potomac.

La vemos desaparecer en el resplandor del sol primaveral.

CAMBIO DE PARECER

Diecisiete años, Virginia

Bernie y Connor invitan a un brunch en un restaurante cercano llamado Café Americana. Han reservado una sala privada en la que hay un bufet de quiches, pastas, bandejas calientes llenas de huevos, salchichas y beicon, y fuentes rebosantes de fruta. Sigo a mis padres en la fila, llenándome el plato con piña, beicon y un brioche con pasas glaseado y luego me uno a ellos en una mesa vacía. Bernie, Connor y las gemelas se sientan cerca, con Nana, la madre de Bernie, y los abuelos Byrne.

Mi padre me deja el tiempo suficiente para terminarme un solo trozo de beicon antes de decir:

—¿Y qué...? —Carraspea—. ¿Qué está haciendo Isaiah esta mañana?

Pincho un trozo de piña con el tenedor.

—Me está esperando en casa de Macy y Wyatt.

Mi madre sonríe.

—Se he portado muy bien acompañándote hasta aquí en el coche.

—A mí también me lo parece —dice mi padre—. Me alegra que hayas decidido venir. Tenerte en la ceremonia ha hecho más soportable la ausencia de Beck... para tu madre y para mí, pero sobre todo para los Byrne. No habría estado bien que os lo perdierais los dos.

Es cierto. Haber visto al águila sobrevolar Mount Vernon me ha confirmado que tomé la decisión correcta al volver a Virginia. Haber sido testigo de la alegría de los Byrne cuando he llegado me ha hecho desear haberlos visitado antes, pero estoy orgullosa de mí misma por venir cuando más importaba.

—Quería que Connor y Bernie supieran cuánto me importan —les explico a mis padres—. Y quería que Mae y Norah supieran cuánto las quiero.

—Lo saben —me dice mi madre.

—A vosotros también os quiero —añado—. Últimamente he sido lo peor a la hora de demostrarlo, pero os quiero.

Mi madre se acerca para abrazarme y huele a jazmín y a consuelo. Se toma un momento antes de soltarme y ponerse recta mientras se seca una lágrima con la servilleta.

Mi padre dice:

—Cuando volvamos, espero que Isaiah venga por casa. Si te ha apoyado en este viaje, tiene que ser un buen chaval. Un buen amigo. Queremos conocerlo.

—Vale —contesto, aunque, después de anoche, no estoy segura de que Isaiah vaya a querer saber nada de mí y mucho menos estar a buenas con mis padres.

Sin embargo, hoy puedo ser la chispa que encienda el cambio. Puedo empezar a reparar mis relaciones. Puedo redirigir mi rumbo. Miro a mi madre a los ojos y luego a mi padre.

—Hay otra cosa de la que quiero hablar con vosotros… Ya no quiero ir a la UMV.

Mi padre suelta una exhalación que suena a alivio.

—¿A qué se debe el cambio de parecer? —pregunta mi madre.

—Isaiah y yo paramos en Charlottesville de camino hacia aquí. Estar allí sin Beck… No es lo que era. Nunca lo será. Ojalá no hubiera pedido la admisión anticipada vinculante. Seguramente, me he destrozado… el futuro.

—No, cariño —responde mi madre—. No es un error que no se pueda arreglar.

Mi padre asiente.

—Nos pondremos en contacto con la UMV y te ayudaremos a explicar la situación.

—Pero la fianza…

Mi padre hace una mueca.

—Prefiero perder el dinero que dejarte en ese campus sabiendo que no serás feliz. No te preocupes por la fianza, Millie. Céntrate en el futuro. En qué pasará cuando te gradúes. Después del verano.

—No quiero ir a la universidad —digo observando su cara y viendo cómo se abren los ojos de mi madre—. Todavía no. Tengo que aclarar algunas cosas, ser yo misma un tiempo. Necesito una aventura.

Se miran. La educación es importante. Siempre habían dado por hecho que iría a la universidad. Puede que me digan que tengo que ir, lo cual nos traería más conflictos.

O puede que me apoyen. Puede que confíen en que puedo labrarme mi propio camino.

Cuando vuelven a mirarme, veo aprobación en sus ojos.

—¿Qué tipo de aventura? —me pregunta mi padre, y el corazón me rebosa amor.

—Todavía no estoy segura. Lo único que sé es que quiero hacer más. Ver más. SER más.

—Creo que puedo apoyar esa idea —apunta mi madre.

Mi padre sonríe con sensatez.

—No me opongo a ello.

—¿A qué no te opones? —pregunta Connor acercándose y dándole una palmada en la espalda a mi padre.

Bernie también se nos une y se sienta en la silla de al lado de la de mi madre. Han dejado a las gemelas terminando de almorzar con sus abuelos.

—Lia va a vivir una aventura —les explica mi madre—
cuando termine el instituto.

—¡Oh, un año sabático! —dice Bernie—. Ojalá hubiera
hecho uno, Hannah. ¡Imagínate en qué líos nos habríamos
metido!

Connor se ríe por la nariz y mi padre suelta una carcajada y pone cara de circunstancias.

—Ahora ya es demasiado tarde —responde mi madre
sonriendo—. Tendremos que vivirlo a través de nuestra
niña.

—¡Sí! Y luego a la UMV, ¡qué ilusión!

—Lo de la UMV… —intervengo esperando que Connor
y Bernie sean tan comprensivos como mis padres—. Es
que… no puedo. No puedo ir sin Beck.

Connor me tira con suavidad de la coleta.

—Tienes que hacer lo que sea mejor para ti.

—Pues claro —dice Bernie—. Te apoyaremos vayas
donde vayas… mientras no sea a la Estatal de Mississippi.

Mi padre se ríe.

—Ahí ya sabe que no puede ir.

Empiezan a recordar sus días en Ole Miss como tantas
otras veces.

Yo me recuesto en mi silla sintiéndome, por primera vez
en muchísimos meses, emocionada por el futuro que tengo
por delante.

LA EXPLANADA

Diecisiete años, Washington D. C.

Después del brunch, llevo a Isaiah a Washington.

Porque ha viajado hasta aquí y debería ver lo que tiene que ofrecer la capital del país.

Porque, si yo puedo sobrevivir a un paseo por la Explanada Nacional, puedo sobrevivir a cualquier cosa.

Le debo una disculpa.

Tomamos el metro y, tras bajar en L'Enfant Plaza, andamos hasta la Cuenca Tidal. El día se ha vuelto más cálido y en los cerezos asoman capullos de un rosa pastel. Avanzamos por caminos llenos de gente y paseamos por la orilla y dejamos atrás el monumento a Jefferson, donde se me cierra la garganta.

Me esfuerzo por respirar y no aflojo el paso.

Miramos el monumento a Roosevelt, uno de los favoritos de mi padre, antes de seguir hasta el monumento a Martin Luther King. Isaiah lo observa, reverente. Ha estado callado. Sé que todavía no se le ha pasado lo de anoche, pero le agradezco que me haya acompañado a dar este paseo turístico. No me imagino volviendo a la Explanada con alguien que no sea él.

Con actitud sombría, nos acercamos al monumento a Lincoln.

Puedo hacerlo: puedo subir las escaleras hasta arriba del todo.

Estoy bien. Sé que lo estoy.

Sin embargo, cuando llevo unos cuantos escalones, de pronto, no lo estoy.

Me paro y me vuelvo a mirar el estanque reflectante e inhalo con dificultad.

«Joder, es que me encantas», me dijo Beck antes de besarnos y reclamar nuestro destino.

Doy un respingo cuando Isaiah me toca el hombro.

—¿Estás bien?

Asiento, aunque no, no estoy nada bien.

—¿Quieres seguir?

—Sigue tú —le digo.

—¿Sin ti?

Lo último que quiero es que siga solo, pero mi cuerpo se está rebelando contra mí.

Pulmones: lentos.

Músculos: temblorosos.

Visión: borrosa.

Vuelvo a asentir, decepcionada conmigo misma. Cabreada conmigo misma. Me dejo caer para sentarme en un escalón frío y duro, y sigo el progreso que hace Isaiah. Recorre medio camino hacia la estatua antes de girarse. Nuestras miradas se cruzan. Levanta la mano para dedicarme un saludo apagado. Yo le sonrío alentadora, pudiendo ya llenar de nuevo los pulmones.

Se gira y sube.

Me llama la atención una familia: dos hombres que se dan la mano y dos hijos, niño y niña, que parecen llevarse poco tiempo, uno un poco más alto que la otra. Juegan cerca del agua y el padre más bajo y fornido no deja de mandarles que se estén quietos, pero ellos están llenos de energía, riendo. Juegan como jugábamos Beck y yo: libres, alegres.

Y, entonces, bajito, al oído: «Ve, Amelia. Juega. Ama. Vive».

Me hago a mí misma una promesa...

Aceptaré mi nuevo destino.

Me pongo en pie y me doy la vuelta para mirar a Isaiah, pero ha desaparecido dentro del templo del monumento.

No me lo pienso, subo corriendo la escalera, esquivando turistas, centrada solo en llegar arriba. Cuando lo consigo, estoy eufórica y la fortaleza que acabo de descubrir en mí es sólida como el mármol que tengo bajo los pies.

Isaiah es una de las muchas personas que rodean la estatua de Lincoln y levantan la vista para mirar su cara cincelada. Me acerco a él con brío, a pasos seguros, hasta que choco contra su espalda y lo rodeo con los brazos por debajo de los suyos. Noto cómo da un respingo, pero, en cuanto junto las manos y lo abrazo y meto la mejilla en el espacio entre sus escápulas, exhala, se le contraen las costillas, se le vacían los pulmones y se da la vuelta para apretarme contra su pecho. Siento la vibración de su corazón a través de la sudadera y la chaqueta. El mío también late con fuerza. Nos quedamos de pie, juntos, mucho tiempo, reconstruyendo en silencio nuestro puzle.

Cuando, por fin, se aparta para mirarme, pregunta:

—¿Qué ha cambiado?

—Por fin me he reconciliado con lo que quiero.

Sonríe, me lleva hacia el sol y bajamos las escaleras.

Cogidos de la mano, continuamos dándole la vuelta al estanque reflectante y nos detenemos al llegar al monumento a Washington, donde encontramos un trozo de césped y nos sentamos para mirar por dónde hemos venido.

Él tenía razón: he ido con pies de plomo... con mi corazón y con el suyo.

He sido reacia a confiar tanto en mí misma como en él.

En lugar de valorar el pasado, he dejado que me controle.

—Siento lo de anoche —dice él antes de que tenga la ocasión de compartir mis revelaciones—. No tenía derecho a pedirte ir a la ceremonia. No tendría que haberte hecho sentir mal por ello, pero estaba celoso. Lo cual es una puta tontería, lo sé. ¿Cómo puedo estar resentido con un tío que no está y no puede competir?

—Pero no es una competición. No lo ha sido en ningún momento.

—Joder, ya lo sé. Él… Beck siempre formará parte de tu historia y anoche no lo respeté. No me extraña que estés enfadada.

—No estoy enfadada. Ya no. Pero necesito que entiendas… que nunca lo superaré. Fue mi infancia. Mi mejor amigo. Mi primer amor.

—Lo entiendo. Y empiezo a darme cuenta… de que tengo que darle las gracias a él de que hoy seas quien eres.

Sonrío.

—Le habrías caído bien.

Él hace girar despacio el anillo que llevo en el dedo.

—Yo no lo tengo tan claro.

—Yo sí. Cuando murió, pensé que había perdido mi única oportunidad de ser feliz. ¿Cómo iba a encontrar la felicidad en un mundo sin Beck? Le hubieras caído bien porque me has demostrado que la capacidad de querer de mi corazón es infinita. Tiene sitio para guardar recuerdos suyos y sitio para crear nuevos recuerdos contigo.

Los ojos le titilan con esperanza.

—¿Qué quieres decir?

Entrelazo los dedos con los suyos.

—Digo que, en algún punto del camino, me he enamorado de ti.

Sonríe.

—Para mí fue el primer día.

Me río.

—¿Cuando te llené de lágrimas la camiseta y luego me

abalancé sobre ti mientras esperabas el coche para volver a casa? Tendrías que haber salido corriendo.

—Entonces no estaría aquí con una chica que hace que el futuro dé mucho menos miedo. Iba en serio el otro día, Lia. Mi viaje podría ser nuestro viaje.

Niego con la cabeza.

—No puedo. Por mucho que quiera ir contigo, necesito pasar el próximo año dedicándome a mí.

—Vas a terminar en la otra punta del mundo, ¿verdad?

Sonrío y le doy un golpecito al hombro con el mío.

—Espero que sí.

Me abre la mano y con el dedo índice me dibuja un corazón en la palma. Me arremanga hasta el codo antes de trazarme un camino de corazones por el brazo. Cuando se queda sin espacio, dice con un hilo de voz:

—¿Y cuando termine el año, cuando acaben nuestras aventuras?

—Empezaremos una nueva aventura. Juntos.

Se inclina para tocarme la barbilla y me acaricia el labio inferior con el pulgar antes de besarme en ese mismo lugar.

—Juntos —susurra.

UN AMOR ANUNCIADO

Epílogo: un año antes

Unos meses después de la muerte de Beck, se me metió en la cabeza que tenía que consultar a una vidente.

Cuando tenía diecisiete años, a mi madre le predijeron el futuro, una predicción que se convirtió en brújula y profetizó los acontecimientos más importantes de su vida. Yo estaba segura de que una predicción propia me daría la orientación que me faltaba desde que había perdido a Beck; desde que había perdido mi destino.

Buscando por internet, encontré a una médium en Arlington, una mujer que se llamaba Jasmine y que en la foto que tenía en su web no parecía amenazadora. Pedí cita para una tarde fría de principios de marzo. El trayecto en coche se me hizo eterno y, para cuando me planté delante de la tienda —en cuyo escaparate estaban pintadas las palabras «Jasmine – Médium»— con un viento fresco cortándome las mejillas, estaba tensa como un muelle apretado.

Sonaron campanitas cuando empujé la puerta. Al entrar en el pequeño recibidor, me pregunté si mi madre había estado tan nerviosa antes de su sesión hacía todos esos años.

Una puerta interior se abrió y por ella salió una mujer. En las películas, las videntes siempre van con túnicas, muchas pulseras y el pelo trenzado de forma pintoresca, pero esta parecía a punto de irse al súper, con sus pantalones claros, un jersey de punto trenzado y unas botas marrones. Se había maquillado y llevaba el pelo castaño suelto.

—¿Lia Graham?

Asentí y luego solté:

—No parece una vidente.

Su sonrisa se volvió divertida.

—Y tú no pareces alguien que necesite una sesión.

—¿Es una observación sin más o una conclusión profesional?

Levantó una ceja.

—¿Te gustaría pasar a mi despacho?

La seguí hasta un espacio que no se diferenciaba mucho del de mi terapeuta del duelo: escritorio, sofá, estantería llena de libros, enredaderas. Ni rastro de cartas celestes, conchas ni huesos. Nada de incienso ni baraja del tarot.

Me señaló el sofá. Me senté.

Ella se relajó en el sillón que había enfrente y dijo:

—Bueno, Lia, ¿qué te interesa saber?

Dudé y entonces me topé con una respuesta.

—Supongo que… solo… necesito saber qué se supone que tengo que hacer. Bueno… con mi vida.

Ella me miró sin hablar durante mucho rato. Yo esperaba cierto nivel de inquietud, pero me sentí totalmente expuesta y profundamente incómoda, como si estuviera hurgando en la caja donde yo guardaba mis secretos. Sin embargo, no aparté la mirada. Me parecía importante no perder la vulnerabilidad.

En un tono profesional me dijo:

—Has sufrido una pérdida.

—¿Tanto se nota?

Ella me dedicó una sonrisa tensa.

—Estás… perdida. No siempre lo estarás.

—¿Me lo promete? —pregunté en un mal intento de poner algo de humor.

Tajante, continuó:

—La pérdida es reciente.

—Hace noventa y nueve días.

—Era un chico importante para ti. Vuestras vidas estaban entrelazadas.

Me escocieron los ojos y la mirada se me enturbió. Con un hilo de voz, dije:

—Todavía parece que lo estén.

—No te esperabas su muerte.

—No.

—Y ahora tu alma echa de menos su reflejo.

«La mujer de la que te he hablado, el espejo de tu alma, dará a luz al destino de tu hija».

Un escalofrío que me caló hasta los huesos me hizo temblar.

Junté las manos y contuve las lágrimas.

Sin embargo, mi tristeza debió de ser aparente, porque con más amabilidad en la voz que hasta el momento, me dijo:

—Te acompaño en el sentimiento.

Yo asentí, temiendo que intentar hablar me arrebatase la compostura.

—Me da la impresión de que buscas detalles —prosiguió—. Me has preguntado qué tienes que hacer con tu vida y… no lo sé. Te enfrentarás a decisiones, decisiones difíciles que todavía lo serán más porque tienes una comprensión única de la fragilidad de nuestra existencia. A veces, tomarás la decisión equivocada y, a veces, tomarás la decisión perfecta, pero el resultado no será el que esperas. Sea como sea, la elección será toda tuya.

Yo me revolví en el sofá, cada vez más frustrada.

—Pero se supone que tiene que decirme mi futuro.

«Se supone que tiene que ayudarme», pensé desesperada.

Se inclinó hacia mí apoyando los codos en las rodillas.

—Soy una guía, no una coreógrafa. Lo único que puedo decirte es que tu corazón sanará. Algún día dejarás de contar los días que hace que se marchó. Algún día te reirás sin dudar si se te permite ser feliz. Algún día pensarás en él y, en lugar de sentir que no puedes respirar, que no puedes existir, sentirás el calor de la llama de su recuerdo.

Negué con la cabeza, incapaz de imaginarme lo que describía.

—Algún día —me aseguró con la sinceridad de una promesa— volverás a amar. Y valorarás ese amor porque sabes lo veleidosa que es la vida.

Se puso en pie. Y yo también, de mala gana. La seguí hasta el recibidor, irritada por haber perdido el tiempo y furiosa por seguir sin futuro.

Quería un destino.

Quería magia.

Quería esperanza.

En el recibidor, me sorprendió con un abrazo, uno tan prolongado e incómodo como la mirada que me había dedicado cuando me había sentado en su despacho. Ahí, en aquel abrazo cálido, mi cuerpo empezó a notar lo que mi cerebro no tenía medios para comprender: un cambio, una corriente de electricidad que viajaba por un circuito cerrado entre nosotras. La piel se me enfrió y se me erizó el vello de los antebrazos y la nuca.

Habló en un tono bajo pero firme y su voz sonó perentoria en mi oído:

—Aparecerá cuando menos te lo esperes, de extremidades largas y cabello azabache, con cicatrices en la superficie y en lo más profundo y la nariz torcida como un camino agreste. En ti, encontrará una confidente. En tu corazón, la fe empezará a recomponerse. Te abrazará como lo hago yo ahora y, si lo dejas… su alma le ofrecerá a la tuya una segunda alma gemela.

Cuando se apartó, tenía la mirada distante y su boca era una línea solemne. Abrió la puerta y me hizo salir al frío.

Mi corazón, que llevaba ya semanas quieto y a oscuras, titiló y se prendió.

Tenía la promesa de un nuevo futuro.

Historia geográfica de Amelia Graham

Edad: 0, 1, 2
  Base de destino: Fort Drum
    Localización: Evans Mills, Nueva York
      (Localización de los Byrne: Fort Riley,
        Junction City, Kansas)

Edad: 3, 4, 5
  Base de destino: Fort Bragg
    Localización: Spring Lake, Carolina del Norte
      (Localización de los Byrne: Fort Bragg,
        Spring Lake, Carolina del Norte)

Edad: 6, 7
  Base de destino: Fort Leavenworth
  Localización: Leavenworth, Kansas
      (Localización de los Byrne: Fort Stewart,
        Hinesville, Georgia)

Edad: 8, 9, 10
  Base de destino: Base Militar Conjunta Lewis-McChord
    Localización: Lacey, Washington
      (Localización de los Byrne: Base Militar Conjunta
        Lewis-McChord, Lacey, Washington)

Edad: 11, 12, 13
  Base de destino: Fort Carson
    Localización: Colorado Springs, Colorado
      (Localización de los Byrne: Fort Jackson,
        Columbia, Carolina del Sur)

Edad: 14, 15, 16
  Base de destino: Pentágono
    Localización: Rosebell, Virginia
      (Localización de los Byrne: Fort Belvoir,
        Rosebell, Virginia)

Edad: 17
  Base de destino: Fort Campbell
    Localización: River Hollow, Tennessee
      (Localización de los Byrne: Fort Belvoir,
        Rosebell, Virginia)

AGRADECIMIENTOS

Del principio al fin, nunca había sentido tanta felicidad trabajando en un libro. Estoy en deuda con todas y cada una de las personas involucradas en que *Todo lo que te prometí* esté terminado.

Me siento afortunada de poder decir que soy una autora Sourcebooks. Annette Pollert-Morgan, gracias por tus conocimientos, tu consideración y tu entusiasmo. Gracias por preocuparte por Lia, Beck e Isaiah tanto como yo, y por hacer las preguntas adecuadas. ¡Trabajar contigo ha sido un sueño! A los que han tenido un papel en la adquisición de este libro y a los que me han ayudado a hacerlo brillar, entre los cuales están Kay Birkner, Jenny Lopez, Thea Voutiritsas, Sarah Brody, Stephanie Rocha, Neha Patel y Kerri Resnick, gracias por vuestro tiempo, talento y creatividad. Gracias también a Karen Masnica, Rebecca Atkinson y Delaney Heisterkamp, de marketing y publicidad. Y, finalmente, a Dominique Raccah: eres mi inspiración.

Le estoy enormemente agradecida a mi agente, Pam Gruber, con cuya orientación he tenido la suerte de encontrarme. Tu feedback, paciencia y ánimos me han ayudado a ser mejor escritora (¡y más feliz!). Un agradecimiento de corazón a todo el equipo de High Line Literary Collective. Además, le estoy muy agradecida a Heather Baror-Shapiro de Baror International, Inc. por la increíble representación en el extranjero.

A Alison Miller y Elodie Nowodazkij, mis primeras lectoras y mis mejores amigas escritoras, gracias por las críticas, la compasión y las celebraciones. A Temre Beltz, Jessica Patrick y Christina June, muchas gracias por vuestra amistad y por el apoyo continuo. Gracias también a la comunidad de escritores de la zona de Monterey —y a Liz Parker en particular—, que hicieron que redactar el borrador de esta historia fuera mucho menos solitario.

Todo lo que te prometí es un libro profundamente personal, tanto en su retrato de las familias de militares como en su representación de un adolescente que se ha criado en hogares de acogida. Llevo siendo esposa de un militar más tiempo incluso del que hace que soy escritora y mi aprecio por los miembros del ejército y sus familias no tiene límites. Un saludo a los amigos que hemos hecho en nuestras muchas bases de destino. A los hijos de militares que se han hecho amigos de mis hijos de militares: aspiro a vuestro nivel de bondad y resiliencia. Liz, Donna y Virginia, nuestros ángeles del bienestar infantil, tenéis mi gratitud infinita.

Mamá y papá, gracias por darme la infancia que terminó inspirando las cálidas dinámicas familiares de esta historia. Bev y Phil, sois una pareja militar ejemplar; gracias por vuestra efusión de amor. Y montones de gracias a mis hermanos, Mike y Zach; a mis cuñados y cuñadas, Jena, Michele, Danielle, Andy, Sam y Kacie; a mis tíos, tías, primos y primas, que brindan un apoyo increíble, y a mis sobrinas y sobrinos.

Claire, tú fuiste la primera adolescente que leyó esta historia; que te encantasen los personajes fue justo la motivación que necesitaba. Gracias por los halagos y las críticas y por ser mi primera fan. Lizzie, tu ilusión al ver los libros de mamá en las bibliotecas es la mejor motivación posible. ¡Me muero de ganas de que algún día leas esto! ¡Os quiero mucho, mis niñas!

Matt, eres excepcional a la hora de sostener y cuidar a la familia y también eres un cómico y un mejor amigo increíble. Los sacrificios que haces por nuestra familia nunca pasan desapercibidos y siempre los agradezco. Gracias por ser el protagonista de mi historia de amor.

Este libro se terminó de imprimir
en el mes de marzo de 2025.